U0737198

# 家国书

王旭烽◎著

中国言实出版社

图书在版编目(CIP)数据

家国书 / 王旭烽著 . -- 北京 : 中国言实出版社 , 2021.2

ISBN 978-7-5171-3798-6

Ⅰ. ①家… Ⅱ. ①王… Ⅲ. ①长篇小说 - 中国 - 当代 Ⅳ. ①I247.5

中国版本图书馆 CIP 数据核字（2021）第 028781 号

出 版 人　王昕朋
责任编辑　郭江妮
责任校对　王战星

出版发行　中国言实出版社

地　址：北京市朝阳区北苑路 180 号加利大厦 5 号楼 105 室
邮　编：100101
编辑部：北京市海淀区花园路 6 号院 B 座 6 层
邮　编：100088
电　话：64924853（总编室） 64924716（发行部）
网　址：www.zgyscbs.cn
E-mail：zgyscbs@263.net

经　销　新华书店
印　刷　北京中科印刷有限公司
版　次　2021 年 3 月第 1 版　2021 年 3 月第 1 次印刷
规　格　710 毫米 ×1000 毫米　1/16　13.5 印张
字　数　221 千字
定　价　78.00 元　ISBN 978-7-5171-3798-6

王旭烽（1955年2月——），生于浙江平湖，祖籍江苏徐州，1982年浙江大学历史系毕业，曾在中国茶叶博物馆工作。1980年发表处女作，迄今共发表约

300 万字作品。现为浙江省作家协会副主席，国家一级作家，浙江省政协委员，中国国际茶文化研究会理事，浙江农林大学茶文化学院茶文化学科带头人。著有小说“茶人三部曲”(《南方有嘉木》《不夜之侯》《筑草为城》)、《斜阳温柔》《飘羽之重》，报告文学《家国书》，散文《瑞草之国》《走读西湖》，其中《茶人三部曲》(第一、二部）获第五届茅盾文学奖。

# 序

母亲，此刻我已经来到了您的故乡。

我登上坐西朝东的宁波城鼓楼，面向大海，春暖花开。

俯瞰古鄞州大地的旧貌新颜，但见正前方，姚江与奉化江逶迤而来，汇成甬江。三江合流，恰在我的眼前做了那壮阔的九九归一。

三江口，我的母亲河，您是千里奔行的最后一站。您的江风是凛冽而略咸的，您的江水既生动又沉着，色泽沉郁且丰厚，那是因为您饱含了这座城市的荣辱悲欢，目睹了她的沧桑世态，阅尽了两岸的千年盛衰，并且知道您的终极地已不再遥远。于是，您在我的眼前聚集起最后的力量，蓄势待发，奔向东海！

母亲，六十年前，您剪一头齐耳短发，着一袭月白旗袍，孤身一人，一夜穿过故乡的山野，不正是沿着奉化江前行的方向，疾步而去，走向三江口，走向新中国的光明，开始您最初的革命生涯的吗？

您可曾想过，在那水与水的汇合之处，有一个男人，以革命的名义正在等待。对这个中国人民解放军第二野战军的青年指挥员而言，那只是一种并不清晰的、置身于天翻地覆慨而慷的狂欢之中的无意识的等待；而您，一个毕业于鄞县正始中学的十八岁的江南美少女，又何曾想到，在与革命胜利会师的日子里，竟会与这样一个来自北方的当过放牛娃的革命军人会合，从此厮守终身。

中华人民共和国的诞生，生发出太多宏大的事件，其中也不乏细小的情事，我们这个小家庭的诞生，当属其一。

父亲的祖籍是在黄河边的兵家必争之地徐州，而母亲的祖籍则在长江以南的浙东宁波——我脚下的这片土地。电视剧《激情燃烧的岁月》中，无产阶级家庭出身的军人石光荣和非无产阶级家庭出身的军人褚琴的夫妻关系，大约可以对应他们的关系架构。虽然屏幕上的那对夫妇已然被艺术化，在我这样一个旁观者看来，那些本来属于正剧的生活已经多少被消解，被喜剧化了。

母亲，您和父亲的关系，当然要比屏幕上的那一对平常、温和、深刻甚至艰难多了。一方面，你们是一对相互忠诚又相敬如宾的夫妻，从小到大，我从来没有看到你们当着我们儿女的面吵过一次嘴，也从来没有听见你们在背后对对方有任何不敬的言语。而另一方面，在我很小的时候，就知道有一些东西，像玻璃碎片一样撒在生活的外围，不小心就会伤及我们的家庭，你们由此变得小心翼翼，非常时刻则战战兢兢，如履薄冰。此刻，父亲去世二十余年了，我仔细回想你们在一起时的生活，想起你们和我们一起庄严度过的八一建军节、七一党的生日，包括六一儿童节……可一次也想不起你们互相戏谑玩笑的场景。我知道，那并不是你们生性严肃。它是一种外来的东西，渐渐地渗透了你们，直到有一天终于成了你们生命的一部分。

我能够闻到那种带着咸味的大海的气息，那正是宁波我外婆家的气息。

回想我幼时及长大成年后，虽然在所有表格上填写的祖籍都按惯例随父系，但因为一直生活在江南，对我而言，整个父系家族多少还是陌生的。相比之下，由于宁波与杭州的距离，由于外婆对外孙们的养育之恩，我与我的母系家族则建立了千丝万缕的关系。我们兄妹四人从小就由外婆养大，吃宁波菜，听宁波话，到宁波外婆家度假，与宁波亲戚来往——一个姨妈，四个舅舅，一些堂舅表舅，一大堆表姐妹表兄弟，外围又有七大姑八大姨远亲近邻，我与宁波的关系，不可谓不深矣。

读书以后，尤其是以史学为大学本科专业之后，作为晚明资本主义萌芽地的宁波，作为晚清五口通商口岸之一的宁波，作为产生“宁波帮”的宁波，更是在字里行间常见，我与宁波，不可谓不熟矣。

然而，这难道就是那个本质意义上的宁波吗？这些年来，我知道有很多人在研究宁波，身在其中的我感觉还做得远远不够。宁波究竟给我们这些后人留下了什么样的精神遗产？该点击哪一条路径进入宁波的灵魂之门呢？

在我越来越多地知晓了母系家族的命运之后，我常常会自觉又不自觉地将我父系和母系的家族作一比较。他们之间的不同是多么鲜明。一方面，在中国当代史上的任何一阵汹涌波涛之中，父系家族是我们这个小家庭填写各种表格时的定心丸，是做各种亮相时胸口挂着的光荣花，是不怕一万只怕万一时的挡箭牌。另一方面，六十年来，我北方的父系家族除了前三十年始终如一的贫困和三十年之后小心翼翼地脱贫之外，他们是如此的简洁，甚或说是单一，他们是如此的纯真，甚或说是普通，他们是如此的老实，甚或说是木讷，他们是如此的忠诚，甚或说是守旧。这所有的特质构成了父系家族的色泽，在那个“唯成分论”的年代里，奶奶家是红色的；在今天这个以财富论英雄的时代里，他们属于沉默的大多数。

是的，我热爱他们的沉默，我热爱父系家族的淳朴与厚道。

同样是这六十年，我母亲的那个大家族却经历了命运的大开大阖。若写一部家族史，真是如泣如诉，峰回路转，催人泪下。可以说，每一次国家的行动，都会有我母系家族的人主动或者被动地呼应，出演种种正反面角色。母亲，如果您能够与我一起细细数来，或许也会和我一样，不免大吃一惊。我的母系家族中人竟然没有漏掉百年来任何一次历史波澜的印记：从“宁波帮”开始，国民党、共产党、黄埔军校、解放军、“反革命”、“右派”、“文革”、改革开放、台湾同胞、实业家……由此引发的结婚、离婚、逃婚、丧偶、改嫁，甚或入狱、出狱，乃至于被镇压、自杀，以及后来的平反昭雪、发财致富、再铸辉煌……我外婆家是五颜六色的。

是的，我热爱他们的折腾，我热爱我母系家族的抱负与情怀。

这种认识，一开始是非常感性的、肤浅的。有很长一段时间，我并不曾在历史的层面认识我的外婆家。这个有着强烈海洋气质的城市，这个我曾经声言要像热爱我的外婆一般热爱的城市，让我见识了大海，吃够了对虾，给我亲情和口福，也给了我“阶级斗争”的启蒙，可我起初并未意识到她和我之间原来是有一条灵魂通道的。

年少时，家国予我更多的只是一个历史与文学的名词，是南唐李后主“四十年来家国，三千里地山河”的诗意的惆怅。我的精神营养大多从学校、书本、个人的阅历中来，我很少想到家族在精神上给予过我什么。走过许多年，推开过不少并非属于自己的精神之门，我终于发现，宁波正是这样一个有着以家族为核心、与国家建立深刻关联的人文传统的地域。然后，我以自己的家族为审视原点，综观历史，旁及他人，遂感家族和国家之间的关系原来竟是如此的水乳交融，所谓家国情怀，就此油然而生。钟声敲响，百年家国扑面而来。

中国人的国家构建是由家开始的。家庭——家族——国家，这种“家国同构”的社会政治模式是儒家文化赖以存在的社会基础，古人修身、齐家、治国、平天下的个人理想，反映的正是家与国之间的这种同质关系。

家国，可以说就是中国人的信仰。未有我之先，家国已在焉；没有我之后，家国仍永存。千年积淀，华夏传承，家国已融入中国人的血脉之中，成为生命之核。如此，精神有了归宿，生命乃有意义，短暂而有限的生命，就此融入了一种深沉的无限之中。

以天下为己任的家国情怀，超越个人情感的士子精神，是中华民族优秀知识分子的固有传统。从抱石沉江的屈原，到“八千里路云和月”的岳飞，从文天祥“沛乎塞苍冥”的《正气歌》，到“苟利国家生死以，岂因祸福避趋之”的林则徐，不管是乡野小农还是高官巨贾，“家国”两字，在中国人心中重逾千钧。

此刻，我站在一个重大的三十年的终端，回望我们的家国。百年，作为一个整体的时间段，出现在我的历史年表中。我意识到，当我想要认识这三十年时，我必须首先认识六十年，而当我想要认识六十年时，我还必须首先认识这一百年。因为，从黑暗到光明，从苦难到幸福，从衰败到强盛，20 世纪在中国五千年文明史上是一个最为奇特、最富有变化、最有张力的世纪。于我们的国家是这样，于我们的家园又何尝不是如此。

母亲，这正是我选择了以您的出生地来进行精神寻根的缘由。为此，我以一己之家族，推及百年来甬上之重要家族，潜心研读，那些熟悉又陌生的面容，又沧桑又亲切，就此逐渐开始浮现。

可以说，我从来没有像今天那样，感慨您故乡的先贤们对家国竟然会有着如此强烈的情怀；我也从来没有像今天那样，意识到您故乡的先贤们对中国近现代史的格局起着如此举足轻重的作用。我相信，宁波这座城市，由于其在中国近现代史上不可替代的奉献，一定会被一次次地刷新认识。而我亦唯有身体力行，与她做血脉的交融，如此，宁波才会真正进入我的灵魂，成为我生命的一部分，这正是我此番家国之旅的使命。

就这样，我将这封长信发给我母亲的诞生之地。

家国书自此启封。

# 目录

# 第一封

第一封大写的家国之书是用毛笔书写的，有着水墨的颜色，由一群中国近现代史上的教育家呕心沥血，亲手书写在中华大地莘莘学子会聚的书院、学校和课堂上。

用毛笔写在宣纸上——邱隘盛垫·“一门五五马”

## 一 宏大叙事中的精英坐标

在宁波诸多悠久文明的视点中选择鄞州意味深长。母亲，我的家国之旅，正是从这古鄞地开始的。

出发前您的叮嘱我记住了，您希望我回宁波时，要到鄞州的正始中学去看一看，那是您的母校，中学时代就读的地方。尽管您很少在我们面前讲述您的读书生涯，但我还是知道您求学的不易。您就读中学时，正值内战爆发之际，政局混乱，民不聊生，我的在上海和杭州做过生意的外公也已经破产，而家中则有六个儿女。虽然如此，蜗居宁波乡间的外公还是送您这个小女儿去了离家数十里路远的横溪正始中学读书，就此一举，便可知甬上重视教育的习俗。因为生活清寒，您寄居在一王姓人家，而那家主人正是王兴邦先生的族人。您曾经不止一次跟我讲述过你们的校董王兴邦，这位校务主任给您留下了深刻的印象。您说过，总是记得这位个子瘦瘦、身穿长衫的数学老师，每天早晨站在校

一门五马

马氏宗谱

门口迎接学生上学的情景。您记住了他，还因为他的悲情命运。

您的嘱咐使我想到了我母系家族在职业上的一个显著特点，屈指一算.，我姨妈当过教师，我姨父当过郁达夫中学的校长，我母亲当过教师，我大舅舅、大舅妈是教师，我二舅舅是校长，我表姐当过教师，还有一些近亲兴学办学，我不再一一赘言。当他们终于从教育岗位上转退下来之后，我突然发现，完全是在不知不觉中，我继承了他们的事业，从一个专业作家，成为了一个教师。

母亲，正是您对我的讲述启发了我，使我把目光首先集中在“教育”这个点上。因为历史的宏大叙事永远离不开空间与时间的浓缩坐标。教育，是我要去的那个地域的重要特质，而教育家则恰恰是教育的核心骨干。20 世纪的百年之间，正是宁波，在诞生了众多优秀的教育世家时，为中国奉献出了一个伟大的教育世家——“一门五马”。

深秋时节，我们一行从鄞州区区治所在地钟公庙出发，轻车简行，前往邱隘盛垫村。

和浙东的许多乡村一样，这里已经完全没有田园痕迹了。浙东有许多乡镇已经城市化，邱隘也成了一个大兴土木的地方。不过沿途看到街道两旁围墙上的标语，还是透露出此地的人文余脉。主要大道人民路两旁的墙上写着：“一等二靠三落空，一想二做三成功。”此条标语细细追溯，是充满浙东学派“事功”

精神的；而另一条标语则洋溢着乡土气息："秀才不怕衣衫破，只怕肚里吼没货。"它诙谐地把阳春白雪的知识分子情怀表达得彻底下里巴人化了，但精神内核还是统一的：要内外兼修，报效家国。

母亲，我要向您叙述的这个与教育有关的重要的江南世家，是在八百年前赵宋王朝天崩地裂、河山失色的历史夹缝中仓皇出场的。随着康王赵构南逃的万千流离民众之中，有一支马姓家族，据说还是东汉伏波将军马援之后，先祖原在河南开封府，此番南渡避乱，一路狂奔，拖家带口地到了宁波鄞县，惊魂甫定之后安家落户，从此成了江南人。

当时的宁波和鄞县府、县合治，鄞县县治理所当然地建置在宁波城里。数百年过去，这个从宋代开封逃难到鄞县的马家，在其家族史上发生了一起重要的事件。明永乐年间，子昌公入赘鄞县东北邱隘镇盛垫桥的盛家，成为该族在盛垫桥的始祖，从此马氏一脉就在当地繁衍开来了。至今，盛垫姓马的已占总人数的一半以上。

我们找到了盛垫村村委会办公室，它就在一条热闹的大河边。村支书是一位戴着眼镜的青年人，看上去像个白面书生，一打听，姓马，是"一门五马"很近的本家。

经其介绍，方知诞生辉煌家族的村落实在是太小了。盛垫村由四个自然村组成，占地一平方公里，户籍在册人口仅六百余人。村里的人说，马氏家族有很多人都出去了，现侨居海外的就有二百多人呢。

我特别关注的是那座盛垫桥，因为马家子昌公就是入赘在这座桥边的盛家，并由此发迹的。马书记站在大河边告诉我们，这条河叫"后塘河"，他指着右手方向半里路外的两座桥说："那就是盛垫桥。"

原来盛垫桥是两座桥，一座南北向，一座东西向，紧挨在一起，构成一个折钩形，"文革"时改了名，一座叫"兴无桥"，一座叫"灭资桥"，不知现在的人们是如何称呼它们的。走近端详，但见桥墩还保留着旧时的石块石板建构，那浸入水中的石缝间杂草丛生，但桥面则已经完全被水泥覆盖。两座桥的外侧，分别在长条石上刻着"灭资"和"兴无"，两字当中还嵌着一个五角星。

意外的收获还不只这些，由马书记引路，我们找到了马家故居和盛家从前的祠堂，它们就在后塘河边、盛垫桥旁。

我们完全可以从当初这桩婚姻中看出马家的政治、经济地位。中国传统社会，一个男人入赘，其家境如何一目了然。入赘的男人向来是要被人看轻的，而马家从子昌公始，到三世祖颐庵公时已官拜兵部尚书。都说贵族需用三代打造，盛垫的马家果然用了三代的努力跻身于名门望族。

可惜富贵也是不过三代的。到得世宁公这一辈上，兄弟倒是有四个，分别是世康、世宁、世豪、世治，康宁豪治，听上去气数很旺，实际上马氏家族已经家道中落，一家人一度只能栖身在盛垫桥的宗祠之中。

盛垫的宗祠今天依旧还在，虽然已经破败不堪，四面墙也已然无有，但轮廓依旧，只是已经成了人们来往的通道、堆放杂物的公共场所。当年马家落魄之时，就借居在其中，家事的窘态，亦可窥见一斑。

从祠堂往左一拐，一排坐西朝东的二层楼房出现在我们眼前。墙是灰砖墙，壁是木板壁，瓦是黑瓦爿，一溜七八间，最外的两间还保留着原貌，后面几间已经用了马赛克、水泥等新材料，显然是以后再加修整的，但总体上说还保留着马家故居的风貌。

翻开 20 世纪上半叶中国文化史和中国教育史，一批学识渊博、品格谦逊的学者向我们走来。其中大名鼎鼎的“一门五马”，可谓享誉京城。一百多年马氏家族的家国情怀，便是在此孕育的。

“一门五马”中的二先生马裕藻，当过十三年的北京大学文学院国文系主任。其人早年毕业于日本早稻田大学、东京帝国大学，在日期间曾师从章太炎先生学习文字音韵学。归国后，历任北京大学国文系教授、系主任，研究所国学门导师。曾与鲁迅、许寿裳、朱希祖等建议以审定字音时使用的符号作为注音字母。该方案于 1918 年由北洋政府颁布施行，成为中国第一套汉字注音方案，为汉字正音、国语传播作出了极大的贡献。

四先生马衡则以担任故宫博物院院长十七年而声名远播。他毕业于南洋公学，曾任北京大学文学院国文系讲师、史学系教授兼研究所国学门导师、考古研究室主任、北京大学图书馆主任、故宫博物院院长、西泠印社社长等职。主要致力于金石学研究，继承乾嘉学派的考据传统，同时注重吸收现代考古学所长，重视文物发掘的现场考察，是中国近代考古学的先驱和奠基人之一。

五先生马鉴则为著名的教育家，毕业于南洋公学，后获美国纽约哥伦比亚大学文学硕士学位，曾任燕京大学国文系教授、系主任，香港大学中文系教授、系主任。毕生从事教育事业，桃李满天下。此外，马鉴先生曾任燕京大学图书馆委员会主席，对图书馆的建设贡献极大。他的儿子马临曾任香港中文大学校长。

七先生马准以研究民间文学见长，是梁祝文化研究的先驱。他曾在京师图书馆工作六年，后任北京大学教授，教授文字学和目录学。1927 年应顾颉刚先生邀请，至广州中山大学负责图书馆工作，为中山大学图书馆的发展作出了极大贡献。

九先生马廉曾任北京孔德学校教务长，北京师范大学、北京大学教授。曾继鲁迅先生之后在北大讲授“中国小说史”。他注意搜集古本小说、戏曲，为保存民族文化精粹作出了贡献。他将“不登大雅文库”藏书捐赠给北大图书馆，使北大图书馆的小说、戏曲收藏举世闻名。

2004 年，北大图书馆为这光荣的“一门五马”举办了“五马纪念展”，“一门五马”名震京华。

北京大学《五马纪念展》画集中有一段评论颇能代表人们对这“一门五马”的历史定位：“倘若你有意去翻阅中国知识分子家族的几千年变迁历史，就不难注意到，19 世纪 70 至 80 年代，曾经降临了一批这样的人物：他们是古代最末一批封建士大夫，也是中国第一批知识者。他们身上，似乎跨越了两个时代、两重历史和两种文化，他们分割着历史的时间，同时又在空间上将之联结起来，承受着新旧转换的时代桥梁。无疑，这是一代具有特殊意义的中国知识者。”

而又有谁会想到，那扇“一门五马”的门，就在这里，就在这简朴无华的江南古鄞州的邱隘盛垫呢？

这是一个多么令人喜出望外的发现。我不禁摊开双手，拥抱抚摸那斑驳的砖墙。这是意外的慰藉，行前我不曾想到还能找到“一门五马”的故居。要知道，已经有多少珍贵的历史遗迹被人为地破坏了啊……

正庆幸马氏家族故居尚在，旋即又听到了一个令人欲出冷汗的未经证实的“噩耗”，说是此地要被建成一个体育设施的配套场所，好像是一个公园，很快就要被荡平了。我闻之大骇，立刻就把与我同行的鄞州政协文史办副主任戴松岳当做了父母官，与他据理力争，声明此故居必须保存下来的重要性。小戴与我是“十年浩劫”后同时考入杭州大学历史系的同班同学，架一副厚如瓶底的眼镜，曾执领《鄞县日报》多年，大才子一个，尤精本土文化，有许多精辟论述，在保护文物和重视教育的问题上与我完全是同一条战壕里的战友。我们于是就想出了许多招数，包括给有关方面的领导写信，建议将马氏故居建成池塘上的一个人工岛，作为“一门五马”纪念馆，供后人瞻仰学习，以延续故乡文脉，同时也不破坏城市建设格局。即便能够保下马氏故居的一堵墙，我们亦有所慰藉啊！

我非父母官，无权一纸令下，作出决断；我非富豪，无法一掷千金，保下故居。可我是读书人，秀才人情纸半张，我的一支笔亦可写下我所认识的历史，尽我所能，传播史实，沟通信息，以利决策。告诉更多的人，在中国文化教育史上留下了辉煌足迹的马氏群贤，就生长在这么一个小小的村落中，同时，我还将追溯他们当年是如何集群而行，走出狭窄的家门，奔向广阔天地的心路历程。

母亲，如果我告诉您，这便是此封用毛笔写在宣纸上的家书之所以发在《家国书》开端的缘由，相信您不会不由衷地理解吧。

## 二 马海曙生了九个儿子

一个杰出的家族，终于在历史的舞台上隆重登场。不过大幕徐徐拉开，我们看到的还是序幕。要追溯这个光荣家族的近现代史，我们且从“一门五马”的父亲海曙公开始。

1826 年，世宁公的儿子马海曙 (1826—1895) 诞生了。马海曙的名字，和海曙楼有关吗？“云霞出海曙，梅柳渡江春”，这是多么壮观多么欣欣向荣的景象。中国人对取名向来是极为重视的，马海曙族名有木，字薮香，号渔珊，哪个称呼，也比不上海上红日东升的气象高远热烈，哪个叫法，也不如登高望远、万家灯火尽收眼底的豪气壮怀。或许，他的父亲在他出生之前登上过海曙楼，有过一番古往今来的家国之叹，因此对儿子有了这样一番期许。总之，马海曙，好名字！

民国《鄞县通志 · 文献志》中有马海曙传略，其中赞曰：“生有大志，不屑守章句之学。尝从贾人游扬州，颇以才自见。”想来还是评价有据的。鸦片战争前夕出生的马海曙，在文风甚盛的浙东，自小也受过一些教育。当时的科举，最低一级的县考，每年秀才有四十个名额，马海曙考了几次终究不第，便将那程朱理学、八股教义弃若敝屣，十五岁就到了米行当学徒。中晚清时期的江南城镇，这样的少年比比皆是。难得马海曙小小年纪，已经驾得一叶扁舟，风里来浪里去，以贩运米粮为生，混得一个肚饱。恰好这时有同乡到扬州经商，他便搭伴上路，告别家乡，从此开始了独自闯荡江湖的生涯。

1851年，马海曙二十五岁，封建社会末期的中国发生了剧烈的社会动荡，太平天国运动爆发，两年后太平军攻克南京，直下扬州。那负责镇守扬州的清廷漕运总督弃城出逃，太平军在敲锣打鼓声中进驻扬州。扬州城里的老百姓把一个大大的“顺”字贴在大门门额上，马海曙他们这些做小买卖的外乡人则退出扬州城以避兵燹。

扬州城破，这对清政府而言，实为石破天惊的噩耗。江南历来是清政府最重要的赋税来源，扬州、南京的沦陷，直接威胁清政府的安危。咸丰帝调兵遣将，组建江北、江南大营，欲与太平军决一死战。这江北大营就设在扬州城外，战事旷日持久，清军粮食补给顿成难题。众多商人或贪生怕死，或仇恨清廷，并无几人愿意在这两军交战之际承揽筹集军粮之事。而二十七岁的马海曙，此时就避居在扬州城外的仙女镇上。

想必那时候的马海曙已经在经营上小有名气了，清军居然就打听到了他，找上门来，推他主事，就地筹粮。关于这段历史，民国《鄞县通志·文献志》中是这样记载的：“会太平军陷金陵，饷需急，大吏设卡征商，以扬州仙女镇为粮食总汇地，乃委海曙就地筹粮。不数日，集资巨万，大吏才之，令以县丞投效。”

从这一段记载来看，马海曙在政治上算是有所选择的。这个年轻人躲避在仙女镇这一清兵的驻军要地不走，说明其感情上倾向于中央政府。另外，“就地筹粮”，几天工夫就“集资巨万”，这就被清军看中了。不管马海曙自己怎么想的，这个做粮食生意的小商贩，随着时代的大风大浪，自己的命运发生了巨大的变化。

太平军失败后，马海曙兴起，由商入仕，先是当了县丞，然后做了知县。马氏家族的一大家子人，从祖父开始，祖母、父亲、母亲，统统被封了荣誉称号，这是多么光宗耀祖的事情啊！

马海曙在苏南扬州发的迹，以后他也就一直在苏南为官，历任丹徒、元和、长洲、吴县、金坛、宝山等县的知县。他不是十年寒窗读上来的，是风里来雨里去实干经商苦出来的，这种早年的行事作风也深深地印在了他的为官生涯之中。关于这一点，民国《鄞县通志·文献志》记载说：“为政不事威严，视民如子，而尤孜孜于地方水利。”这是说他没有官架子，关心百姓疾苦，政绩斐然。不过有关史书也记载了他能力的另一方面，民国《宝山县续志》中评价他“为政疾恶如仇”，“终其任霄小敛迹”。可见他为政也有极其威严的一面。

马海曙兢兢业业，感动了上峰，两江总督刘坤一为此专门为他“奏保循良，奉旨嘉奖”(民国《宝山县续志》)。

升官发财，衣锦还乡，这是封建社会每一位官员的人生轨迹，马海曙自然也不能免俗。一方面，他回到故乡盛垫桥祭拜祖宗，重修族谱。另一方面，他又在离鄞县县治不远的月湖畔马衙街大兴土木，建府造宅，前后三进，气势逼人。

马海曙真会选地方，将马府建在月湖畔的马衙街。此地因明初宁波卫指挥同知马胜建衙于此，故名。而月湖大名鼎鼎，是宁波的人文之魂。王安石当年就是在月湖的竹洲设的县学，南宋时当过丞相的鄞县人史浩告老还乡之后，也是在此设馆讲学著书立说，从此文人多聚于此，遂成四明学派。最重要的是举世闻名的明代私家藏书楼天一阁亦与月湖毗邻。月湖，历来就是读书人的风水宝地。

在马海曙时来运转、官运颇佳的岁月中，马氏家族的人丁也可谓极其兴旺。马海曙竟然生了九个儿子，光凭这一条不知道要羡煞多少封建社会世族家长。其中长子马裕藩(1858—1929)为侧室吴氏太夫人所生，他继承了父亲的理想，考了科举，走了仕途，被派到遥远的甘肃当了个知县，后寿终正寝。而他的八个弟弟均为其父亲的续弦、扬州人李氏(1860—1934)所生。其中老二马裕藻(1878—1945)，字幼渔；老三和老八早夭；老四马衡(1881—1955)，字叔平；老五马鉴(1883—1959)，字季明；老六马权(1885—1926)，字强甫；老七马准(1887—-1943)，字太玄；老九马廉(1893—1935)，字隅卿。他们中没有一个人再走父兄之路。马海曙自己十五岁当学徒，决不让儿子重蹈覆辙，他专门延请杭县一个名叫叶浩吾的先生到家中来设馆，教的可是正宗的儒家经典四书五经，为马氏兄弟打下了良好的国学基础。

不知马海曙是否知晓，这位叶先生实乃维新党人，与梁启超为好友，曾在日本留学，学习师范教育。他不但以他的教育实践奠定了马家诸兄弟的传统儒学道德观，比如尊奉君子不党、不二色、不迁怒等为人准则，还开启了他们的视野。马家诸子当年就是在私塾中接受了中国式的现代启蒙教育，他们的集体成材，与叶浩吾这位近代教育先驱绝对有关。

儿子们的无量前程，海曙公没有看到。1895 年，马海曙病逝于宝山县任上，享年六十九岁。

那年秋天的一个上午，宝山县的百姓们发现，县衙门官邸后院的小门外停着数辆车，其中一辆上置放着棺材。俄顷，从后门走出一个三十出头身穿丧服的寡妇，怀抱一嗷嗷待哺的幼儿，身边围着五个男孩，年纪最大的那一个也不过少年模样，其余则如阶梯一样地矮了下去。他们紧紧地簇拥着母亲，脸上带着与年龄不相符的悲戚。老父一去，树叶飘零，他们的未来在哪里？以后的生活又如何度过？

就这样，马家全家迁出县衙，一群未成年的儿子，簇拥着怀抱幼儿年方三十五岁的寡母，扶棺南归，回到了月湖畔的马府。那年，马裕藻十七岁，马衡十四岁，马鉴十二岁，马权十岁，马准八岁，最小的马廉刚刚两岁。

有谁会想到，其中除老六之外的马氏兄弟五人，不久的将来，都会登上五四新文化运动的壮丽舞台。“一门五马”，驰骋北国。马海曙不仅使家道复兴，门庭重振，更重要的是培养出了一群传承儒学而又富有现代民主主义思想的后代。在中国文化教育史上，他们的名字熠熠生辉。在两千年封建王朝消亡、新文化运动波澜壮阔的历史关口，他们各自扮演了不可或缺的文化角色，为中华文化添砖加瓦，亦为江南世家增色添彩。

## 三　马裕藻——由蔡元培任命的北大国文系主任

综观中国文化史，北国与江南的关系，再没有哪个历史阶段比 20 世纪中国新文化运动前后更紧密了。而若将“江南”作为一种文化事象，尤以浙江文化人独领风骚。后来者研究当年北京文化界的布局，有一个说法：“一钱二周三沈五马。”所谓“一钱”（钱玄同）、“二周”（周树人、周作人）、“三沈”（沈士远、沈尹默、沈兼士）、“五马”（马裕藻、马衡、马鉴、马准、马廉）诸位教授，就是 20 世纪蔡元培执掌北大的黄金岁月中最经典的组合。

说到中国的近现代教育，我想起了杭州的一个景点名：双峰插云。这“双峰”，就是同为浙江人的蔡元培和章太炎。此二人都是清末光复会领袖，都为推

马裕藻

翻清朝建立民国作出巨大贡献，民国以后，又都把精力转移到教育上，他们在中国现代教育史上的地位无人能及。

“双峰”在格局上也略有分工，其中蔡元培的门徒可谓教育界的翘楚，而章太炎的弟子则是文史方面的精英，两个圈子里的人物往往成为各大学国文系和历史系主任或教授的当然人选，马家兄弟自然名列其中。1936年，太炎先生逝世，其弟子十人联名呈请政府国葬。这十大弟子以朱希祖为首，然后是马裕藻、钱玄同、许寿裳、周作人、沈兼士、汪东、曾通、马宗芗、马宗霍。其中排名第二的马裕藻，正是鄞县海曙公的二公子马幼渔。所谓“一门五马”，正是以这位音韵学家、文字学家领衔的。

北大国文系，也就是今天的北大中文系，曾经是我高考时可望而不可即的目标。北大中文系的师生，在国人眼中是精进如猛虎般的人物，是嬉笑怒骂皆成文章、天子呼来不上船的狂生。而执掌国文系十三年的马裕藻先生，这位马家二哥，登台亮相时却给人留下了与北大国文系气质并不一致的“好好先生”的印象。

马裕藻被称为“好好先生”，并非没有道理。在朋友眼里，马裕藻性情平和，对人甚是谦恭，即便是熟识的人，也总是称某某先生。他喜欢与旧友聊天，可偏偏自己又不善言谈，因此多数时候都是他在一旁点头微笑。刘半农从上海来北大任教，同马裕藻刚结识，知其性善，便同他开了个玩笑，在写给马裕藻的一封信的信封上写了“鄞县马厩”的字样，寄给了马裕藻，给后人留下一段文人间的小花絮。

青年时代的马裕藻中西合璧，他戴一副镜片厚厚的圆框眼镜，眼睛黑白分明，唇下薄薄地铺了一层胡子，穿高领缎子对襟夹袄，颇有绅士风度。与晚年不同的是，青年马裕藻剪一个标准的西发，厚厚的黑发遮不住他那高高的额头，到他晚年时，这个大额头因为头发稀疏而显得更加突出，成为他智慧形象的标志。

我怎么看都觉得他身上有一种为人之父的气质，或许是因为中国人向有长兄如父的传统吧。马裕藻上面虽还有一个同父异母的哥哥，但因远在甘肃当官，实际上他是马氏兄弟真正的兄长。这父亲般的姿态，早在他的青年时代就已显露端倪。

马裕藻欣赏女性，忠于爱情，教女如子。他的这种姿态发自内心，使他有如一个欧洲的文明绅士。他的言行，即便在思想解放的五四运动时期，也往往被人善意地作为笑谈。

其实马裕藻并没有什么浪漫史，他只是运气好罢了。1898 年，马裕藻二十岁那年，为父守丧三年已满，便在家乡成婚，娶得新派女子陈德馨。妻子美丽聪慧，思想开放，夫妻二人甚为恩爱。新婚燕尔，他便带着夫人迁居上海。马裕藻本是一位严谨的学者，但因为人谦和，又有一位贤内助，夫人给他生了两个如花似玉的女儿，都上了北京大学，文人便戏谑马裕藻对北大最大的贡献就是生了个校花女儿。

有这样一个幸福的家庭，再矜持的书生也难免流露得意之色。某次他在女师大兼课，不知怎么就扯到了这上面，乘兴讲了一些关于“内人”的话，其尊重女性、崇拜女性的开明做派坦然敞开，女学生们个个听得津津有味。下一次授课，尚未开讲，竟有两位女学生提出要求：“先生，请您再讲一些‘内人’的事可以吗？”

严薇青的《北大忆旧》提到马裕藻的家人，还有这么一个有趣的插曲，说的是马裕藻的女儿马珏长得非常美丽，在北大就读时被誉为“校花”。以后又有另一位女同学周某容貌与风度也很突出，同样得到一部分男同学的“拥护”，并很想为她摘取校花桂冠。经过一段时间的酝酿，终于有一天，不知是谁在教室的黑板上用粉笔大书“倒马拥周”四个大字，一直没有擦掉。可巧那天正逢马裕藻先生上课，他一进教室就看到黑板上的四个大字，误会国文系学生要“倒”他的系主任职务，“拥”周作人来任系主任。于是他放下讲义，一面看着黑板上的四个大字，一面盛赞周作人的道德、学识，表示自己也非常钦佩。听课的学生相视而笑，知道他对“倒马拥周”四个字产生了误解，但也不好解释，只好由坐在前面的同学走上讲台把四个大字擦掉，马先生才把课上下去。

青年马裕藻迁居上海最大的收获就是结交了一大批风云人物，此时他的业师叶浩吾也已经到了上海，在上海创设了速成教习学堂。1902 年，中国教育会成立，蔡元培为会长，叶浩吾被选为干事，后来又担任了爱国学社的教员。或许是因为与老师的关系，抑或是意气相投，马裕藻在上海结识了章太炎、张元济、蔡元培等人。我们可以说，马裕藻青年时代的友情之手，是与这样一批顶尖级浙籍改良派人士或革命党人紧握在一起的，这深刻影响甚至决定了他的一生。

沈尹默先生曾经在他的回忆文章《我和北大》中说道：“太炎先生的门下可分三派。一派是守旧派，代表人是嫡传弟子黄侃。这一派的特点是：凡旧皆以为然。第二派是革新派，代表人是钱玄同、沈兼士。玄同自称疑古玄同，其意可知。第三派姑名之曰中间派，以马裕藻为代表，对其他二派依违两可，都以为然。”

可是，在我看来，马裕藻那温吞水般的形象其实是一种标准的假象，实际上章门弟子没有一个是不激进的，他们总是同气相求，否则有谁会拜倒在“章疯子”的席前，马裕藻不过是那种把激进表达得非常温柔的激进分子罢了。

他和章太炎的关系，正是在他二十岁新婚沪上的岁月中开始的。两年之后的 1903 年，“《苏报》案”爆发，章太炎被捕入狱，革命党人纷纷逃往邻国日本避难。又过两年，1905 年，马裕藻二十七岁了，恰逢浙江公费选派一百名学生留学日本，专攻师范，俗称“百名师范”。马裕藻夫妇还真是好运气，竟然双双入选。

别看马裕藻以后当了北大国文系的掌门人，他起初入门的却是自然科学——日本早稻田大学物理学专业，以后又转入东京帝国大学。他的夫人则进入了日本女子大学博物系。也就是在留日生涯中，他与鲁迅、秋瑾、徐锡麟、陶成章等人结下了友谊。1906 年章太炎刑满释放东渡扶桑，在日本主持同盟会机关报《民报》，他身边立刻就聚集起了一群弟子。马裕藻跟着章太炎学习文字音韵学，遂成大家。章太炎逝世后，马裕藻曾写过一副挽联：“治古音，兼晓征、东原、若膺之长，继往开来，伟绩尤推转注说；尊历史，迈子玄、渔仲、实斋而上，外夷内夏，微言远绍春秋经。”道出了章太炎的功绩，也道出了他们的师生传承关系。

在日本一住六年，马裕藻的女儿、北大校花马珏就出生在日本。1911 年夫妻双双归国，回浙江杭州，担任浙江教育司视学。

我们可以说，至此为止，马裕藻的生活是平静的，而归国后发生的一件大事却整个地改变了马裕藻的人生。这是一件重大的国事，也成了马裕藻最大的文化贡献，更成了他个人命运的转折点。

车同轨，书同文。华夏民族的统一，从来是以文化的多元统一为标志的。仓颉造字鬼夜哭，既有汉语，便有国音。古人习字，创造了直音、反切等方法给汉字标注读音。直音法盛行于西汉时期，反切法流行于东汉末年。从东汉末年到 1918 年注音字母公布之前，反切法一直作为汉字注音的主要方法被普遍使用，是汉民族自创的声韵双拼注音方式。

而注音字母的产生，则是与清末文化界的切音字运动有关的。清末二十年间，在民间产生了二十八种以“言文一致”、“普及教育”和“统一国语”为目的的拼音方案。历史潮流，民心所向。1912 年，即民国元年，蔡元培担任了教育总长。如果说，两千多年前秦始皇完成了第一次汉语的文字革命“书同文”，那么，此时的蔡元培担负起了秦始皇之后两千年来第二次文字革命——“语同音”。

1912 年 7 月 10 日，教育部在北京召开临时教育会议，通过《采用注音字母案》，决定先从统一汉字读音入手，实施国语教育，把清末资政院提出的音标改称“注音字母”，用来给汉字注音。

1913 年 2 月 15 日，教育部在北京召开读音统一会，聘专家若干人，各省代表二人，蒙、藏代表各一人，华侨代表一人出席会议。代表资格要求甚严，一须精通小学（此处特指文字学），二须旁通一种或两种以上外语，三须谙晓多种方言。

这是一个重大的历史时刻，朱希祖与马裕藻两位先生代表浙江省出席会议。会议由吴稚晖和王照任正副议长，先用月余时间审定国音七千余字，接着是审核音素，采定字母。会上提出字母方案甚多：有采用汉字偏旁笔画的，有自造符号的，有采用罗马字母及其变体的。代表们各执一说，互不相让，不但动口，甚至动手。鲁迅在他《门外文谈》一文中写道，他曾亲眼看到副议长王照“为了入声存废问题曾和吴稚晖先生大战，战得吴先生肚子一凹，棉裤也落了下来”。

这些学富五车、满腹经纶的大学者，为了国语的发音问题，竟然不怕斯文扫地，厮打得连裤子都掉了下来，而新文化运动的伟大旗手鲁迅先生亦不遗余力地把此情此景描画下来，这说明什么？说明此件事情的重要性。朝代可以更替，家毁可以重建，一种语音在国家层面上确立了，成为国语，就好比孩子出生，怎可因为不满意再塞回娘肚，你如何可以再重新推翻再来？

学者们深知自己的文化使命，故战战兢兢，如履薄冰，又彼此胶着争论，互不相让。会期长达三个月，结果时间还是不够，又延长了一星期，最后终于接受了浙江会员马裕藻、朱希祖、许寿裳、钱稻孙和教育部部员周树人(鲁迅)等的提议，把会议审音用的记音字母作为正式字母通过。这套字母共三十八个，都是笔画很少的古字，由于拼注的是国音，所以又叫“国音字母”。

自此，一个五千年的文明古国，终于有了自己统一的语音。

由于政局变动和保守势力的反对，这套字母到五年后的1918年11月25日才由教育部正式公布。从此，汉语注音字母以法定形式正式成为我国拼切汉字的工具，华夏大地自上而下开展了文字改革运动。

文字改革运动包含了三个方面：一为口音改革，从只说方言改为说国语；二为文体改革，从文言为主改为白话为主；三为字母改革，从三十六个字母改为注音字母。

当时推行国语最成功的当推光复后的台湾省，只用了十年多一点的时间，就通过注音字母在全省普及了国语。1958年，中国大陆的汉语注音字母被汉语拼音取代，而台湾地区的注音字母一直沿用至20世纪90年代。

诸位请想，这是多么伟大的功绩。台湾省先是被荷兰人占领，后是被日本人霸占，一旦光复，由于有了国音，立刻就在文化上归位，恢复中华民族的堂堂地位。不过十年，国语泽被宝岛。对今天两岸统一，又起着多么重要的作用。

母亲，不妨请您想想国语对我们这个小家庭的重要性吧。有一次我回到北方老家，来了一群乡亲，欢天喜地地招呼着：“看南蛮子去啊！看南蛮子去啊！”我就此知道，南方人是蛮子，北方人是侉子。南蛮北侉的语音，在我们家里表现为石骨铁硬的宁波话和拐弯抹角的鲁南话，这两种方言，一个在天上一个在地下，常常互相找不到北。我父亲一辈子也没听懂您故乡的宁波话和我们居住的城市杭州的方言，为此，我们这些子女就成了翻译家，负责用国语传递信息。我们所住部队大院基本都是这样结构的家庭，所以大家平时使用的语言就是国语。

从两千多年前的“书同文”，到辛亥革命后的“语同音”，国音的注音意义何其深远。故周有光先生在《中国语文纵横谈》中评论说：“这是汉族创造汉字经过了三千多年然后产生的第一套正式的汉语表音字母，来得不易！”

今天的炎黄子孙，无论走到哪里，只要听到字正腔圆的国语，就会想到祖国，想到民族，想到故乡和亲人，国语使遍布世界的华人生死与共。而在这统一国音的伟大的民族文化建设中，领衔的正是从我们宁波鄞州盛垫村走出来的“五马”之首马裕藻。《中国大百科全书 · 语言文字卷》在介绍当时会议所接受的提议时，把马裕藻列为提议者首位，可见马氏在筹划上述提议中的重要作用。

遥想那戴着玻璃瓶底般眼镜的马裕藻，操一口石骨铁硬宁波方言宣讲他们的国音提案时的神情吧，多么可爱可敬的浙籍先人啊！

时隔六年，1919 年月，五四运动爆发前一个月，以胡适为首，包括钱玄同、刘复、朱希祖、周作人、马裕藻在内的六位教授联名提出《请颁行新式标点符号议案》，原因是这些中国大文化人极不愿看着“现在的报纸、书籍，无论什么样的文章都是密圈圈到底，不但不讲文法的区别，连赏鉴的意思都没有了。”他们提出方案，要求政府颁布通行“，。；：？！——()《》”等标点。11 月底，胡适对上述方案做了修改，把原方案所列符号总名为“新式标点符号”，当年被批准。1920 年 2 月 2 日，北洋政府教育部发布第五十三号训令《通令采用新式标点符号文》，批准了由北大六位教授联名提出的《请颁行新式标点符号议案》。我国第一套法定的新式标点符号诞生，成了中国语言文化发展史上值得隆重记录的一笔。

1913 年，马裕藻应北大当时的校长、浙江老乡何燮侯 (1878—1961) 之邀，担任了北京大学国文系教授、北大研究所国学门导师。

浙江诸暨人氏何燮侯执掌北大之际，正值北大逐步走向正规大学的关键时期，学科的设置，校舍的兴建，经费的筹集，风纪的整顿，学制的改革，学校的保全，何燮侯皆与有力焉。也正是在此时，何燮侯延揽许多人才到北大任教。据沈尹默回忆，沈尹默以及马裕藻、沈兼士、钱玄同，皆由何燮侯与胡仁源延揽入北大。而马裕藻之所以能胜任北大教授这项工作，是与他在音韵学、文字学方面的高深造诣分不开的。在中国近现代汉语正音和推广国语的工作中，马裕藻功莫大焉。

此时的中国教育界波谲云诡，多元并争，而北京大学作为新文化运动的中心舞台，更是气象万千。其原因在于20世纪上半叶，教育救国成为当时产生重大影响的社会思潮，近现代中国社会各个阶层、派别都不同程度地卷入这一潮流。

自1840年鸦片战争后，国门洞开，中国逐渐沦为西方列强蹂躏宰割的对象，民族危机异常严重。甲午战争中国惨败，举国上下均感到国势危殆，忧患殷重之时，以康有为、严复为代表的维新派主张的“教育救国论”应运而生，他们看到致力于坚船利炮、声光化电的洋务运动救不了中国，开始把希望的目光投向教育，由“言技”转为“言教”。

教育救国思潮，诞生于民族危难之际，是民族意识觉醒的产物。持教育救国主张的中国近现代知识分子认为：西方之所以富强，不在坚船利炮，而在穷理劝学，“才智之民多则国强，才智之士少则国弱，今日之教，宜先开其智”。如此，教育被提升到救亡图存的高度，一大批有识之士纷纷投入教育救国的宣传及实践之中。

在蔡元培“兼容并蓄”办学思想的指导下，北大网罗大家，荟萃精英，使得一大批学识渊博的名流纷纷前来，其中浙江籍教授拔得头筹。马裕藻身置其中，可谓如鱼得水。

细细数来，大学校长中，大名鼎鼎的蔡元培是浙江绍兴人，他的前任胡仁源是浙江吴兴人，前任的前任何燮侯为浙江诸暨人。蔡元培外举不避贤，内举不避亲，取消分科制，改设十五个系，这些系的领导人竟然一半以上为浙江人。其中数学系主任冯祖荀，浙江杭县人；物理系主任夏元，浙江杭县人；化学系主任俞同奎，浙江德清人；地质系主任王烈，浙江萧山人；哲学系主任陈大齐，浙江海盐人；国文系主任马裕藻，浙江鄞县人；史学系主任朱希祖，浙江海盐人；经济系主任马寅初，浙江嵊县人。后来又增加了几个系。教育系主任蒋梦麟，浙江余姚人；以日语为主的东方文学系主任周作人，浙江绍兴人。

北大各系主任中，坐头把交椅的照例是国文系主任。马裕藻自1913年起任北大教授、北大研究所国学门导师，1921年至1934年任国文系主任长达十三年，终身与北大相依，前后三十余年。后人评价马裕藻说：“北大国文系之负盛名，他实在是首创的开国元勋。”此言是中肯公允的。

按说马裕藻也是有可以炫耀的资本的。他执掌北大国文系的前十年，是旧北大的全盛时期。他担任国文系主任最久，在马神庙公主府银安殿上北大评议会的二十四把交椅中常居首席。但他给人的印象却非常低调，一身朴素的长袍和黑皮鞋，圆眼镜，圆脑袋，圆肚子，袖长遮指，随着年龄日增，人渐圆润发福，加上一副圆框眼镜，越发显得“好好先生”一个。

说实话，北京大学的国文系主任可不是好当的，不说教师个个都是大才子大文人，就说学校的派别纷争，也够人受的。作为国文系主任，他要努力做到吸收有才华的学者来系任教，然而当时新旧两派斗争势同水火，每逢新学年开始，马裕藻常坐着包车，奔走于各派之间，一面联络旧交，一面网罗新进，还须适应学生的要求，折中调和于新旧之间，谦恭态度令人动容。

足可以让马裕藻引以为傲的是他与鲁迅的交情，他就是有慧眼亦有本事把鲁迅先生请到北大来亲自上课。不过他起先瞄准的还不是鲁迅，而是鲁迅的弟弟周作人。1920 年，北大国文系添设了一门“中国小说史”课程，系主任马裕藻找到了周作人，周作人略微考虑了一下便答应了下来。他想，我虽然没有专门用功研究过小说史，但大哥曾经搞过一部《古小说钩沉》，那不是很现成的参考资料吗？可是，回到补树书屋，他仔细考虑了一阵又觉得很不妥当，怕误人子弟，这才跟鲁迅商量，请大哥出山。

其实鲁迅同北大人的交往并不少。蔡元培本来就是他的老上司、绍兴老乡、好朋友，到北大上任后不久，于 1917 年 8 月还专门请鲁迅给北大设计了校徽，至今北大学生胸前佩戴的那个校徽图案还是鲁迅设计的。北大文科中的不少教师都是鲁迅的老朋友、老同学、老相识，包括钱玄同、朱希祖、陈汉章、沈兼士、刘文典等人。至于编辑《新青年》杂志的陈独秀、胡适、刘半农，这两年由于他不断给《新青年》写文章，也都相熟了。由此，鲁迅答应了北大的聘请。

1920 年 8 月 6 日，北大国文系主任马裕藻亲自到鲁迅家里送去了聘书，此时，鲁迅全家已经迁居西直门内公用库八道湾十一号住宅。鲁迅接过聘书，见那聘书上写着：“北京大学聘书。敬聘周树人先生为本校讲师，此订。国立北京大学校长蔡元培，中华民国九年八月二日。”

当天晚上，鲁迅便在日记中记下了这个值得纪念的日子：“晚马幼渔来送大学聘书。”

鲁、马二人，早在日本时就同是章门弟子，交往十余年。自此之后，马裕藻与鲁迅过从甚密。

鲁迅先生与马裕藻的亲密交往，由他们之间的一个小姑娘作了见证，那便是马裕藻的长女马珏。

1910 年马珏出生于东京，1920 年鲁迅与马裕藻结成北大同事关系时，马珏刚十岁。及长，马珏成为孔德学校的学生。这所学校，当年是由蔡元培、李石曾、沈尹默、沈士远、钱玄同、周作人等人参与经营的。因为父亲和鲁迅先生的关系密切，马珏便与鲁迅熟悉起来。1925 年间，年仅十五岁的马珏为学校的校刊写下了《初次见鲁迅先生》一文。晚年的马珏在《女儿当自强》一文中回忆道："鲁迅先生一度在北大任教，与我父亲是同事。他们性格相投，过从甚密。鲁迅先生经常来我家做客，与父亲一谈就是半天。"我们可以从少女当时的观察中得知马裕藻与鲁迅的关系的确是非常融洽的。

在《初次见鲁迅先生》一文中，马珏以稚气的口吻写道："鲁迅先生忽然问我道：'你要看什么书吗？《桃色的云》你看过没有？这本书还不错！'我摇了摇头，很轻地说了一句'没有'。"那天鲁迅和马裕藻聊了蛮长的时间，马珏一直等着要送客，等过了下午五点到了六点，鲁迅都没有要走，"这时听见椅子响，皮鞋响，知道是要走了，于是我就到院子里来候着。一会儿，果然出来了，父亲对我说：'送送鲁迅先生呀！'鲁迅又问我父亲道：'她在孔德几年级？'我父亲答了，他拿著烟卷点了点头。我在后头跟着送，看见鲁迅先生的破皮鞋格格地响着，一会回过头来说：'那本书，有空叫人给你拿来呀！'我应了一声，好像不好意思似的。一会送到大门口了，双方点了一点头，就走了。我转回头来暗暗地想：'鲁迅先生就是这么一个样儿的人啊！'"

《孔德学校旬刊》是马珏就读的学校的刊物。马珏晚年时回忆道："不久，鲁迅先生来孔德学校，读到那期《孔德学校旬刊》。我没想到，先生看到我那篇小文章后，十分高兴。他夸我写得好，说我写的都是实话。后来先生把它收进了他亲自编选的《鲁迅著作及其他》一书中，他还送书给我。过了几天，父亲还带我去八道湾鲁迅家玩。从那时起，鲁迅先生到我家，常问起我；如果我在，便和我说几句话。"

马珏又回忆道："大约在 1926 年，我开始考虑起两年后报考大学的志愿来，不知怎的，我很想学农，就去问父亲。父亲说：'鲁迅先生不是说有问题去问他么，你去请教请教他嘛。'于是，我给鲁迅先生写了'我将来学什么好'的信。两天后，我高兴地收到了鲁迅的回信，信中说：'你自己想学什么，先要跟我谈谈。’我立即如实地把学农的志愿告诉了他。复信接到也很快，鲁迅先生在信中热情支持和鼓励道：‘女孩子学农的不多，你想学，我赞成。’”

马裕藻对女儿们的前程却有另外的考虑。1928 年春，马珏考入北京大学预科，1930 年转入政治系本科。父亲让大女儿马珏上政治系，二女儿马琰上法律系，是认为“中国妇女地位最低，你们出来要为争取女权做些事情”。他还对马珏说：“你出来可以当公使。过去当公使的都是男的，他们带夫人出国。你开个头，由女的当公使，你带丈夫去赴任嘛。”又对二女儿说：“你可学习法律，将来就是离婚，也可以保护自己的权益。”让女儿读政治，希冀其将来做女大使，这是何等的心高志大境远；而女儿还没谈恋爱就想到了离婚如何打官司，这样的父亲恐怕也只有五四时期的中国北大才能找到。

1929 年 5 月 17 日，鲁迅给在上海的许广平写信说：“今天下午我访了未名社一趟，又去看幼渔，他未回。马珏因病进了医院许多日子了。”5 月 29 日，他给许广平的信中又提到：“晚上是在幼渔家里吃饭。马珏还在生病，未见，病也不轻，但据说可以没有危险。”

1932 年 11 月，鲁迅从上海返回北京探视母病，马氏父女曾来看他，鲁迅非常感慨，在给许广平的信中说：“这种老朋友的态度，在上海势利之邦是看不见的。”

文人逸事一多，往往会遮蔽他真正怒目金刚令人肃然起敬的灵魂，谦谦君子往往因为优雅的表达，而在喧哗的历史讲坛上一默如雷。张中行先生在《负暄琐话》中说到马幼渔是颇有灼见的：“马幼渔先生名裕藻，是我的双重教师。30 年代初我考入北京大学，选定念中国语言文学系，他是系主任，依旧说，我应该以门生礼谒见……在一般人的心目中，马先生不过是好好先生而已……日久天长，我们才明白，在校时期对马先生的认识其实并不对。他通达，识大体，以忠恕之道待人，并非庸庸碌碌。旧日有些印象像是沾点边，也是似是而非，比如好好先生，这是我们把他的宽厚看做无原则的迁就。其实，他律己严，对人的迁就也仅限于礼让。在这方面，可记的事情颇不少。”

这是看惯了马裕藻宽厚一面的人无法想象的另一面。学生张中行与马先生接触日久，一改先前对老师的认识。张中行的这个印象，是和鲁迅当年对马裕藻的评价一致的。马裕藻在历史的重大关头，从来就是一个黑白分明、有气节、有骨气的知识分子。

1916年前后，北大国文系新旧文化势力冲突激烈。原先北大文科国学教授以守旧的桐城派居多，此时由余杭派代之，主要人物为马裕藻、黄侃、钱复等人。这些人物，对于蔡元培改革当时封建思想和官僚习气十分浓厚的北京大学反应不一，马裕藻、钱复站在新文化方面，黄侃则维护旧文化最力。

自蔡元培倡教授治校制后，北大校长虽为全校最高领导，然而以下四种机关拥有很大权力，即管立法的评议会、管行政的行政会、管教务的教务会和教务处，以及管事务的总务处。其中评议会的权力最大。马裕藻是校评议会成员，因此有权力参加校务管理，他自然是鼎力支持蔡元培在北大实行教育改革的。周作人曾经回忆说："马幼渔性甚和易，对人很是谦恭……与旧友谈天颇喜诙谐，唯自己不善剧谈，只是傍听微笑而已……他又容易激怒，在评议会的会场上遇见不合理的评论，特别是后来'正人君子'的一派，他便要大声叱咤，一点不留面子，与平常的态度截然不同。"

周作人毕竟是他的老朋友，知道马裕藻性格中的冰火两重天。一方面别人可以开他的玩笑，他只管微笑谦恭；另一方面他又是极容易被激怒的，会大声叱咤，一点不留面子，与平常的态度截然不同。周作人附逆之后就尝到了这位老朋友的脾气，他一次次上门，要拉他下水，马裕藻则让儿子对周作人说："我不认识你。"给他吃了闭门羹。据说，在他任系主任时，家里有个年轻人要报考北大，有一次，不知是有意还是无意地探问马裕藻："不知道今年国文会出哪类题？"马裕藻顿时大怒："你是浑蛋！想叫我告诉你考题吗？"

实际上，看20世纪初当时的文化人如何行事，只要看他们对五四运动的态度就清楚了。马裕藻在五四运动的风口浪尖上，对爱国学生可以称得上是义无反顾地支持。1919年5月4日，北大学生火烧赵家楼，当局命军警镇压，北大学生三十余人遭逮捕，蔡元培于5月9日愤然辞职离京。第二天，马裕藻等四人作为北大教师代表前往教育部请愿，表示如蔡不留任，北大教职员"即一致总辞职"。一个多月之后的6月22日，马裕藻又作为北京教职员联合会、学生联合会、北大师生以及教育部的代表，和汤尔和、熊梦飞等人赶到杭州，亲自迎接蔡元培回京复任。

面对强权与血腥统治，马裕藻数次和鲁迅先生站在一起，称得上是石骨铁硬宁波硬骨头。1925年初，北京女子师范大学校长杨荫榆压迫学生，排除异己，借故开除刘和珍、许广平等六名学生自治会代表，从而引发女师大风潮。为了声援女师大同学的正义斗争，马裕藻与鲁迅等七人一起签署了《对于北京女子师范大学风潮宣言》。许广平后来始终保存着这一宣言的铅印件，并在旁附注："鲁迅拟稿，针对杨荫榆的《感言》仗义执言，并邀请马裕藻先生转请其他先生联名的宣言。"

那个时代的知识分子，其胆识的确让人佩服。和反动政府对着干时，一点也不含糊。你狠！你狠我比你更狠！8 月 6 日教育总长章士钊下令解散女师大，十天之后北大评议会决议：章士钊为教育界罪人，北大与教育部脱离关系。又过三天，鲁迅、马裕藻等人就发表了《北大评议员反章士钊宣言》，不承认章士钊为教育总长。当女师大学生们被杨荫榆、章士钊率领"男女武将"强拉出校，非法解散时，马裕藻和鲁迅、许寿裳等人，"对此暴行，自难坐观，遂分别组织维持会，以尽国民天职"。一月后宣布，他们在西城宗帽胡同"觅定校舍，仍照北京女子师范大学原称及校章继续开学，以救官僚之失败，竟学子之全功"。马裕藻不仅义务授课，还被推为总务主任，与教务主任许寿裳共同管理校政，直到斗争取得完全胜利。

将维护正义，挺身而出视为"国民天职"，马裕藻那怒目金刚的正义形象，何曾有一丝"好好先生"的软弱。

1927 年，轰轰烈烈的大革命夭折，北大教授也呈分化趋势：一些教授如朱家骅、王世杰和学生领袖罗家伦、段锡明等都离校到南京做官去了。另一些教师如许德珩、范文澜等仍然为维护孙中山的三大政策而斗争。马裕藻虽游离于两派之间，但强烈的爱国心和正义感，使其在思想上倾向于进步一侧。

鲁迅对马裕藻的为人也十分了解。1929 年 6 月 1 日，鲁迅在给许广平的信中慨然写道："南北统一后，'正人君子'们树倒猢狲散，离开北平。而他们的衣钵却没有带走，被先前和他们战斗的有些人给拾去了。未改其原来面目者，据我所见，殆惟幼渔、兼士而已。"

马裕藻的确称得上是那种坚持做人原则的人。1933 年，李大钊逝世六年之后，北大同事有感于李大钊之事迹，相与发起厚葬，十三位发起人有：蒋梦麟、胡适、沈尹默、周作人、傅斯年、刘半农、钱玄同、马裕藻、马衡、沈兼士、何基鸿、王烈、樊际昌。这张捐款清单现保存在首都博物馆，其中马氏兄弟赫然在目。

一个人从历史的风口浪尖退出历史舞台，肯定有着许多复杂的原因。比如

1934 年 4 月，北大校长蒋梦麟认为国文系守旧，已成为学校进步的障碍了，准备由文学院院长胡适兼任该系系主任一职。那么果然是马裕藻守旧吗？还是别有原因。看得出来，有人的确对马裕藻恨之入骨。胡适弟子傅斯年在 1934 年 5 月 8 日致蒋梦麟的信中称马裕藻是罪魁祸首，如今恶贯满盈，宜趁此除之，不必给他一年干薪和名誉教授的待遇。用如此恶毒的文字形容一个为人厚道的北大资深教授，一方面说明胡适这位弟子的褊狭，另一方面也说明马裕藻以往亦断非"好好先生"与"沙龙教授"，他是有着鲜明的政治立场的。局外人未必知，但敌人与真正的朋友却知晓他。

系主任马裕藻被免职一事虽遭多人反对，引起了一场轩然大波，最后还是实施了。那年马裕藻五十六岁了，有人评价说马裕藻辞去系主任职务，便带着"好好先生"的头衔从人们的视野中消失，即便偶尔被提起，也往往是作为陪衬，历史几乎遗漏了这位老人笑脸背后深藏的跃动姿态。然而就马裕藻而言，恰如鲁迅所说，他仍然是那个关键时刻不改其衷，挺身而出的侠士。被免职数月之后，1934 年 8 月，国民党政府在北平逮捕了爱国人士许德珩、侯外庐、范文澜等，马裕藻不顾个人安危，立刻与人联名上书，强烈要求当局立即无条件释放上述人士，这种气概，何其勇也，哪里是一个"好好先生"之所为。

1936 年，对马裕藻而言，是悲痛的一年。他失去了他的老师章太炎，又失去了他的挚友鲁迅。鲁迅逝世，各界敬悼的挽联甚多，马裕藻的挽联真乃令人回味无穷，其联曰："热烈情绪冷酷文章直笔遥师蓟汉阁；清任高风均平理想同心深契乐亭君。"

挽联上联表彰鲁迅与章太炎的师承关系，太炎晚年设馆讲学于苏州，自称"蓟汉阁主"。下联颂扬鲁迅与李大钊的战友之谊。悼鲁迅而又追念章太炎和李大钊，一副挽联，痛悼了中国近代革命史上的三位伟人。

生命的晚钟终于敲响，马裕藻晚年的家国生涯，可说是与国难当头的时局紧密结合在一起的。抗战起，北大、清华、南开三校师生相继南下，而校地、房子和大批图书、仪器留在北平，同时留在北平的，还有四位因身心或家庭等原因没有随国民党政府迁移的教授，他们正是周作人、孟森、冯祖荀和马裕藻。

北大教授吴晓铃先生曾经回忆道："马幼渔（裕藻）先生在学术界居'五马'之首，在日本时曾和鲁迅先生同师章太炎。我在离开北平时去向他辞行，他用古体文写下了如下几句赠言：'余病居边城，远云岭，临岐惘苦，赠处无言，惟祈晓铃默识余衷，互相砥砺而已。’真是‘满怀心腹事，尽在不言中’。”

当此强寇入侵之时，书生想到的首先还是书。马裕藻的唯一嗜好是收藏古旧书籍，他对住房有两个要求：一是书房至少要有三四间，室内四周都是大书架，还有大书桌。再一是离北大要近。马裕藻除了上课以外，总待在他的书房里。他的藏书大多是用朱红标点过的。读书备课，这是他一生最大的乐趣。空闲时他就到琉璃厂书肆去选购，时间长了，书店老板们都摸熟了他搜罗的范围，遇到合他胃口的书就主动送去。而今强虏来侵，马裕藻不愿他心爱的书籍散落敌手，分装了几十个大木箱存到孔德学校的书库里。

1937 年 7 月 29 日，北平沦陷，马裕藻隐姓埋名住在一条小胡同里，足不出户在家读书，拒绝出山为日寇效劳。沈尹默在重庆曾赋诗形容马裕藻当时的处境。诗曰："门外黄尘不可除，从来寂寞于云居。"短短两句诗反映了马裕藻宁愿过清贫的生活，不愿卖国求荣的凛然正气。只此一事，便可见他与周作人的云泥之别。

他与周作人有许多的"一样"：他们都是浙江人，都在日本留学，都是章门弟子，都是北大教授，都在国文系教学，都是新文化运动的中坚。国难当头，他们都是因为种种原因无法离开北平的老人。然而，此时此刻，只有一件事情，就把他们划到了此岸与彼岸。周作人不但附逆，还数次来找马裕藻，以旧交之谊，欲请马裕藻出山任教。当此民族大义面前，马裕藻让幼子马泰拒之门外不见，爱国气节可见一斑。两人一生友情，自此由马裕藻毅然斩断。

马裕藻是寂寞的，兄弟五人齐集京城的阵容已不复存在，他怀念从前的一切，怀念北大红楼中的旧识，他有一种类似于宗教情结的爱国感情，他的学生张中行每次去看他，见面第一句话总是听他问："听到什么好消息吗？"

然而说马裕藻只是寂寞也不尽然。在日本法西斯白色恐怖统治之下，马裕藻仍与钱玄同、夏康农等几位知己经常来往。夏康农家里有一台收音机，能听到抗战后方的广播。当平型关、台儿庄大捷的喜讯传来时，他邀马裕藻来家秘密收听。有一次，同学李君请马先生写些字留作纪念。马先生沉吟了一会，不好意思地说："真对不起，现在国土沦陷，我忍辱偷生，决不能写什么。将来国土光复，我一定报答你，叫我写多少我写多少。"

1945 年初，六十七岁的马裕藻走完了他的人生历程，在黎明前的黑暗中忧郁病逝，未能看到抗战的胜利，未能与当年就回到北平的他的兄弟们团圆。大学者马裕藻唯一能在此时报效祖国的，就是留下遗嘱，让家人在抗战胜利之后将他的珍贵藏书两万一千册全部献给了北大图书馆。

行文及此，突然心生感慨，回过头去再读我叙述的这位马先生的文字，好像看到我正在和一个看不到的对手争辩，争辩的内容，无非就是要说服人家，马裕藻先生不是“好好先生”，他是有立场、有观点、有自己人生目标的大学者。他的立场，就是在文化上站在中间，不搞极端。而正因为他不搞极端，所以在极端分子们看来，他就是一个“好好先生”。这真是一个悖论。

而“好好先生”自己则是不争辩的，一争辩就极端了，就丧失他为人的原则了。所以，又有一个悖论发生在马裕藻先生身上。他是领衔提议统一国音之人，而国音的统一无非是让中国人能够最大限度地表达、传播自己的思想，不让真相被语言遮蔽起来，而恰恰是马裕藻先生本人，被历史半遮半掩了起来。

好在他生命的终端，面对的已经不是文化争端，而是家国的危难。中国人有句老话，叫做“盖棺论定”，马裕藻先生终于赢得了以鲜明的民族气节显示其人格的光荣时刻。

母亲，我算是把马裕藻先生说清楚了吗？这是我依旧疑惑的事情。在小说、戏剧和电影中，中立的人永远是最难刻画的，他们太缺乏戏剧性了。也许大师的特质就是不搞戏剧化，然而不搞戏剧化就显得没有个性，没有个性就让人记不住，记不住就不会被人视为大师。于是，为中国人统一国音作出伟大贡献的马裕藻先生，逝世后没入了历史长河，渐渐地，渐渐地被人淡忘了。

马裕藻，让我们重新记住这个名字，并且永远纪念他吧。请想一想，当我们都在使用国语的时候，怎么能够忘记那个最初提议统一国音的人呢？

## 四 马衡——故宫博物院院长的不二人选

母亲，现在我将要讲述的是“五马”之中的第二马——马衡。

如果说我用“长兄如父”四个字来评价马裕藻的话，那么故宫博物院院长马衡也可用四个字来评价：君子如玉。马衡先生在我眼中就是一个“玉人”。

1899 年，马裕藻前往上海发展的第二年，马家又有两兄弟跟着出山了。十八岁的四弟马衡和十六岁的五弟马鉴过五关斩六将，双双考取秀才。这样的事情，不要说是在鄞县，就是在当时文风极盛的浙江，亦算是拔得头筹。马氏

马衡

兄弟的眼前放着两条道路，或者如长兄一般，继续博取功名，在科举的道路上乘胜追击。或者如二哥一般，崇尚新学，走一条千百年来完全与众不同的人生道路。

1899 年离 1905 年废除科举制还有六年，彼时旧学与新学已经开始并驾齐驱，一般青年士子都选择学业的双轨制路线，一方面进入新式学堂接受教育，另一方面又按部就班参加科举考试。马氏兄弟则双双选择报考了新式学堂——上海南洋公学。

他们的这一选择应该是与他们的业师叶浩吾的影响分不开的。我们已经知道，叶浩吾是一个新派人物，而 20 世纪初的新派人物，首要的标志就是崇尚维新。启蒙恩师的维新派立场、提倡新式教育的态度，对马氏诸兄弟的一生有着重要影响。此时叶浩吾已经到了中国最新型的开放城市上海，创立蒙学公会与速成教习学堂，从事教育与革新活动，而二哥也已经到了上海谋生，与蔡元培、章太炎诸革新人物交往甚密。上海有老师和兄长，又有中国最先进的思想，况且两兄弟读书实乃一笔大开销，而老父四年前已经病故，家中顶梁柱已倒，那南洋公学的学生食宿则是公费。大时代的巨浪就这样托起马氏兄弟的小舟，径直把他们送上了一条崭新的人生道路。

由清末洋务运动领袖盛宣怀集资创建的南洋公学，是上海交通大学的前身，中国近代史上最早的新式高等学堂之一。

南洋公学有个特点，就是聘请了美籍汉学家福开森为监院，这在当时全国也是绝无仅有的。“外教”福开森传教士，受美国美以美会的派遣，到南京传教，创办汇文书院，以研究中国美术、收藏中国古玩而闻名，著有《中国绘画》《中国美术大纲》《历朝瓷器》《中国艺术巡礼》等书。这个传教士有着清教徒式的认真，声称“严格的招生制度不仅是我们的规则，而且是我们的实践，除非考生同别人竞赛而通过入学考试，否则，尽管是权势人物推荐的也一个不取”。

1899 年初，马衡、马鉴两兄弟同赴上海应试，大堂点名给卷时，他们看到一位身材高大的洋人，打扮得很特别，身上西装革履，头上的帽子却加了一粒蓝色的顶珠，这给马氏兄弟留下了深刻的印象。此人就是福开森。

五兄弟中马衡的文化地位最高。实际上他基本算是自学成才的，因为他真正求学的时间并不长，原因很简单，他结婚了。

早婚是有原因的。1901 年，马衡的个人生活中发生了一件大事，他未来的岳父——“宁波帮”中号称“五金大王”的叶澄衷去世，叶家正在分配家产，要他尽快成婚，以承家产，并挑起家庭责任。

马衡如此洋派的一个人，婚姻却非常传统，一个标准的父母包办的婚姻。原来海曙公在世时就认得宁波老乡叶澄衷，因为都在四明公所里担任着要职，彼此就有了好感。上海滩工商界名人朱葆山前来牵线保媒，做了“月下老人”，要在马、叶两家中找一对合适的联姻。马家合适而又未婚的公子中尚有马衡、马鉴二人，而叶家二女中，则只有 1884 年出生的二小姐叶薇卿可与他们相配。

海曙公带着两个青涩少年去了叶家。马衡更内秀而马鉴更俊朗，叶澄衷慧眼识中，看上了马衡，这门亲事就这么定了下来。一晃数年，马、叶二公均已下世，那少男少女也都已长大成人。1904 年，马衡二十四虚岁便与叶家二小姐成婚。

这门亲事真是结得阔气，据说叶家小姐的嫁妆搁在宁波夫家门口，排了两三天队，才进了马家的宅子。

叶家财大气粗，全部资产达白银八百万两，是上海滩的商界巨擘。叶澄衷去世，四子二女各得洋房一幢，其余产业由儿子继承。因南京路上洋人所办跑马厅不让华人入内，叶家几位兄弟便气不打一处来，由四子叶子衡牵头，于 1908 年在上海江湾购置土地造起了江湾跑马厅，比洋人的那个南京路上的跑马厅大出四倍，很是出了一口豪气。

有了跑马厅，叶家余兴未了，扔出银两二十万，圈地一百二十亩，在其旁又造了一座私家花园，人称“叶家花园”，入夜灯火辉煌，被称为“上海夜花园”。不过叶家儿女乃洒脱之人，1933 年，叶子衡将此园捐出，以他父亲的名义兴办了澄衷医院。此是后话，按下不提。

马衡一介书生，二十出头便家财万贯，住在南京西路二百七十七号的大洋房里。他在叶氏企业里挂一个董事名，从来不去，年薪六千银圆，还不算分红。

这样的身份摆出去，怎么样也摆脱不了一个上海滩的小开了。马衡却有如此定力，偏偏在花天酒地里炼成了金刚不坏之身。

置身于一群叶家兄弟里，他是其中少有的不赌博、不讨小老婆的夫子。根据北宋末年李清照丈夫、金石学家赵明诚的《凡将集》，他将自己的书斋取名为“凡将斋”，在里面读书、看碑拓，自得其乐，有时整天都不出来。出来时他也往往是到跑马厅去骑马，因为他得过黄疸性肝炎，想要通过骑马来锻炼身体。

婚后有那么十五六年，马衡就这么优哉游哉地过来了。他收藏器物，欣赏古玩，钻研经史，临碑拓片，治印刻石，吟诗度曲，自学成才，与章太炎、吴稚晖一干大文化人你来我往，乐在其中，打下了坚实的金石学底子，不知不觉间就成了这方面的专家，被时人称为“金石大家”。

这位温文尔雅的书生有着一位“野蛮女友”般的妻子，一不小心就要砸东西的。嫁到马家之后，除了二伯马裕藻之外，她与所有的人都吵了一个遍。不过她的丈夫对此并不见得怎么苦恼，他性情温顺谦让有加，总是能够兵来将挡水来土掩，故夫妻间一直和睦相处。

有一件事情很见马衡性格。有一回妻子和小叔子马鉴吵翻了，先在自己家里砸一通东西，想想不解气，又跳上车跑到马鉴家去砸。马衡看拦不住，随她去了，打个电话给弟弟，让他把家里东西收一收，结果妻子白跑一趟，没东西可砸了。妻子很纳闷，还问：“这是怎么回事？怎么没东西可砸了！”讲这样的掌故，正可见马衡这书生是做得有点呆的，他对生活中的琐事有一种钝力感。性格温和的马衡，完全活在自己的世界中。

综观马衡一生，让人想起了一首著名的歌曲中的歌词：“我踩着不变的步伐，是为了配合你的到来。我带着梦幻的期待，是无法按捺的情怀……”在历史的大舞台上，马衡是“一门五马”中名声最大、功绩最多的一位，同时他又好像并不曾刻意捕捉过什么，他和他那风尘仆仆坐在人力车上到处寻访师友的二哥马裕藻很不一样，他所做的一切都是他想做的，他有兴趣的，他从来没有改变过自己的节奏，命运的使者却总会自动来叩开他的门，而他也仿佛总是不假思索地开了门。

比如北上任教，这重大的人生转折，在马衡，就是顺理成章地完成的。

1917 年，国史馆并入北京大学，隶属教育部，却让校长蔡元培兼了国史编纂处主任，麾下一批编纂员，个个都是大家，其中包括马衡的启蒙老师叶浩吾。

维新党人的叶浩吾先生早就离开上海，一直跑到云南，担任了学务公所的图书科长、云南省图书馆馆长、云南高等学堂监督等，1917 年入北大国史编纂处。

事业伊始，人手不够，此时已在北大国文系任教的马裕藻想起了他的四弟马衡。斯人志在学术，上海滩十数年一直大隐隐于市，此时不召，更待何时。真是内举不避亲，经他推荐，马衡受聘为国史编纂处征集员。

此时的马衡，已在上海滩舒舒服服地做了十多年的寓公，二哥一声召唤，他二话不说就决定北上了。妻子告诫他说："北方的那种苦日子，你是不一定过得惯的。"马衡没说什么，大事情面前他一定不会含糊，心里决定的事情没什么可商量的。妻子见丈夫如此固执，知道已经挡不住，但她本人却决定留在上海先看一看。那一年马衡已经三十六岁了，钟鸣鼎食，从此去也。

只身赴京，寄居二哥马裕藻家，一切都和在上海时不一样了。马衡一无高学历二无职称，凭什么让大学者云集的北大青睐？谁知真是歪打正着，无心插柳柳成荫。北大方面看他骑术不错，聘请他当了个专授马术的体育老师。数年之后他才被人发现，原来是个金石学大家呀！

我们常常以为大人物会有非常不同的经历和平台，因此才有可能成就一番事业。实际上看一个人行动，往往看他关键时的几步走得稳不稳当。马衡走得就是稳。综观他的一生，我发现他从来也没有当过"愤青"，也不在乎自己的本事未被人知晓，一切都是天经地义，水到渠成。

1920 年，北大新设了一门金石学的课程，这才聘了他当史学系的讲师。又过了整整两年，马衡升为北大史学系教授，兼任北大研究所国学门导师。从体育老师到史学教授，别人一步到位的事情，马衡走了五年。此时的马衡方才觉得自己真正有了安身立命之处，便在北京小雅宝胡同四十八号买了一所房子，洗澡间和抽水马桶一应俱全，平房顶上修了乘凉的露台，大宅门上挂匾一块，上书三个大字："鄞县马"，他把在上海"十里洋场"过着豪华生活的妻儿迁到了北京，真正过起教授的日子来。

说实话，比起北大别的教授，马衡过的完全是阔老爷的生活。马衡和马裕藻在性格上有些相似，对人彬彬有礼，恭而敬之，又善谈笑，喜与人交，但他平日的生活作风却和其兄很不相同。马裕藻是朴素有加，一年四季总是穿着旧长袍，一副清寒文人模样。马衡却总是西服革履，衣冠整齐，并拥有一部自用的小汽车，出出进进很是气派。在这方面能与他分庭抗礼的，也就胡适一人，而且胡适买到“福特”旧式的“高轩”，似乎还是在他之后。

但叶家二小姐还是很难适应北方这清贫的生活，因为学校总是欠薪，一年半载都拿不到养家糊口的工资，常常要远在上海的兄弟们汇款来支撑，这让她非常失望，她总是和马衡吵架，而马衡总是置若罔闻，他心里是很满足于他的教授生活的，妻子吵几句就吵几句吧。叶薇卿只好对别人抱怨道：“现在好久没有回娘家去了，因为不好意思。家里问起叔平干些什么，要是在银行什么地方，那也还说得过去。但是一个大学的破教授，叫我怎么说呢？”

教授虽破，马衡不改其乐也。

母亲，如果您问我，这个马衡先生，用一句话说，他是一个什么样的人呢？那么我只好用一句话回答：“他是故宫博物院院长。”

说句实话，像马衡这样的大师，哪里是一句话可以总结的呢？

比如图书馆学。从 1923 年到 1929 年的六年中，马衡兼任北大图书馆古物美术部主任，而从 1929 年 3 月开始的一年多，马衡兼任北京大学图书馆主任(馆长)，这正是中国共产党创始人李大钊先生生前的职位啊。马衡对这个职位可谓尽心尽责，短短一年，他采用杜威分类法初步编写完了西文书目。

这个职位绝非谋来，而是因他对文献档案资料的重视而当之无愧地被人推选的。1920 年，他刚刚从马术教员的位置上下来当了史学讲师，就发生了一件重要的抢救文献之事。原来当时的教育部要处理堆积如山的大内档案和殿试卷，准备卖给私人，或送造纸厂做还魂纸。马衡听说后，与朱希祖、陈垣、沈兼士同去力争，得以拨归北大研究所国学门。这批珍贵的史料，装成六十二只大木箱加一千五百零二只麻袋。他们花费无数心血来整理，仅明末清初的档案，就有两万三千三百零三件之多，全都是重要的直接史料。整理就绪后，放到陈列室供学者研究。

又比如说考古学。马衡被誉为中国近代考古学的先驱和奠基人之一，是承前启后的关键性人物。

20 世纪 20 年代初，考古学在中国刚刚兴起，马衡就做了这个领域发展的见证人。北京大学成立了考古学研究室，马衡任主任。1923 年 5 月，古迹古物调查会成立，马衡又担任了主席。次年，古迹古物调查会更名为“考古学会”。有趣的是，此时他的启蒙老师叶浩吾已经成了他的同事，在史学系主讲“中国美术史”，并参加了由他主持的考古学会。中国文化如此的薪火传承，多么意味深长。

北京大学考古学的开创，可以说是马衡有功于中国学界的一大壮举，对中国近代考古学的产生与发展起到了重要的作用。

在北大，马衡讲授自撰的《中国金石学概要》。对于中国旧金石学向近代考古学过渡，起了承前启后的作用，被公认为中国传统金石学的集大成者。此书一出，奠定了马衡在文化学术界的地位。诚如郭沫若所言："他继承了清代乾嘉学派的朴学传统，而又锐意采用科学方法，使中国金石博古之学趋于近代化。"

马衡有许多保护国宝的事迹可圈可点。任何时候，只要得悉某地有文物被盗，他一定会挺身而出，奋力挽救。这当中，包括查获扣留已被洋人斯文·赫定揭下的莫高窟壁画，重金抢先购得山西古董商打算秘密卖给外国人的山西稷山县小宁村兴化寺壁画——这幅元太宗十年(1238年)所绘的宏伟壁画，从此收归故宫博物院保存。

而正是因为马衡视文物为生命，令这个几近不食人间烟火的大文化人秀才遇到兵，几乎卷入了一场杀身之祸。

1928年7月，土匪出身的军阀孙殿英，一手炮制了震惊中外的东陵盗宝案。他派工兵营用炸药轰开陵墓十四座，将里面的珍宝(主要是乾隆、慈禧二陵)洗劫一空。据说，仅钻石明珠一项，重量竟达四五十斤，还有翡翠西瓜、蝈蝈、白菜，其色泽、纹理与真物无异，蝈蝈振翅欲飞，栩栩如生，巧夺天工，实乃稀世奇珍。

东陵盗宝案发，马衡是最早的举报者之一。他在接获琉璃厂古董商密告之后，气愤异常，不顾个人安危得失，亲往东陵勘查，同时呼吁政府严拿究办盗卖宝物者，追出赃物，交有关部门妥为保存。政府官员正为孙殿英独吞奇珍异宝而不平，想方设法要分一杯羹，趁机借助民意，组织军事法庭会审此案，还装模作样，特邀考古专家马衡到庭鉴定赃物并作证。孙殿英深知其意，权衡利害后，便到处行贿，直达党国要人，将其中最为宝贵的九龙宝剑送给蒋介石，将慈禧口中含的大宝珠送给宋美龄。结果天大的案子不了了之，官贼双方皆大欢喜，而主持正义的马衡却倒了霉。

两年后，阎锡山欲请这个盗宝主犯卫戍北平。孙殿英大权在握，公报私仇，提出条件，要求先通缉故宫马某人，以泄其愤。当时马衡正在河北易县主持考古发掘，北平警备司令李服膺还算有点良心，派人通报了马衡，让其暂避一时。

马衡当夜逃往天津，夜宿津门时，为防不测，化名马无咎，意谓“虽出走，却无罪过，亦无凶险”。此后，无咎就成了马衡的别号。而后他转乘轮船赴上海，栖杭州，帮助筹建浙江博物馆，行使西泠印社社长之职，直至北方政局再变才回到北平。

再比如说金石学。马衡当然是一位金石书画大家，他北上之前的那十数年，主要精力就花在了这上面。他能诗词，工篆隶，精篆刻，尤以治印称名于世。西泠印社草创时期，他已名列社籍，时年三十岁。有一个近乎《世说新语》般的段子，就与他的篆刻爱好有关。说的是钱玄同托人找齐白石刻章，因有熟人推荐，可以便宜到一块半钱一个字。谁知一向宽宏的马衡认起真来，他坐着小车亲自跑到学校宿舍去找钱玄同，一本正经地说：“你有钱尽管有可花的地方，为什么要去找齐白石？”原来马衡是很想自己来为他的老朋友刻章。

现在还能在清华大学看到马衡的字。1929 年 6 月，王国维逝世两周年之际，清华大学为王国维立碑，由梁思成设计碑式，陈寅恪撰文，林志钧书丹，而那篆额“海宁王先生之碑铭”则是马衡所书。

若想了解马衡，还有一个大名鼎鼎的地方——西泠印社。母亲，可还记得每年春上我们去孤山看杜鹃花，拾级而上就是那个地方。西泠印社 1904 年创办，1927 年首任社长吴昌硕逝世后，谁来继任社长成了一个难题摆到桌面上。经反复商讨，最后才作出决定，西泠印社第二任社长由马衡担任。虽然远在北京，但马衡“遥领社职”乃众望所归。这个社长，一直当到他 1955 年去世。

博物馆学亦是马衡重要的研究领域。后世论及马衡的功绩，把他一生的最高成就定位在他的故宫博物院院长之职上，这当然是毫无疑义的。

马衡第一次与故宫的亲密接触，发生在溥仪出宫之后。1924 年 10 月 22 日，冯玉祥发动政变，赶走以贿选上台的曹锟，建立新内阁。不出一月，11 月 15 日，清逊帝溥仪被逐出故宫。又过五日，办理清室善后委员会成立，简称“善委会”。善委会延请的一批专家学者之中，有马氏三兄弟马裕藻、马衡、马廉，其中马裕藻、马衡还是组长。

正值北国隆冬，清宫一片荒凉，院落中的蓬蒿竟与人齐。这些书生们根本进不去，得找一些人，手持铁镐镰刀开路，人方能入。殿内寒气袭人，呵气成冰，马家兄弟们就在如此境况中，与其余几位我国顶尖级的大学者共同清点国宝。他们入宫后都身着无口袋的工作服，还把袖口用带子扎紧，以示清白。如此艰辛的工作，费时一年，终于完成国宝清查、整理、登记、编号、造册工作。待到1925年10月10日故宫博物院成立，马衡就顺理成章地担任了古物馆副馆长。

在军阀混战、天下大乱的年代里，故宫博物院几经坎坷，马衡始终与其同生共死，他亲自拟写了《故宫博物院古物馆办事细则》。如果说，他曾经以金石考古学成就享誉中华学界，那么此时，他卓越的组织管理才能和细致、缜密、务实的工作作风开始被人认识。

如果故宫博物院的历史上不曾发生那次所谓的盗卖国宝案，马衡将会在他的岗位上踏踏实实地做下去，成为一个单纯的大学者。然而，一件家国大事发生了。

1932年11月13日，北平各大报刊头条醒目的粗黑大字令人震惊：故宫博物院第一任院长易培基涉嫌盗卖宫廷古物珍宝。马衡那才十五六岁的儿子马文冲也在家里把这事当故事说。马衡气冲冲地教训他："谁和你说易培基盗宝？"他不许小儿子人云亦云地胡说。

实际上，所谓的故宫盗宝案完全是一场蓄意陷害的阴谋，它从一个侧面显示了国民党官场的腐败和当时司法界的黑暗，事件造成了极其恶劣的结果，特别是故宫博物院的声誉受到极大的损害。因易培基辞职而上任的马衡也在此过程中受到质疑。因双方都是他的朋友，故他的沉默在双方看来都是态度不明朗。实际上马衡心里是很明白的，1950年他曾写有《附识》专门提到此问题，明显地同情老院长易培基，言其苦衷时则说："余于廿二年秋，被命继任院事。时盗宝案轰动全国，黑白混淆，一若故宫中人无一非穿窬之流者。余平生爱惜羽毛，岂有投入漩涡，但屡辞不获，乃提出条件：只理院事，不问易案。因请重点文物别立清册，经划清前后责任……"

易培基辞职，国民党元老于右任、吴稚晖等一干人纷纷推荐马衡出山，于是马衡就在不知情的状况下由家人送到北平火车站，被召到了南京。马衡住在小旅馆里，不知道国民政府召集他来有什么事情。原来经过中央委员会一致推荐，他已经被列为故宫博物院院长人选。一直觉得做学问比做官重要的马衡听到消息后并不高兴，再三推辞，蒋介石一语定乾坤："我看大家一致推举，马先生就不必过谦了吧。"时人多以为精于金石、超脱政治是马衡被选中的根本原因，亦有人以为不排除蒋介石对宁波老乡的那份特殊的信任。不管怎么说，马衡还是不得不辞去北京大学教授一职，在众望所归中于 1934 年 4 月走马上任，正式担任故宫博物院院长。

报纸刊登了这一消息，马衡的学者生涯立刻就变化了。从南京回来，接站的人就成群结队了。当时故宫博物院院长级别很高，算是国民政府的大员了。火车站有人挂起了横幅，欢迎马衡归来。去时送行的家人待他归来后已经挤不上前迎接了。

马衡的气派一下子就大多了，进出立刻就有汽车接送，月工资也一下子涨到了一千三百六十大洋，他不再是妻子眼里的那个“破教授”了。但马衡自己还是若无其事的样子。沉重的担子已经压在他的心头，马衡一生中最重大的历史使命摆在他的眼前：主持国宝安全西迁，维系民族的人文命脉。头断血流，不辱使命。

人们一般以为故宫国宝南迁是从 1937 年的抗日战争前开始的，其实大不然。这场民族间的侵略与反侵略战争早就打响了，只是因其没有硝烟，是一场看不见的战争，故一般不为人知。

马衡是一个有着深厚爱国思想与民族气节的大知识分子。1927 年因日本学术界邀请，他曾赴日本讲学，结识了许多日本朋友。1931 年日本侵占我东北三省之后，马衡立即与他们断交，即使对方登门造访也拒不相见。

与此同时，故宫国宝的南迁开始了。

其实南迁伊始，人们对此是有分歧的。国之宝器的迁移，势必撼动民心。马衡等三十余位文化人当时还曾联名写信给政府，要求把文物挪往离京城更近的保定。谁知后来战局越发紧张，学者们终于统一思想：国亡有复国之日，文化一亡将永远无法补救。1932 年，装箱南运的工作开始，其中古物馆的装箱工作是各馆中最为繁重的。马衡既然主持着古物馆工作，负责组织的便正是装运古物馆的文物。南迁分五批，马衡负责第四批的监运。全部文物都运往了他曾经生活过的地方——上海。

1933 年 2 月 5 日夜间，第一批文物两千一百一十八箱用小推车悄悄推到前门火车站，装了十八个车厢。此时的马衡，经常在南京、上海、北平三地往来，妻子叶薇卿也回到了阔别多年的上海居住。四子六女中，除三子夭折之外，几个女儿或出嫁，或随母，倒还算太平，就是那三个儿子颇让马衡费神。

长子马太龙毕业于苏州东吴大学法律系，能说一口流利的英语，诸子女中，在书法篆刻方面最得父亲家传。父亲不让他吃洋饭，推荐他到南京政府考试院，先后在戴季陶和于右任手下工作。马太龙虽对国民党政权的腐败深恶痛绝，但还算有碗饭吃，暂不需马衡操心。

比长子只小一岁的次子马彦祥则完全成了个另类。1917 年他随父北上时曾经过继给在天津的九叔马廉，那年他刚十岁，等到三年后再回到父亲身边，已经是个谁也管不住的淘气小子了。他的弟弟马文冲对此有着一段生动的回忆："二哥读中学时候热衷戏曲，晚上常常跑出去看戏，父亲屡禁不止，下令锁上大门，他竟翻墙而去。后来为了彻底摆脱父亲的管束，留书一封，离家出走。我与三姐去看他，见他挺好，正在桌子上写稿子。一年也不回来，靠自己写稿挣钱养活自己，生活过得挺好。母亲从上海回来后发脾气，骂我父亲，说连儿子也管不住，要找他回来。二哥回来后，母亲大发脾气，要二哥跪下磕头赔罪。二哥去父亲书房认错，父亲气得连话也说不出来。母亲反过来就骂父亲管不住，后来就把二哥带到上海去读书了。"

一个能够把故宫文物管理得井井有条的大学者，却管不住自己的儿子，只有气得话说不出来的分，让人忍俊不禁。马彦祥 1925 年考入上海复旦大学中文系，因深受大戏剧家洪深影响，从此步入剧坛。抗战伊始，他已经成为中国剧坛著名的戏剧理论家和作家。他登台扮演《日出》中的胡四，被公认为"天下第一胡四"。叛逆的青年往往激进，激进的青年最为左倾，从 30 年代开始，马彦祥就接近共产党，提出了加入共产党的要求。这么一个儿子，完全有着自己的信仰，自己的事业，自己的生活，马衡从管不住他，竟然也慢慢认可他了。

最头痛的好像还是他那个小儿子。马文冲 1916 年出生，从 1932 年马衡出入无定，举家南归之时起，北平十几个人住的大房子里面只有马文冲带着仆人居住。当时马文冲中学毕业，在中法大学读了一年书，马衡一回家就要考查他的学业，他希望儿子能够继承家族传统，做学问安身立命。同时，他又觉得下一代人应该去学习更现代的学问，所以一直督促他学习地质学。谁知好动的马文冲偏偏爱上了父亲所有爱好中最不起眼的一个爱好，"偏那时候我爱体育，整天就想打球。还冒充东北籍贯报考黄埔军校"，被马衡大骂一顿。父亲如此大骂儿子是有道理的，中国人是最讲祖籍、认祖坟的，故马衡家大门口挂匾为"鄞县马"。马文冲为了当兵考军校，竟然连祖籍都不要了，马衡很生气，故不许他上军校。

1933年7月，故宫博物院理事会通过了成立南京分院的决定，将南迁文物存放在首都南京。第二年，马文冲由母亲做主，报考黄埔军校第十一期。当马文冲把这一消息告诉马衡时，出乎他的意料，父亲深表赞赏和支持。国难日深，国家存亡之际，马衡已经改变了一向认同的教育救国的主张。到了南京的黄埔军校后，马文冲才有机会看见上海租界的故宫仓库和正在朝天门兴建的故宫博物院南京分院。在他的印象中，上海租界仓库有两个圆形大铜门，上有三百六十多位数的密码，极其复杂。而南京的地下仓库则更是一个巨大的工程，有专门的发电厂和人造空气，分地上地下三层。他这才知道父亲的工作有多么艰巨多么重要。

那年8月，正值马衡的母亲李氏过世，马衡按照儒家之礼仪，很长时间没有刮胡子，穿着灰布大褂，鞋子上还镶着一道白边。数月后他的九弟马廉又猝死于北大教室。国仇家难，马衡无法照顾两头。那时马衡经常住在南京，监督仓库工程早日完工，只得让五弟马鉴为母亲和弟弟发丧，自己则在往来书信上钤印时，将朱砂印泥改为蓝色印泥。

将朱色改为蓝色，只这一个细节，孝子之孝，文人之文，尽在其中矣。

1933年至1944年，故宫一万三千余箱书画、铜器、瓷器、玉器精品及善本，历经十一年，行程万余里，先迁上海，后迁南京，再迁西南大后方。在日寇侵华期间，全国文物损失惨重，但故宫文物却无甚损失，这不能不说是一个奇迹。而领衔的院长马衡从不居功，甚至很少提及，这正是马衡不以物喜、不以已悲的天性使然。

1937年7月抗日战争爆发，继之八一三上海烽火又起。马衡与马文冲父子俩在南京经常碰头，那也是他和父亲很亲近的一段时光。就在朝天门工程即将完工之时，七七事变爆发，抗战全面开始，马文冲被调往淞沪战场。他清楚地记得父亲满脸慈祥，对他说不要贪生怕死，打仗要勇敢。他不知道，虽然不上战场，父亲肩负的任务一点不比他轻，国宝面临着西迁的任务。

与此同时，父亲马衡的保护国宝战役也再次打响了。这一次更加艰辛曲折，临危受命的马衡别无选择。11月底，北路陆路运输的三个批次专列先后从下关开出，前往西安。首批专列没有可靠的押运人，马衡想来想去，想到儿子马彦祥。真是上阵父子兵啊，马家二公子马彦祥二话不说就答应了。

故宫文物分三路运往后方，马衡带领部分人员走中路，有九千三百三十一箱，基本走水路，分十九批经四个月运往宜昌，然后转运重庆，后又因安全问题转运乐山。“加雇民船，星夜装运”，还有故宫博物院工作人员因深夜押运不慎落水而亡的。马衡很为自己挑选的员工而满意，故宫文物分批西迁，八年来国宝没一件遗失，无一被盗和损坏，全部安然无恙，这是故宫全体执行人员的功劳。他们若没有忠贞的爱国心和高度的责任感是不可能创造这样的奇迹的。

文物押运的过程中也有苦中作乐的时候。有一次，马衡一行三人雇一辆小车前往陕西。刚出成都，路途平坦，视野开阔，马衡高兴起来，和同行的人一路背诵着《长恨歌》。行至绵阳，道路颠簸，再无精神背诗。至梓潼，司机罢工不开了，马衡数人只得坐着大货车赶往陕西。这些都是小插曲。找地方藏那些国宝，这才费尽了马衡的心思，最后选定了乐山安谷乡的一座古寺和六座祠堂。北路运输负责人那志良完成任务之后给马衡发了一封电报，旋即接到马衡回电：“自泸州被炸，忧心如焚，数夜不眠。得来电，知兄大功告成，急嘱厨房备酒，痛饮数杯。”

马衡者，真性情中人也。劫难来时愁得睡不着，大功告成时立刻要喝庆功酒，还忙不迭地把此事告诉他的下属。其人个性，可见一斑。

俞建伟、沈松平先生所著《马衡传》中，对国宝南迁有着非常到位的评述：“从 1937 年到 1947 年，马衡和故宫同仁们在抗日战争烽火连天的环境中，在恶劣的自然条件下，带着一万六千七百多箱书画、铜器、瓷器、玉器精品及图书善本，历经十年，行程万余里，迁移到西南大后方，存放到安全地带，直到抗日胜利后再迁重庆，然后再迁回南京，每一迁都惊心动魄，每一迁都留下难忘的故事。在日寇侵华期间，全中国文物损失惨重，但故宫博物院的文物却没有大的损失，尤其西迁文物无一失落，无一被盗，全部安然返回南京，这不能不说是抗战中的一个奇迹，也是世界文物史上的一个奇迹。”

故宫文物西迁，是中国人民保护珍贵文物的壮举，也是第二次世界大战中保存人类文化遗产的奇迹。1947 年 9 月 3 日，马衡在北平广播电台专门作了《抗战期间故宫文物之保管》的著名演讲，详细地说明了文物西迁过程，却没有丝毫提及个人在这艰苦卓绝的十年中的贡献。

有谁知道，正是在他披肝沥胆救护国宝之际，他那从军的小儿子马文冲在南京保卫战中身负重伤，撤往武汉救治，住院七十多天。正在主持中路文物运输的马衡路过武汉，前去医院，儿子刚做完手术，还没有从深度麻醉中醒来，马衡在他床边守候良久。男儿有泪不轻弹，只因未到伤心处。从不落泪的马衡此时落泪了。他不能守候于在死亡线上挣扎的儿子身边，国宝在等待他的组织保护。他有儿子，但他更是中国人民的儿子。就这样挥泪而去，终不能与儿子说一句话。

又有谁知道，当马衡护卫着国宝长途跋涉时，1940 年，身在上海的妻子叶薇卿却终因病重而逝世。烽火连天，夫妻不得相互扶持，叶薇卿终年仅五十六岁。

幸有郭沫若这样的大人物充分评价了马衡之大功，在《凡将斋金石丛稿》一书的序言中作了充分的肯定："前日本帝国主义发动大规模侵华战争期间，马先生担任故宫博物院院长之职，故宫所藏文物，即蒙多方维护，运往西南地区保存。即以秦刻石鼓十具而论，其装运之艰巨是可以想见的，但马先生从不以此自矜功伐。"

马衡为人方正，他的刚直无私，淡泊名利，他的爱国思想与民族气节，甚至就是在国难当头之时，也似乎只是不动声色地流露出来。他是一个一默如雷的人。

马衡的又一卓越的贡献，是在 1948 年前后千方百计地保护下了留在北平的珍贵文物。

有谁会想到，无比珍贵的故宫文物会经受如此之多的磨难，而故宫文物的捍卫者又要经受如此之多的命运的抉择。1948 年 11 月 10 日，故宫博物院召开理事会，在院长马衡缺席的情况下，决定在存放于南京的文物中选择精品运往台湾。而北平文物的迁运工作却一拖再拖，每次上面催促，马衡都有理由，比如机场不安全，暂不能运出等。朱家溍先生回忆说："北平和平解放了，有一天，我问马院长：'是不是本意就不打算空运古物？'马院长点燃一支雪茄，连吸几口，从鼻孔冒出两缕烟，微笑着说：'我们彼此会心不远吧。'……他告诉我，他的儿子马彦祥在解放区，早就设法和他联系过，所以他决定不走，并且尽可能使空运古物不成事实。"

事实上，马衡的气节也使他不愿意离开中国大陆。1949 年 1 月，南京政府派专机来接北平国民党高级将领和文化界知名人士时，马衡是名列其中的，但他一拖再拖，终于留在了中国大陆。

马衡的选择，不仅仅是他个人的选择，也是他整个家族的选择。他的大儿子马太龙早在抗战初期就离开了国民政府，不愿意再与这个没有前途的腐败政府绑在一起。他的次子马彦祥早已成为共产党的文化骨干活跃在中国戏剧舞台上。1949 年春天，他是作为北平市军管会所属的文化接管委员会首批人员进入北平的，当时的职务是文管会文艺部副部长兼旧剧处处长。他的小儿子马文冲经历最为坎坷，抗战初期重伤之后，被马衡接到重庆故宫博物院办事处养了近一年的伤，刚好黄埔军校入川，马文冲就归校担任了骑兵科助教，一年后又回军队任职，重返前线。

抗战胜利之后父亲就劝其子早日转业。1946 年马文冲所在部队上了内战前线，辞行时马衡正告其子：国家大病之后，满目疮痍，哀鸿遍野，切勿卷入内战，否则将死无葬生之地。马文冲说："军人以服从为天职，岂可惜死？"马衡听后大怒曰："我岂是教你贪生怕死？当年你奔赴抗日前线，我不是教导你要英勇杀敌吗？为保卫祖国而战，战死也光荣。如今你为少数人的意志卖命，进行祸国殃民的内战。你穿这身军装走在人前，人皆侧目而视，你不觉得可耻吗？"

父亲的当头棒喝唤醒了梦中人，马文冲未曾把枪口对准共产党的军队，但他也无力摆脱那旧有的轨道，他去了台湾省。然而父亲的召唤竟然会如此振聋发聩，马文冲回忆："他那时候教育我，国家只有一个中央政府，中央政府是祖国的代表。"中华人民共和国刚刚成立，马衡就通过他在香港大学教书的五弟马鉴劝马文冲快快回来。一年之后，马文冲竟然奇迹般地带着妻儿从台湾回到了大陆，回到了他亲爱的父亲身边。

马衡先生的晚年面临着的是一个完全不同的语境。在那个语境里，他不是大师，而是幼儿园小朋友，一切都得从头学起了，从言谈举止，到灵魂深处。

面对这一切，马衡是缺乏准备的，或者说，他根本就没想去准备。他全部的精力，一以贯之地花在他终身热爱的文物工作上。1951 年，故宫对建院以来的旧体制进行改革，工作相当繁重，马衡精神十足地开始收购大量国宝。周总理批准拨出四十八万港币回购"三希堂法帖"中的《中秋》《伯远》二帖，就是由马衡和王冶秋经办的。

如此地不重视学习，不突出政治，不洗心革面，不在灵魂深处爆发革命，对时局的演变又如此懵懂，糊涂一片，自然就会换来第一阵暴风骤雨的袭击。1952 年，"三反"运动来了，马衡和故宫的一批干部被揪了出来，开始了没完没了的审查交代。有一种奇怪的逻辑在故宫似幽灵般流传：深山必有老虎。马衡既然在故宫工作了三十多年，他就不可能没有贪污盗窃的隐情。这种假设有罪的逻辑，让“玉人”般的马衡连反驳的准备都没有。这一切实在是太荒唐了！从马衡这里自然是什么也问不出来，于是便去讯问马衡的司机，司机说：“马院长上班下班，从来就是空手来去，连包都不拿，而且他上下车全部在大庭广众下进行，他怎么可能盗窃贪污呢？”

查了马衡两个月的问题，什么也没有查出来，只得作罢。但就此罢休又太便宜了马衡，于是找了马衡别的缺点：架子大，和劳动人民缺乏感情。这是当时对知识分子普遍的意见。有人竟然用这样的办法来整治他，让这个古稀老人每天拿一个小板凳到故宫后门外和人力车夫坐在一起学习。马衡这么大的一个学问家，一辈子与书打交道，何曾受过这样的精神打击。幸而不久郭沫若知道了这一消息，连忙让人通知他回去，他这才算是得了解脱。

虽然用不着再和人力车夫坐在一起学习了，但马衡的故宫博物院院长之职却被解除，调任全国文物委员会主任委员。这对马衡是一个极其重大的打击。他为故宫博物院整整服务了二十七年，其中有十九年担任院长之职。这十九年多值战乱，烽烟遍地，故宫文物南迁、西运，新旧政权更替，他始终以保护故宫文物为己任，尽职尽责，此情此心，可谓杜鹃泣血，披肝沥胆。他那为保护中华民族珍贵文化遗产所付出的劳苦及功绩本该永载青史，谁曾想还要受到如此的诬蔑。他一生性情平和，为人严谨，他在历史的关头作出了相信共产党的重大抉择，他不能怀疑自己的抉择，又无法接受某些人对他的污辱。他的晚年陷入了极大的精神苦闷之中。

另有一件事情也让他心事重重。他好不容易才把小儿子从台湾召唤回来，但小儿子的生活却并不尽如人意。从台湾回来后，他就参加了革命培训班，最后被分配到了山东单县教书。作为“内控”人员，马文冲得不到政府的信任。此时的父亲已经无力像战时那样照顾这个小儿子，只能让他在当地好好工作。

尽管精神苦闷，马衡还是准备把自己收藏的所有文物捐献给故宫博物院。马衡一生搜购文物花钱从不吝啬，他搜集的图书、书画、碑帖等文物堆满了四间屋子。1952 年他就捐献了一批。儿女看他的房子都已经破了，劝他卖两件文物，修修破了的房子。马衡说不卖，也不留给子女，死后全部捐献给故宫博物院。马衡去世后，其子女遵其遗愿，将其所遗文稿数十万言，以及历年所藏万余册图书及九千余件金石拓本等文物悉数无偿地捐献给故宫博物院。

马衡就是以这样的赤子之心来回答那些怀疑他、污辱他的人格的声音的，就是以这样深深的爱来拥抱那与他相依为命的故宫博物院的。

长期的忧郁，终于让七十岁的老人患上了癌症。1955 年 3 月 26 日，马衡病逝于北大医院的急诊病房中。临终时的马衡，怀着的又是怎样无尽的隐痛和巨大的遗憾啊！他没有能够看到他最疼爱的小儿子马文冲。因为就在同一天，发生了悲剧性的一幕，远在山东的马文冲被当做台湾特务逮捕入狱了。听到北京传来父亲去世的消息，悲痛欲绝的马文冲想起了被迫离开故宫的父亲在小院里和自己一起拓碑的情景，想起了父亲曾经告诉他，他收藏的宝贝最终都是要捐献给故宫的，不禁痛哭。办案人员告诉他不能回京，因为害怕他就此潜逃。父子俩无论如何也不会想到，从那天开始，马文冲被关押了整整二十年。

时光荏苒，岁月自有它极强的纠偏能力。2005 年故宫博物院成立八十周年之际，也是马衡去世五十周年。现任院长郑欣淼为纪念老院长向故宫捐献的两批文物约两万件，特地著文写道："抗日战争胜利后，马衡院长领导故宫博物院奉命复员，组织西迁文物东归，接收流散文物，并顺应历史潮流，依靠进步职工，使南京政府空运北平本院文物珍品去台湾的设想落空，拒绝了要其赴台的电令，毅然选择了新生的人民政权。马衡先生 1952 年离开了他以身相许的故宫博物院，心情当是很复杂的。但他对故宫的挚爱不仅没有改变，反而得到了升华。也就在这一年，他将珍藏的包括宋拓唐刻颜真卿《麻姑仙坛记》卷在内的甲骨、碑帖等四百多件文物捐献给了故宫博物院。在他去世后，子女遵其遗愿，又将一万四千余件 ( 册 ) 文物捐给了故宫博物院。这是马衡先生日积月累收购来的，花费了他一辈子的心血，全部捐给了国家，捐给了与他生命连接在一起的故宫博物院，表现出马先生的品格和襟怀，更是培育故宫人精神和形成故宫传统的宝贵的精神财富。"

行文至此，我突然想起近日媒体报道的北京故宫博物院和台北故宫博物院将共同举办各种文物活动的消息。那正是在马衡先生手里一件件搜集整理起来的国宝啊！六十年海峡两岸分离，中国的国宝即将会合在一起了。马衡先生，您若泉下有知，会不会又将大声唤酒，痛饮庆贺呢？

会的！

## 五 马鉴——从燕京到香港的教育之旅

与两位兄长相比，五先生马鉴似乎更像是为教育而生的。要说他的形象，我想来想去，也是两个字：先生。

细细想来，这辈子他除了读书和教书之外，还做过别的什么事情吗？没有。他一辈子都在学校里度过，传道授业解惑，直至寿终正寝。

在五先生马鉴身上，有着极为奇特的对立统一。一方面，他的一生是别无选择的一生，除了教书，为教书而读书，他没有做过任何别的事情。另一方面，他的一生是经历过重大选择的一生：在五兄弟中，他是选择工作和学习单位最多的一位。几乎每一个时代的转折关头，他都要相应地选择，而每一次他都选择得非常明智准确。

我们已经知晓，1899 年初，马衡、马鉴两兄弟同赴上海南洋公学应试，大堂点名给卷时，他们看到一位身材高大西装革履的洋人，帽子上却加了一粒蓝色的顶珠——似乎要以此装饰来表示他的中西合璧，这正是南洋公学的洋监院福开森。接着口试时，主持者正好还是这位福开森。也是这对师生有缘，福开森对马鉴的富于教养、善于表达、思维敏捷留下了深刻的印象，二人从此结下了不解之缘。

这对师生原本有缘在南洋公学正常完成传道与学习之本分的，谁知三年之后，一场突如其来的学潮，中断了马鉴的学习生涯。

这场学潮的缘起却是一只小小的墨水瓶。话说南洋公学里有个中文教习郭镇瀛，因顽固保守品行恶劣，早和学生闹得势不两立。1902 年 11 月 5 日，郭镇瀛走进教室，发现师座上放着一只空墨水瓶，触动多疑神经，以为此乃有人含沙射影讥其腹中空空，犹如此瓶，顿时暴跳如雷。而课后一个品行极差的学生又向他诬告了别的同学，这位郭教习以为抓住了把柄，恶人先告状，闹到了公学总办那里，结果那位被诬陷的学生受到极不公正的处分。全班同学为之愤愤不平，正准备和校方交涉，谁知总办来了一张条子："五班学生聚众开会，倡行革命，着全体一律开除！"

这样一个小小的墨水瓶，竟然发展到要开除一个班的学生，顿时引起了轩然大波。南洋公学全校学生再向总办抗议，不料总办这个酒糊涂竟悍然声称：

“五班已经开除，非诸生所得干预，愿去者听便！”

此言一出，激怒了全校学生，两百多名学生当场决定全体退学，以示抗议。校方这才发现大事不妙，急忙请了特班总教习蔡元培先生出面调解，由他面见督办盛宣怀，转达学生要求后再定去留。蔡元培先生去了盛府，全体学生检点行装列队操场，哪知这位盛老爷日高三丈睡卧不起，蔡元培只得在门厅等候。可学生们却等不及了，他们一边喊着“祖国万岁”，一边井然有序地离校。这一天为1902年11月16日。

近代中国的第一次学潮意义重大，影响深远。马鉴投身其中，虽然只是普通一员，但内心也同样充满主人公的英雄气概。在这逆来顺受的奴性社会里，在这屈从还是抗争的严峻选择中，他表现出了正义、勇敢和良知。虽然在这次学潮中他没有出头担任学生领袖的角色，但少年时代的这次集体英勇的反抗与叛逆，必定给他的一生带来深刻影响，使他在以后许多次重大选择中表现出出乎人们意料的那种沉着冷静与果敢决断。

从南洋公学出走之后，马鉴经历了那个旧时代转型期的种种磨难。幸运的是，正是在那个历史阶段，他开始追随蔡元培先生，并一生实践了蔡元培的教育理想。综观马氏诸兄弟在那个时代的种种作为，可知他们奉行的都是教育救国主张。马鉴从小认识的仁人志士，也大多是教育家。因此，1907年，当他的二哥还在日本留学，而他的四哥则娶了富商之女在上海当起了寓公之时，他却已经携眷抵杭，任教于刚成立的浙江两级师范学堂。他是马氏五兄弟之中从教最早的一位。那一年，他刚刚二十四岁。

浙江两级师范学堂就是今天的杭州高级中学，这是一所有着光荣历史的学校，1906年刚由原先秀才考举人的省城贡院改建而成。马鉴的同事中，有大名鼎鼎的沈钧儒、经亨颐、许寿裳、夏丏尊、张宗祥、马叙伦、沈尹默等，两年之后，鲁迅从日本留学归国后也首先执教于此。

马鉴本性并非“愤青”，但命运就是让他摊上了历史关节，先是让他赶上了近代中国的第一次学潮，现在当了老师，又赶上了现代中国第一场师潮——那就是因了鲁迅的文章而被命名的、轰动一时的“木瓜之役”。

1909年冬天，理学家夏震武出任浙江两级师范学堂监督，他到校的第一件事，就是率众向“至圣先师”行三跪九叩之礼，又要全体教员各按品级穿戴礼服到礼堂谒见。手谕一下，一片哗然，教员决定全体罢教以示抗议。夏震武以失败告终，被撤销监督职务。因为大家背地里都叫夏震武“夏木瓜”，所以这场斗争又称“木瓜之役”。

马鉴初登教坛，就参与了这样一次新旧思想之争，虽然不曾出头露面，但他自始至终站在许寿裳、鲁迅一方。不久教务长许寿裳辞职离校，学期结束，马鉴也义无反顾地拂袖而去。

此后几年，国内局势极度动荡。武昌起义、浙江光复、民国成立、“二次革命”、袁世凯称帝、张勋复辟……家国在新旧交替中痛苦变革，马鉴为养家糊口而在杭州、宁波、上海、武汉等地奔波。说起来命运也真是一个奇怪的东西，当初海曙公是带着两个儿子上叶家任其挑选的，如果选中的是他而不是马衡呢？总之，早年的马鉴完全没有仅仅比他大两岁的四哥马衡那么幸运，孩子多，经济困难，屋漏又遭连日雨，1914 年，夫人张氏久病不治，溘然长逝，遗下三个年幼的孩子。好在第二年马鉴续弦，娶到了一位千金难觅的贤内助郑心如，他个人的命运也在此一阶段后柳暗花明。

三十四岁的马鉴可没有想到，十多年前的洋人老师福开森还在记挂着他。原来这位洋先生在清帝逊位前当过两江总督的外国顾问，清廷一倒，他就转往北京，担任了中国红十字会的董事。这位洋教习倒也很是念旧，一直惦记着昔日的得意门生马鉴。1916 年北京协和医学院刚刚开始筹办，他便一纸荐书，推举马鉴来京任教。此时马鉴的二哥马裕藻已经在北大国文系担任教授，七弟马准也在京师图书馆任职，而他的四哥马衡再过一年亦将北上从教。马氏兄弟从遥远的江南来到北京，就要大团圆了。

真是再没有什么比兄弟济济一堂更让人幸福的了。多年的磨砺，仿佛就是为了这一次跳跃龙门。北京协和医学院的门槛是非常高的，这是个洋气冲天的高等学府，从开办到 1921 年期间，共聘请了一百五十一名高级人员，其中只有马鉴和另外两个中国人不曾留洋。学校考试之严更是令人胆寒，从开办到 1930 年，只有六十四名学生取得了毕业文凭，校方对教师的要求从中可见一斑。其办学宗旨明确表示：“培养有前途的男女学生成为高质量的、将来可以做领导的医师、教员和科学家，同时也给来自教会的医师和来自全国的医师以短期进修机会。”由于校方高度重视学生素质，于 1917 年聘请了十五名预科教员，马鉴担任中文讲席。

作为一名优秀的中文教师，马鉴为这所学校整整服务了八年。按照学校的惯例，他获得了校方罗氏基金会的资助。对马鉴而言，留洋的目的只是为了更好地从事教育工作。他与那一代不少知识分子一样，从青年时代开始就立下了以文化救国、以教育强国的远大理想。因此，这位七个孩子的父亲，四十二岁“高龄”的留学生，出国进修时，毅然决定赴美国纽约哥伦比亚大学攻读师范与文学硕士学位。马鉴的进修时间只有一年，1926 年 11 月，马鉴带着哥伦比亚大学师范学院的毕业证书和文学硕士学位文凭重返祖国。这一次，他没有回到为之服务八年的北京协和医学院，却选择了燕京大学。

燕京大学是外国基督教会在中国创办的一所私立学校，由出生在中国杭州的美国人司徒雷登担任校长，“燕京大学”这个富有诗意的校名也是他取的，还特请蔡元培先生书写了匾额。到这样一所大学去教书，马鉴很乐意。

刚到燕大执教的马鉴，外表就给学生留下了深刻的印象。当时中国大学里教习国文的普遍都是相貌严肃的老先生，他们往往于中国文学有深厚的功底，对古文诗词很熟，但缺乏新的知识和新的教授法。一位当年燕大的学生回忆道：“我在一年级的时候，中文是一位姓管的老先生教的。他穿长袍，一只袖子里塞着一条手巾，讲书的时候，常常拿出手巾来擦鼻涕口沫，所以听说有一位在美国得了硕士的教授来教中文觉得很是新奇。那天钟声一响，我们都肃静地坐在课堂里，眼睛望着进门处。新教授走了进来，是个个子颇高，面貌端正白皙，约四十岁的人，穿着一身笔挺的西服和皮鞋，胸前露着一条银表链。那个时期除了外国教授和留学生回国教学之外，燕大教职员和学生穿西服的还少，中文教授、讲师更是都穿长袍。新教授面带笑容，以轻快的步伐走到讲台前，态度谦虚，用清晰而稳定的声音开始讲古文。他虽然是浙江人，但讲一口纯粹的国语。我已忘记是讲哪篇古文了，但还记得他讲得很有系统，将事情的背景、人物传略、地方情形有条不紊地讲出来，引证各书中有关的段节，还告诉我们一些参考书籍。”

大家很快就认定，新来的老师是循循善诱的忠厚长者。有个同学更具体地指出：“季明师为人温文忠厚，讲书及谈话时都是那么谦和，有彬彬君子之风；处事认真负责，对学生选课及学业上的种种问题都悉心扶助，指导有方。我没有听过同学们对他有什么不满或怨言。看他坦然地周旋于系里数十位同事之中，情谊和洽，融泄一堂，就知道他具有深厚的修养，善于做人与处世。”

马家五先生的命运与二先生颇有些相似。马鉴来校不久，即被选为国文系主任。也和他的二哥一样，每逢学期开年，就为延请名师大家犯难。当初，燕大国文系的师资力量是非常单薄的。1922 年周作人应燕大之聘来兼课时，系里只有两位教古典文学的老先生。周作人专讲现代文学，校方看他唱独脚戏不行，这才派了刚毕业的许地山帮忙助教。马鉴甫一上任，就留心着到处找名家来给学生们上课。和他的二哥马裕藻当年敬请鲁迅先生一样，马鉴也抓住机会请到了一次鲁迅。1929 年 5 月，鲁迅由沪抵平探望母亲，这是他南下三年后第一次北上。马鉴特地以国文学会的名义请他来燕大演讲，还趁机动员道："燕大是有钱而请不到好的教员，您可以来此教书了。"可惜马鉴这回没了二哥的好运气，鲁迅先生不可能常住北京，他婉言谢绝，答以"奔波了几年，已经心粗气浮，不能教书了"。不过他答应在燕大进行一次演讲，演讲的题目正是很刺痛了某些人神经的《现今的新文学概观》。

与他的几位弟兄在精神上的取向有所不同，早在协和医学院工作之时，马鉴就信仰了基督教，但他是为了寻求如何救中国的途径接近他心中的上帝的，这深沉执著的爱国思想，使他尤为信仰基督教的博爱精神。而在美国求学之时，马鉴与以胡适为代表的许多一流的中国知识分子一样，成为美国实用主义哲学家杜威的信奉者，他是本着"教育即生活"的杜威教育思想和"爱人如己"的基督教博爱精神来从事学生辅导工作的。

虽是基督教徒，马鉴在文化上却是个不折不扣的中国传统学者和教育家，一向信奉孔夫子的"述而不作"，欧美大学所谓"不出版就完蛋"的说法，在他看来简直是天方夜谭。周作人晚年所著《知堂回想录》中对此亦有评叙，他能准确地指出马氏兄弟共同具有的两点特性：一为待人谦虚，"虽然熟识朋友，也总是称某某先生"；二为治学严谨，"用功勤，所为札记甚多，然平素过于谦逊不肯发表"。照今天的评价，马鉴就是把全部心思放在教书上了。他认为教学必须使学生彻底明了，不可敷衍塞责，尤其不可讲解错误，给学生留下不正确的观念或印象。所以他一有空闲就翻书本，找资料，青灯黄卷，孜孜不倦，目的却只为了编好讲义，上好课。不管这课文是否讲过，每次上课前夕，他都要认真仔细地准备，直到深夜，夫人郑心如则必定坐在一旁陪着他。学生向他借书看，发现里面夹了许多纸条，上面密密麻麻地写着注解、心得。

马鉴的次女马彰曾经回忆说："那时我还在小学读书，经常看到大学生们来我家与父亲讨论问题，或向他求教，他们在书房里一坐就是半天。我觉得父亲好管闲事，来者不拒，浪费了不少时间，何必呢？以后才知道，父亲除教中文外，还兼任辅导委员会主席，所以学生有任何问题都来找马教授。而父亲始终和颜悦色，不厌其烦地帮助他们，解决了许多困难。那些受益的学生也是衷心感激。当我们离开北京迁居香港后，常有父亲的旧友登门拜访，道及往事。"

这是一个多么艰难困苦的时代，无论对祖国还是对个人。马鉴的教育救国理想一次次面临严峻的考验。九一八事变爆发，国难深重，高等学府无法再保持昔日的宁静，校园里人人戴上了写有"耻"字的黑布臂章。燕大学生首先以卧轨行动获得乘车权，第一批南下请愿，要求国民党政府抗日救亡。马鉴和一批具有正义感的爱国教授雷洁琼、郑振铎、顾颉刚、高君珊、容庚等人组织成立了燕京大学中国教职员抗日救国会。

国家国家，国与家密不可分。正是在那段岁月，马家也屡遭灾难。先是1934年8月母亲与世长辞，仅隔半年，九弟马廉也因脑溢血而英年早逝。此时二哥身体不好，四哥正在主持国宝南迁工作，七弟尚自顾不暇，家中唯一能挑起家事大梁的也只有他。是年4月，马鉴向学校请假，护送母亲和九弟的灵柩回宁波，安葬在父亲的坟墓旁。

刚办完丧事返回燕大，没想到又有一件非常棘手的额外任务等着他——校方要他负责"百万基金"捐款事宜。

原来燕大是一所私立学校，财政上得不到政府的支持，完全依靠教会和个人的资助。司徒雷登主管该校后，大部分时间是在美国度过的，其主要工作便是向有钱人募捐。他承认："要经常巴结未来的捐款人，而且要向他们乞求，我感到很不是滋味。我从来没有经受过这种使人紧张而疲劳的事情。我甚至得了一种神经性的消化不良症，这一症状，每次总是在我旅程完结时就消失。"他曾深有体会地感叹："我每次见到乞丐，就感到我属于他们这一类。"

这样的形象与十二年后毛泽东发表的对美国政府白皮书《别了，司徒雷登》中的那个美国驻华大使有多么大的区别啊！30年代前期，美国发生了严重的经济危机，募集捐款更趋困难，司徒雷登的目光不得不转向中国人的钱袋，因此提出了"百万基金"的口号。毋庸置疑，要实现这一目标，比在美国艰巨百倍，可是司徒雷登却偏偏让毫无经验的马鉴教授来负责。马鉴半辈子教书育人，从来不和达官贵人、富商巨贾打交道，他在中国大地上到处奔忙筹钱，募捐之事，简直是无从下手。幸亏他人缘好，有学生帮他结识了"山西王"阎锡山。阎锡山以绥靖主任名义捐款一万元，马鉴此行总算不辱使命。

望着马鉴先生那张温文尔雅的书卷气十足的脸，我感慨万千地想：如果不是那次与他气质学养风马牛不相及的筹款活动，他会离开燕大吗？马氏兄弟似乎有同样的心理特质，那就是表面看去波澜不兴，却已在不动声色中作出了重大决定。事实上马鉴下的正是一个跨度极大的决心：离开北平，南下香港。

上一次他在协和医学院待了整整八年之后离开，这次在燕大则度过整整十年。马鉴毕竟在北平生活了近二十个年头，要他遽然告别相依为命的兄弟、无话不谈的友朋、毕业未毕业的学生，立刻到那举目无亲，生活习惯和环境气候都迥异于北地的香港工作，委实是不容易。有谁知道他内心的惊涛骇浪呢？马家兄弟是一群把自己的内心控制在道德文章中的地道的君子，那些痛苦的抉择过程，马鉴是不会对人言的。

匆匆完成筹款任务后，他立刻离开了燕大，接受香港大学文学院的聘请，担任该校中文系教授。由于行前匆忙，他启程赴港时只带着一个儿子，其余眷属都还暂时留在北京。

整整十年的燕京岁月就此结束了。在此之前，他的同事许地山和郑振铎已经辞职，而他的前辈周作人、沈尹默等人则早就离去了。

坐落于香港岛西部薄扶林道旁的香港大学始建于 1911 年，港大文学院则于 1927 年成立。文学院以英文为全部科目之最，中文专业知识则与封建社会八股时代一脉相承，五四以来的白话文、新文学完全被摒诸课堂之外。1935 年 1 月，胡适替香港大学争取到中英庚款基金拨助款项，校方特邀他来香港讲学并授予名誉学位。这位倡导白话文的新文化运动之干将，自然对港大的文化气候非常不满，趁势提议请燕京大学教授许地山来主持文学院的改革计划。当时的许地山用“落花生”的笔名撰写“问题小说”而名噪一时，港大自然欢迎。然而，主持改革的人最需要的便是管理才干，而这方面恰是诗人气质极浓的许地山的弱项。就在这时，马鉴为募集“百万基金”到了香港，老朋友相逢，自然格外亲切，许地山便提请做了多年燕京大学国文系主任的马鉴到香港大学共事。

马鉴南下香港，是偶然因素促成的必然之行。此时，浙东文化中那种“事功”精神从温文尔雅的马鉴先生骨子里迸发了出来，呈现为超凡脱俗的胆识和善于审时度势的识见，他当机立断，接受聘请。博雅的马先生的到来，为香港创造了一个中国式的沙龙，真是“谈笑有鸿儒，往来无白丁”。马鉴颇有语言天赋，宁波话、扬州话、北京话和英语都讲得相当流利，来港不久，他又能粗通粤语了。上好的龙井茶奉上，是为了热情接待香港文化新闻界人士，与学生的关系更是一以贯之的融洽，师生互答，如沐春风。上课时态度和蔼，有问必答。课间休息时，便拿出从家里带来的花生米之类的零食请同学们品尝，一面继续交谈。座中学生大有成才之士，其中便包括大名鼎鼎的女作家张爱玲。

然而，也有深切的痛苦伴随着他在香港的那段日子。首先便是恩师蔡元培先生的去世。晚年出任中央研究院院长的蔡元培先生于 1937 年底举家来港，给孤身南下的马鉴心灵以巨大的慰藉。蔡元培是马鉴的启蒙恩师，四十年前，正是在他的指引下，马鉴走上了教育救国的道路。在港期间，马鉴常去问候，看到先生生活清苦，想在经济上提供些许帮助，蔡元培说什么也不同意。相反，对于马鉴却有求必应，曾为他的书房亲笔撰写一副对联："万卷藏书宜子弟，十年种木长风烟。"字里行间洋溢着对马鉴教书育人的嘉许。马鉴本以为能够与恩师在香港长相守，谁知 1940 年 3 月突闻蔡元培逝世的噩耗，其悲伤之情真是无法形容。蔡元培灵柩举殡，他亲往执绋，步行送殡。祭奠之后，马鉴哀思未尽，打破自己"述而不作"的习惯，破例在《东方杂志》上发表《纪念蔡孑民先生》一文，深情回忆师生之情。蔡元培的道德品格早已融入马鉴的血液之中，诚如其子马蒙在他去世后所指出的："先生生前极为景仰蔡孑民先生，虽届晚年，仍不忘以蔡先生之一言一行为典范。"

母亲，这正是我要告诉您的一个重要的心得。这些年来，我渐渐悟出了一种人格模式——蔡式人格。那正是以蔡元培先生为楷模的一种人格。通儒学养，大师气象，家国情怀，中和格局。这样的人格模式貌似决不极端，处事接物恬淡从容，平日性情温和，从不疾言厉色，偶有批评也总是留有余地，犹如冬日之阳。但一遇大事，则立见其刚强之性，发言行事不肯苟同。举凡历史关口，他们实际上是真正有破必有立的历史的创造者。这样的人格模式，难道不是今天的国人真正应该大树特树的吗？

这些年来，国人热炒胡雪岩、曾国藩、乾隆、雍正皇帝……总想从他们身上得到精神营养，为什么不从蔡元培这样的人的人格中去汲取我们可以效仿的精神养料呢？都说物以类聚，人以群分，无怪乎蔡元培逝世的消息传到北京，马裕藻闻之哀恸有加，马氏兄弟们，正是蔡元培人格模式的忠实实践者啊。

又不到一年半，马鉴痛失挚友许地山。马鉴与许地山称得上是无话不谈、互相信赖的莫逆之交。他们气质相近，志趣相投，本想携手为香港教育扎扎实实作一番贡献，谁知天不假年，许地山英年早逝。马鉴再次打破“述而不作”的惯例，为特刊写下了《许地山先生对于香港教育之贡献》。

太平洋战争的猝然爆发，使马鉴无法继续许地山的未竟之志。直至四十年后，他的儿子、香港中文大学校长马临，以“兼读学位”和“校外课程”的方式终于实现了父辈的遗愿。

1941 年 12 月 8 日，日本悍然发动太平洋战争。12 月 25 日，港督杨慕琦竖起白旗向日军统帅投降，英国对香港的百年统治由日本取而代之。马鉴的又一个重大抉择在这历史的关头完成，他要离开香港到没有侵略者的地方去。

历史竟然会有着如此相似的重复。马鉴之所以作出这样的抉择，实乃遭遇了与其兄马裕藻同样的经历。马裕藻留守北平时，周作人曾一再上门拉其下水，被马裕藻断然拒绝。马鉴留守香港，亦被原港英政府首席华人代表所纠缠。此人在香港沦陷后第一个接受日军司令官邀请，在宴会上发表谄媚的致词，继而又自恃与马鉴是老相识，亲自出马，劝其共事，还派了一个马鉴过去的学生天天去马家纠缠。马鉴读了一辈子的圣贤书，深明大义，又生长于浙东报仇雪耻之乡，视气节为生命，岂肯屈膝事敌，充当遗臭万年的汉奸？他断然决定：三十六计，走为上策。

马鉴之于香港，并非一无牵挂，最让他放心不下的是他置存在老学斋中的藏书。

老学斋藏书，肇始于 1916 年马鉴去北京任教之时。马鉴一生别无嗜好，唯爱书如命，读书备课，就是他平生最大的乐趣。在京二十年，他去得最勤的地方便是东、西琉璃厂。当时的马鉴，虽僻居西郊海甸，不可能像他的兄弟那么方便，但每逢周末，常常进城，一方面看望母亲和兄弟，另一方面就是到琉璃厂淘金。

马鉴购书，有与众不同之处。他一生信仰教育救国，总是以“教书匠”自许，因而购书准则不仅仅是合乎个人兴趣，更主要为了满足教学参考的需要。同时，马鉴教书也有与众不同之处，他不像那些“专家”教师，一辈子只教某一门或两门课，他是“博而无所归”，讲授过中国文学领域内的许多专题，因此，不光是笔记与小说，举凡唐宋以来的诗、词、曲、散文全都属于他搜集的范围。当时的书价颇合市场经济规律，涨落全看顾客购买的行情。大家都抢购的书，价格一哄而高，无人顾问的书则十分便宜。马鉴掌握了这个规律，不赶时髦，专挑价格回落的书买，天长日久，藏书居然也蔚为大观，多达一万一千余册。离京去港后，他志趣不减，继续搜集不辍，至1941年底，又增加了四千余册。

马鉴把自己的书房取名为“老学斋”。其含义有二：一是学无止境，“活到老，学到老”，这是他的生活信条；二是爱国诗人陆游曾名其居曰“老学庵”，晚年辑成专门记录逸闻旧典的《老学庵笔记》。马鉴对笔记情有独钟，乃想效法陆游，在这间老学斋记录平时所见所得，将来编成一册《老学斋笔记》。

当此长别香港之际，马鉴只得忍痛舍弃老学斋，随身仅携带日常批阅书籍三五十册而已。好在那一万五千余册藏书他托付给了一位靠得住的学生。万卷藏书有所托之后，马鉴再无牵挂了。1942年3月，马鉴六十岁生日过后，他开始积极筹备潜遁。4月，他率领全家——夫人郑心如、女儿马彬、马彦与儿子马临，以及二十名港大学生，自澳门乘“白银丸”号轮船到达法属广州湾(即今之湛江)。港口不远处有一座寸金桥，中国士兵守卫在桥的那头。当他们跨过寸金桥时，年轻人热血沸腾，不由自主地跪下来亲吻这神圣的国土。马鉴虽饱经风霜，此时此刻，也禁不住热泪模糊了双眼。

重获自由的兴奋，很快被义不容辞的重任抑制。平安到达桂林的马鉴接到了老朋友梅贻琦发来的电告，燕京大学将在成都复校，筹备处特聘他为文学院院长兼国文系主任。平地起家，困难丛集。望他能速赴蓉城，共创大业。

马鉴在未名湖畔执教十载，把一生中最年富力强的岁月献给了燕京大学，感情实在是非常深厚的。何况事关复校大计、抗战大业，一个笃信教育救国的老知识分子，无论如何是义不容辞的。于是全家又启程，经独山，至贵阳，转重庆，是年11月抵达成都，他立刻投入教学。

在成都燕大，马鉴是全校年龄最大的知名学者，也是一位工作最忙的行政领导。四年中，他自始至终担任着文学院院长、国文系主任、校训导委员会主席。“马先生就像一位老家长，什么都要管，从办公室到课堂，到会议室，很难坐下来休息一会儿。”据国文系助教高长山的观察，“他对工作从不表现出疲劳和厌烦，样样自己动手，不要别人帮忙。他一进办公室就走向正面南窗的座位，坐下后立即戴上眼镜，细心地在写什么。上课铃一响，就急忙取下眼镜，拿出书本和讲义匆匆地走去。平时找他的人多，有的便在过道上跟他一路谈，一路走；也有人因急事找他，等他一下课便迎上去，一路谈着跟他走进办公室。”

抗战时期，成都生活非常艰苦，而且是愈来愈苦，有所谓“吃一顿饭是解决一个难题，洗一个澡是面对一个危机”的说法。马鉴一份薪水要养活二老四少六口之家，四个孩子，三个上大学，一个上中学，其家累为全校教师之最。让人觉得不可思议的是，这位年龄最大、工作最忙、家累最重的马鉴，抗穷的体力根底也是全体教师最扎实的。在人们的印象中，“他每天早出晚归，四年如一日，不记得他曾否请过一天假”。

国文系一位同学在多年后回忆道：“生活相当艰苦，但读书空气依然是那么浓厚，除国文、英语基础课有学校编印的讲义，师生都没有教科书，都是凭授课提纲讲述。学生一边听一边做笔记，老师讲得认真，学生学得专注。记得文学院马鉴先生讲中国文学史，不带书本，随口阐述，条理明晰，材料丰富，知识渊博，给同学们留下深刻印象。”

1945 年 8 月的一天，马鉴到华西坝参加校长联席会议。忽然，消息传来，日本鬼子投降了！马鉴立刻赶回陕西街，将路上买的两串几丈长的鞭炮交给门房燃放，校园里的师生围着鞭炮欢呼雀跃。一会儿，蓉城就被狂欢的浪潮淹没。人们涌上街头，尽情宣泄郁积了八年之久的感情，有的放声大笑，有的喜极而泣，有的引吭高歌，有的手舞足蹈，而酒量不错的马鉴，这天晚上喝醉了……

抗战胜利，华夏重光，“白日放歌须纵酒，青春作伴好还乡”，马鉴一回香港，行装甫卸，风尘不洗，首先就去视察他的老学斋。真是大喜过望啊，书房安然无恙，藏书完好。四年来他的学生夜间就与书同睡，万卷藏书基本上完好无损。马鉴欣喜之余，特请友人篆刻一枚“马氏老学斋劫余文物”章，以纪念这个奇迹。

又一次重大的抉择摆在马鉴面前，这次抉择与他的下一代有关。还记得当年马鉴先行赴港时所带的儿子吗？他便是三公子马豫。1940 年，马豫考取西南联大化学系，远赴昆明。1942 年，空军来大学征兵，其时香港沦陷，联系中断，父母生死不明，他深受国破家亡的打击，应征入伍。马豫至今还记得，受训的航校门口，大书着“升官发财请走别路，贪生怕死莫入此门”的对联。不久他又赴美深造一年，回国后成为轰炸机飞行员，多次执行战斗任务，驾机摧毁日军的地面设施。

抗战胜利后，马鉴目睹蒋介石倒行逆施，丧失民心，而内战又迫在眉睫，因而劝诫马豫千万不要卷入内战。马豫深明大义，听从父亲的忠告，借口探亲，来到香港后就不再归队，脱离空军。但他与飞机已结下了不解之缘，所以新中国成立不久，他便决定参加“两航”起义，回国从事民航工作。

1950 年初，马豫夫妇决定启程，征求父亲的意见时，马鉴完全同意，坚决支持。他说：“综观历史，中国经历过几次等于亡国的时代。但我们的国家、民族、文化，不但没有亡掉，相反，每经过一次历史的灾难，犹如凤凰涅槃，更加辉煌而强盛。你此去应当好好为祖国效劳。”他还主动提出留下尚在牙牙学语的孙子芳荫，由爷爷奶奶来抚养，让马豫夫妇能集中精力报效祖国。

受马鉴影响而返回祖国的，还有他的侄子马文冲。1949 年，马文冲随当时的国民党国防部南撤广州，再转台湾。后来，马文冲到香港来看望叔父，马鉴便向他详细转告上述情况，又说：“国民党在抗战后的所作所为，无一不是违背民意，徒逞私心，结果把自己逼上绝路，短短四年就被赶出大陆。这样的党国，还有什么必要为其效忠尽节呢？自古朝代屡有更迭，而祖国山河与炎黄子孙却是一脉相承，永远不变的。你应当弃暗投明，随同父兄为振兴中华而效忠。这些话也是你父亲的意思。”于是，在父辈的民族大义和爱国思想的感召下，马文冲下定决心偕妻儿回到北京。

此时的马氏兄弟九人，只剩下他和四哥马衡，他盼望着与四哥同回宁波，寻访月湖畔的故居，祭拜盛垫桥的祖坟。万没想到，1952 年，马衡却在运动中莫名其妙地受到严厉批判。古稀老人，无法承受这莫大屈辱，不久便去世了。马文冲则在紧接着的“肃反”运动中被当做“台湾潜特”嫌疑，劳动改造二十年。消息传到香港，马鉴的震惊真是无可比拟，回家的打算只得暂时作罢。

不过，相比于他的二哥与四哥，马鉴应当说还是幸运的。1958 年国庆节，中国政府邀请马鉴以香港知名人士的身份赴京观礼时，马鉴不仅欣然答应，还以七十五岁高龄，亲自担任了观礼团团长。

无论如何，我们都可以理解马鉴先生那份百感交集的家国情怀吧。想一想，“一门五马”之中，如今活着的，唯有他老五了。自抗战胜利之后，他就不曾回到祖国内地，锦绣山河，怎么能不日思夜想呢？观礼团由武汉溯长江而上，穿越举世闻名的三峡，盘行难于上青天的蜀道，渡秦关，转洛阳，年过古稀，体弱多病，致使他刚抵洛阳就不幸病倒了。马鉴被送往北京协和医院，这正是当年他从南方北上时的第一站，他在这里度过了整整八年啊。那阔别二十二年的北京，他曾详细计划过，要重游哪些旧地，要会晤哪些亲友，如今却是心有余而力不足了。

观礼归来半年后，1959 年 5 月 23 日，马鉴在昏迷中与世长辞，享年七十六岁。老人的心境非常平静，觉得自己死而无憾了。在事业的终端，已有两个儿子克绍箕裘：马蒙步父亲之后尘，成为香港大学教授兼中文系主任；马临则青出于蓝而胜于蓝，担任香港中文大学校长，成为著名的爱国教育家。

没有惊天动地的壮举、叱咤风云的经历、腰缠万贯的财富，只管尽其所学，竭其所能，一步一个脚印，踏踏实实走完这漫漫人生路，仰不愧于天，俯无怍于地。母亲，如今我亦成为一名教师，我想成为马鉴先生这样的人。

## 六　马准——梁祝文化研究的先驱

马家老七马准，是我认识上最不清晰的一位先生。他研究梁祝，研究有关爱情的故事；他还有些神秘，是马家兄弟中有着明显缺憾的人，他甚至出过家。当我想到他的时候，眼前掠过了一对蝴蝶，因此，我用“浪漫”来形容这个早逝的先生。

说到蝴蝶，这真是一个奇妙的巧合。今天鄞州的地形，就像一只展翅的蝴蝶，而梁祝公园就在彩蝶的左翅——鄞州高桥。

爱情总是令人无限向往。此刻，我站在鄞州高桥镇梁祝公园的正大门入口处，想起了宁波乡谚：“若要夫妻同到老，梁山伯庙到一到。”一曲缠绵悱恻的歌谣回荡在我的耳边：“梁哥哥，我想你，三餐茶饭无滋味。贤妹妹，我想你，衣冠不整无心理。梁哥哥，我想你，懒对菱花不梳洗。贤妹妹，我想你，提起笔来字忘记。梁哥哥，我想你，东边插针寻往西。贤妹妹，我想你，哪日不想到夜里。梁哥哥，我想你，哪夜不想到鸡啼。你想我，我想你，今生料难成连理……”

想起孩提时代，就想起了我的保姆。母亲，您一定不会忘记我们的新昌阿姨，这位爱唱越剧的保姆在墙上用毛笔描上两句戏词，翻来覆去地哼唱：“梁山伯来祝英台，前世姻缘分不开。”久而久之，我们这些才三四岁的孩子也会跟着唱了，可我们并不知晓这其中的情事。

夏天的雨后，站在屋后的花园里，看见一对黑底大花蝴蝶上下翻飞。保姆告诉我们，这就是梁山伯与祝英台变成的蝴蝶啊。我们欢喜地追逐着它们，但我们不知道，这故事是从哪里来的，是谁先开始述说的，是如何开始流布的。

一百年前的“一门五马”之中，是不是也有一位与我的童年时一样，也在雨后的田野上追逐过那一对对的彩蝶？

从照片上看，马准和他的二哥马裕藻长得最像，圆圆的脑袋，戴一副圆框眼镜，宽宽的前额，头发稀少，整齐地从左侧扫向右边。面容和其余几位兄弟有些不一样的地方，是他的下巴坚实，颈项略侧，以示对生活的某种疏离。他的表情也显得略有些古怪，仿佛有什么难言之隐不便道来。在马氏兄弟排行中他行七，因为六哥早夭，他上面就是五哥马鉴。他比五哥只小四岁，宗教信仰上却走了完全不同的道路，五哥信了基督，他却是个佛教徒，一度还曾出家为僧。马氏兄弟中关于他的记载最少，但关于他的想象空间却又仿佛最多。出世入世，出家还俗，寥寥数语便已经勾画出他激烈而极致的人生。

据后人记载，马准本是一个极善言谈又很风趣的人，但曾有某种嗜好影响了他的一生。是什么嗜好呢？我站在梁祝公园巨大的梁祝塑像前猜测，在那个旧时代里，会不会就是吸食鸦片呢？那个时代有此嗜好也并不算特别出格，严复、刘文典，包括吴昌硕这些大文化人当时都吸食鸦片。但马氏一族不同，他们是一门君子。若果有其事，在兄弟间马准便略显其瑕。我妄加猜测，终不敢下定论。

对佛学的兴趣贯穿了马准的一生。他本字太玄，便自号太玄居士。与马氏一门兄弟的治学方向一致，他对书籍、文字、目录学有着强烈的兴趣，这也正是马氏兄弟的强项。他曾在京师图书馆工作六年，1913 年起先后任北京大学、燕京大学教授。后到中山大学图书馆工作，为图书馆的发展作出了应有的贡献。

中山大学图书馆创办于 1924 年，1926 年改名为“国立中山大学图书馆”。同年，傅斯年从国外留学回来后去了中山大学，受聘为文学院院长，他自然就要招兵买马。而他的北大同学、最好的朋友顾颉刚，则是首选人物。顾一到中山大学，他们便共同创立了民俗学会。而马准正是他们当年在北大从事民俗学运动时的一员猛将。因顾颉刚邀请，1927 年马准来到了广州中山大学，专门负责图书馆工作。

但马准先生真正的贡献，则在于他的民俗学研究上。他对文化的一大贡献与他的家乡有关，他被后人称为“梁祝文化研究的先驱”。而关于这一特殊的贡献，我们如果不曾亲临梁祝公园来感同身受，又是几乎有可能忽略的。是啊，人们是很容易这样比较的：相较于做了十三年北大国文系主任的二哥、十九年故宫博物馆馆长的四哥，一个关于家乡民间故事的研究者，在天平上一放，究竟有着多大的可比性呢？

然而，你只要站在这里，感受爱情，你就会深深地认识到马准所从事的是多么深沉庄严的研究啊！

《梁山伯与祝英台》曾被周恩来总理称为“东方的《罗密欧与朱丽叶》”，与《白蛇传》《牛郎织女》《孟姜女》并列为“中国四大民间传说”，千余年来一直在中华大地上广泛流传，声名远播世界各地。中国各地的梁祝遗迹多达十余处，其中读书处三个、合葬墓七座，而我眼前的这座梁山伯庙，则是国内保存得最完整的一家。

据乾道《四明图经》载：“县西十里接待寺之后，有庙存焉。”这里所说的“庙”，即今天鄞州高桥镇邵家渡村的梁山伯庙。

《宁波府志》和《鄞县志》等地方史志十分明确地记述梁山伯为东晋会稽人，还出任过鄞县县令，曾主持筑堤坝、治水患，清风惠政，造福乡民，受百姓拥戴，终于积劳成疾，死在任上，殁后即埋骨于此。而关于祝英台与梁山伯的关系，显然是后世演绎的美好传说，说的是祝英台出嫁途中，“舟经墓所，风涛不能前”，问得此处正是心上人梁山伯之墓，“乃临冢以拜，墓裂……遂同葬”。这生死不渝的爱情感动了父老乡亲，百姓为了纪念他们，于是建庙塑像，并供奉四时香火。

五四新文化运动中，随着民间文学搜集整理工作在全国各地广泛开展，民间文学的理论研究也应运而生。1918 年 2 月，在北大校长蔡元培的支持下，北大教授刘半农、沈尹默、沈兼士、钱玄同、周作人等发出了《北京大学征集全国近世歌谣简章》，北大还专门成立了歌谣征集处，发动全校师生并联络全国学校、报刊广为搜集。作为五四新文化运动的中心，在民主与科学进步思想影响下产生的歌谣学运动具有革命性的意义，当时在北大的李大钊、鲁迅也参加了这一运动。1920 年 12 月又建立了北大歌谣研究会。1922 年 12 月创办了《歌谣》周刊。

这一历史时期，马准的著作有《中印民间故事的比较》《关于中国风俗材料书籍的介绍》等。正是在这样的文化背景下，马准与钱南扬、顾颉刚、冯贞群、谢云声、刘万章等一批专家学者深入实地，采集梁祝资料，考察梁祝古迹。

以钱南扬、马准等为首的一批学者，对“梁祝”等民间传说进行了深入的考察与研究，尤其是对宁波梁祝墓庙进行了调查，收集了不少资料，对鄞县与全国各地的梁祝文化事项进行了对照研究，然后得出“从浙江向北，而江苏安徽，而山东，而河北，折而向西，到甘肃”的故事流布路线，提出了梁祝故事产生于浙江宁波的说法，促成了梁祝文化的集中性研究。毫无疑问，当年包括马准在内的这群学者，应当就是梁祝文化研究的先驱。

马准根据当时能掌握与查阅的资料，集中了清嘉庆二年唐仲冕《宜兴县志》、清嘉庆年间宁栎山《宜荆分志》、清道光年间吴德旋《续纂宜荆县志》、清光绪年间吴景墙《宜兴荆溪县新志》的梁祝史料，以及清吴骞《桃溪客语》中的相关资料，撰写了《宜兴志剩中的祝英台故事》与《清水县志中的祝英台故事》等，为梁祝文化的研究做了非常扎实的调研与搜集工作。

那建于公元397年的梁山伯庙，距今已有一千六百余年，岁月沧桑，历经兴废，马准等人亲临实地考察，安能不知。但九泉之下的马准先生如何想得到今天的梁祝文化已经发展到了什么样的程度！1985年，当地群众自筹资金，在原地修复和兴建了墓道、小庙和夫妻桥。十年之后开发的梁祝文化公园于1995年初正式动工，目前已颇具规模。公园以梁山伯庙为主体，梁祝故事为主线，由观音堂、夫妻桥、恩爱亭、荷花池、九龙潭、龙嘘亭、百龄路、梁祝化蝶雕塑、大型喷泉广场、万松书院等众多景点组成。各种江南仿古建筑，依山托水，形成园中有园，动静结合的格局，掩映在花影树荫之间，错落有致，别有情趣，吸引了无数痴情男女成群结队前来寻踪觅迹，祭拜观瞻。每逢春秋社赛，更是盛况空前。

“若要夫妻同到老，梁山伯庙到一到。”这句广为流传的乡谚，表达了人们对幸福生活的向往和追求。而中国各地的梁祝文化点亦已经联合起来，共同向联合国申报世界非物质文化遗产。

2007年，梁祝公园的爱情故事有了更深更广的延伸。在第四届中国梁祝爱情节上，罗密欧与朱丽叶的故乡意大利维罗纳，由市长担任团长的代表团来到中国，将1∶1比例的“爱神”朱丽叶的铜像复制品安放在鄞州梁祝公园。而2008年8月，取材于汉白玉的“梁祝化蝶”亦漂洋过海，安放于意大利维罗纳，接受西方人对东方人爱情的敬礼。

而这一切，正是从马准先生的那个时代走来的啊！

此刻，我站在梁祝公园的广场上，耳边再次传来缠绵悱恻的越调："天乃蝶之家，地乃蝶之灵。云乃蝶之裳，花乃蝶之魂。但为君之故，翩翩舞到今……"

## 七　马廉与他的"不登大雅之堂"

眼前呈现的是一幅五兄弟济济一堂的画面。2003 年 10 月，北京大学图书馆举办"五马纪念展"时，将照片放大放置在展厅大堂之中。五兄弟生前并未有此一合影照，是展览布置者做了技术处理合成在一起的。从合影中看，五位先生都是高个子，除马衡之外，都戴着旧式圆框眼镜。最年轻的那一位，是站在"一门五马"之中的马廉。他也有一张马氏家族特有的狭长清秀的脸，浅色长衫，双手反剪，双唇微启，较之其余几位兄长的谦恭之态，有一种豪气在胸的青春活力。没有想到，1935 年 2 月 19 日，马廉竟于北大上课之际突发脑溢血，死于讲台，年仅四十二岁。

母亲，您听说过有这样上着课突然倒下，当场死于课堂的先生吗？我不曾查阅北大历史上有几位先生是死于课堂的，耳闻中，似乎这还是第一例。教师死于讲台，正如战士死于疆场，实乃烈士之所为。马廉死于中华民族危难之际，一介书生也就不过默默倒下了，并未得到什么特殊的纪念。还是他的五哥马鉴

马廉的藏书

于同年 9 月扶棺将其送回故乡与父母同葬。

马廉去世之后，他的五千二百八十六册藏书经魏建功、赵万里等专家整理，于 1937 年为北京大学图书馆购藏。至此，北大图书馆便与江南“一门五马”中所有的先生建立了联系。其中马裕藻去世之后，遵其遗愿，家人于 1946 年将其藏书捐献给北大图书馆；马衡则于 1923 至 1928 年担任北大图书馆古物美术部主任；马鉴生前虽未曾在北大执教，但他执教十年的燕京大学 1952 年与北大合并，图书馆亦合二为一，马鉴当年曾任燕京大学图书馆委员会主席，对北大图书馆的贡献可谓大矣。至于七先生马准，他本人当初在京师图书馆工作，后到北大任教授，再去中山大学，还是在图书馆工作，他与北大图书馆自然就有千丝万缕的联系。而要说“五马”之中对于北大图书馆贡献最大的，当推年龄最小的九先生马廉。

隆冬的北国，我前往“一门五马”的文化平台——北大燕园。

北大给我的第一感觉，是一所因为岁月积淀而有着无色包浆的地方，由此挡住了时代射来的太直接太强烈的光亮。这正是我心目中的北大。

我来到了北京大学图书馆的正门前。今天的北大图书馆是整合后新盖的，由邓小平题写的“北京大学图书馆”巨大横匾高挂在楼台，我径直从其下穿过，心情突然就激动起来，那是真正意识到自己步人历史后才会有的激动。

母亲，您当知晓，我所步入的是一所建立了一百多年的图书圣殿。她经历了筚路蓝缕的初创时期，其中活跃着马家二先生的身影，而后她经历了思想活跃的新文化运动的洗礼，马家其余四位先生都是这场运动中无畏的弄潮儿。在艰苦卓绝的西南联大和快速发展的开放时期，北大图书馆无处不有那“一门五马”的书魂。此刻，我直奔图书馆二楼，找到了五年前举办的“五马纪念展”展厅，落地的大玻璃门轻轻地关合，一排排阅览桌边，坐满了读书的学子，置身其间，不用嘱咐脚步就落得很轻很轻，呼吸也不由自主地屏住，我怀想起了多年前我步入大学的情景，想起了那些晚餐的饭粒还在嘴中咀嚼着便直奔图书馆抢座位的奋斗年华……

2003 年 10 月 31 日，正是在这里，举办了《不登大雅文库珍本戏曲丛刊》出版仪式。那一年，“一门五马”中年龄最小的马廉也已经诞辰一百一十周年了。正是为了纪念这位为抢救、保存文化遗产而作出卓越贡献的著名学者和藏书家，北京大学图书馆、首都图书馆合作选印了《不登大雅文库珍本戏曲丛刊》。从刊印制得非常漂亮，收录了珍本戏曲六十九种，一套书价格近万元。选印版本就放置在纪念展的橱窗里。

这是适得其所的礼遇！马廉先生实乃求仁得仁也。

马廉比他的二哥马衡要小整整十五岁，父亲死时他才两周岁，当年从宝山县县衙后门出来的寡妇，手中抱着的那个孩子正是他。在家道中落中长大成人，马廉可说是经历了与鲁迅先生同样的童年。在遭人白眼中长大的孩子，身上的革命性一定要比其余的人强烈，所以，在马廉的同事周作人看来，他就是一个性格上“含有多量革命热血”的革命青年。

从辛亥革命到五四运动时期，马廉都是在江南度过的。早在那个时期，他就开始搜集大量浙东的明末文献，包括家乡的抗清志士张苍水、朱舜水、黄宗羲等人的遗著，以示抗清志向。20 世纪 20 年代初，二十七岁的马廉来到北京，出任刚建立不久的孔德学校校务主任，1926 年以后又改任教务长。孔德学校的性质，刚刚建立时应该就是北大附中，原因是当时北大没有附中，教职员工的子女没法就近入学，蔡元培为了解决此一问题，于 1917 年 12 月在东城方巾巷兴办了这所中学，蔡元培亲任校长，马衡担任常务董事，而马廉则专门负责执行校董会的指示和处理学校的日常工作，后来还主管过孔德图书馆。学校以法国近代实证主义哲学家孔德之名为校名，可见那个时代北大的一群大知识分子，除了崇尚马克思主义之外，还崇尚实证主义。“孔德学校”那四个大字还是马衡亲手所书。

以西方哲学家之名命名的中学，其学校宗旨可想而知。蔡元培的子女蔡威廉、蔡柏龄，李大钊的儿子李葆华、李星华，刘半农的儿子刘育伦，马裕藻的女儿马珏都就读于此。这些名人之后，主要都由马廉管着。那时的中国，搬一张书桌都得流血，马廉却实施了许多教学改革主张，包括男女同校，女生剪发，白话文教材，设置法语课，教注音字母……我们从中可知，马家的这位九先生可不是只会藏书的，他的行政能力着实强着呢。

1926 年，鲁迅先生南下厦门。8 月，马廉成为继鲁迅先生之后在北京大学讲授“中国小说史”的教授。他一直保持着可贵的生命激情，从不安于书斋，总是按耐不住地要跑向街头和广场，感受时代的剧烈震荡。据周作人回忆：“我们在一起的几年里，看见隅卿好几期活动……奉军退出北京的那几天，他又是多么兴奋，亲自跑出西直门去看姗姗其来的山西军；学校门外的青天白日旗，恐

马廉所赠于天一阁的古砖所搭

怕也是北京城里最早的一面吧。”

这里周作人记录的是北大立校早期与军阀之间的冲突，每一次马廉都会身临现场去感受，而比他大十五岁的老夫子马裕藻则头脑清醒地告诫他不要那么激动。此时的马廉已开始搜集种种古典文集，重点放在研究明清古典小说、戏曲、弹词、鼓词、俚曲等版本上。

他的这一方向，显然与以下两个方面的影响有关：一是来自天一阁藏书风格的影响。马廉自小就与天一阁比邻而居，自然知道天一阁四百年私家藏书的神圣与艰辛，亦了解天一阁藏书的风格。范钦藏书注意专项，比如试卷、奏折等，凡不入他人法眼者，却入了天一阁高阁。马廉当时所搜集的戏曲、小说版本，正是《红楼梦》中贾宝玉的所爱，贾政的所恨，薛宝钗的所怨，林黛玉的所痴，为当时的缙绅士子所不屑，传统藏家亦多有不顾，他们的目光总是停留在百宋千元、经史子集之上。这一块恰好遂了马廉的心愿，他孜孜不倦地搜集、整理、研究古典小说、戏曲、弹词、鼓词、宝卷、俚曲等作品，涓涓细流，遂成大观，终于成为著名的小说、戏曲研究家。

马廉所受的第二个影响，毫无疑问，应该是从王国维，尤其是从鲁迅先生那里继承来的。从马廉的藏书来看，古典小说收藏是其重要一块。而要说清楚这一问题，还得从小说与中国的关系说起。

“小说”一词，在春秋时的庄子看来微不足道，是琐屑浅薄的言论与小道理之意，故谓之“小说”。直至清末民初，维新派梁启超等大力倡导小说界革命，小说理论面目一新，小说地位空前提高，甚至被奉为“国民之魂”、“正史之根”、“文学之最上乘”，再不是无足轻重的“街谈巷语”、“琐屑之言”。五四新文化运动前后，梁启超提出了“小说与群治之关系”，而鲁迅先生更是在北大首开了开一代风气之先的“中国小说史”。

马氏兄弟与鲁迅先生有着非常深厚的友谊，在思想上受鲁迅的影响不可谓不深。马廉继鲁迅之后在北大开设小说课，由此更为深切地懂得了研究与收藏小说、戏曲书籍的重要性。可以说，马廉正是在这样的学术与文化风气之下另辟蹊径，展开对中国古典小说、戏剧版本的收藏的。他因意外购得海内孤本——明万历年间王慎修刻本四卷二十回《三遂平妖传》，遂将书屋取名“平妖堂”。又因有感于封建时代小说、戏曲等通俗文学长期受到正统文坛与学术界的轻视，将自己的藏书戏称为“不登大雅文库”，将书室戏称为“不登大雅之堂”，以表示心灵深处的骄傲与欣慰。鲁迅先生当年就常去堂中看书。1929 年，钱玄同专门为其书写了“不登大雅之堂”和“平妖堂”两块堂额，马廉也就自称为“平妖堂主人”了。

1933 年，他在宁波老家购得一包残书，其中有旧藏天一阁的明嘉靖刻本《六十家小说》中的《雨窗集》《攲枕集》。他不像某些人奇货可居，秘不示人，还特地将此两册书交由书局影印出版，从而使十二篇宋元话本得以传世，以飨同好。鲁迅 1934 年 11 月 10 日日记载：“午后得马隅卿所赠《雨窗集》《攲枕集》一部二本，即福。”

马廉又是著名的戏曲古籍版本的收藏家，一生抢救了大量珍稀版本的戏曲古籍。1931 年他已经生病了，此病一定不轻，故须回乡静养。不料来了两位书痴朋友郑振铎、赵万里，三人一起外出访书，竟然从孙氏蜗寄庐中访得天一阁散出的明抄本《录鬼簿》，三人大喜过望，立即借回，在马家连夜抄出了一部副本，想必那时的马廉是把重病忘到九霄云外去了。

马廉的“不登大雅之堂”书房藏书丰富，而且多孤本。在“不登大雅文库”中，有小说三百七十二种，戏曲三百九十四种，还有大量的讲唱文学及笑话、谜语等，深受国内外学者珍视。作为善本特藏，北京大学图书馆辟专室保存马氏藏书。

马廉的主要著作有《中国小说史》《曲录补正》《鄞居访书录》《不登大雅文

库书目》《千晋斋专录》等，译著有《京本通俗小说与清平山堂》《明代之通俗短篇小说》《论明之小说三言及其他》。

1949年后担任文化部文物局长的郑振铎50年代曾在他的《劫中得书记》一文中回忆与马廉的访书往事，感慨地说："在三十多年前，除了少数人之外，谁还注意到小说戏曲的书呢？这一类'不登大雅之堂'的古书，在图书馆里是不大有的，我不得不自己去搜集。至于弹词、宝卷和明清版的插图书之类，则更是曲高和寡，非自己买，便不能从任何地方借到的了。常与亡友马隅卿先生相见，他搜集小说、戏曲和弹词、鼓词等书。取书欣赏，相视而笑，莫逆于心，颇有'空谷之音'之感。"

那种"取书欣赏，相视而笑，莫逆于心，颇有'空谷之音'之感"的感觉，今天还能到哪里去寻找呢？

在邱隘访问时，我一直就想寻访马廉的墓地而不得，却欣喜地找到了一位当年曾亲眼见过马廉的老人马义浩先生。这位八十二岁的孤老如今就住在邱隘福利院中享受平静的晚年，一说是为了马家之事，立刻激动起来，摸索着到处找资料，边找边回忆说，20个世纪30年代初，他们家和马家同住在天一阁旁的马衙街上。那时他还是个孩子，最熟悉的就是马家的九先生马廉。在马义浩眼里，他是一个个子高高的年轻人，辈分很高，马义浩要叫他"九太公"。九太公和马义浩的父亲常到天一阁内看书，顽皮的马义浩就会悄悄跑进九太公的书房看新奇。他还记得有一部叫做《石头记》的书，觉得名字很奇怪，长大后才知道就是大名鼎鼎的《红楼梦》。最让马义浩感到不可思议的是，九太公的书房里还叠着一块块的大砖头。他不知道九太公藏着那些砖头干什么，也不知道那些砖头是哪里来的，更不知道那些砖头后来到哪里去了。

八十二岁的马义浩以后知道了这些砖头的来龙去脉，原来这些都是汉晋古砖啊。1931年，宁波大拆毁掉古城墙的动作已近尾声，回乡的马廉在故乡街头散步时，发现断壁颓垣下堆积着大量的汉晋古砖，其历史文化价值之高，让马廉的心激动不已。他一个手无缚鸡之力的重病书生，为了这些砖头，朝夕逡巡于颓垣之间，一块块地捡起装进麻袋背回家，灯下敲拓，著录了《鄞古砖目》一册。

这些古砖很快就派上用场了。1933年，宁波文化界人士筹款维修天一阁，并在阁后移建尊经阁和明州碑林，马廉就将自己收集的数百块古砖全部捐赠给天一阁。为感谢这位家乡学者的拳拳乡情，天一阁乃特辟一室予以储存陈列，因其中有不少珍贵的晋砖，所以命名为“千晋斋”。自此，千晋斋便成了天一阁的一个组成部分，迄今已有七十多年历史。

母亲，您一定不会忘记我创作戏剧剧本《藏书之家》的那段日子，我曾多次去过天一阁，我曾多少次站在千晋斋的古砖之下，可又何曾认真探究过这些古砖的来历呢？小到家乡的一砖一瓦，大到宇宙的一事一物，原来都是有其来龙去脉的啊。探究它们的过去，不正是展望它们的未来吗？

## 尾声

隆冬的北京，笼罩在温柔的斜阳之中，从图书馆出来，折一个弯，不知不觉，未名湖出现在我面前。湖面远没有我从小依居的西湖那么大，但正是我心目中的北大的湖，一个恰恰和期盼吻合的地方。沿着湖畔的小路缓缓而行，右侧一座灰色的石塔迎头矗立，走近细看，原来正是那座被唤做“博雅塔”的水塔。

母亲，您是知道的，北京大学是我心仪的学校，是我希望我的女儿能够步入其中的学校。

此时，我怎么能够不遥想那从江南鄞县盛垫桥走往北大的“一门五马”呢？在燕园徜徉，竟然还见到了一座座平房，有成排的教室，也有独门院落，带着上世纪建筑的痕迹。那个在燕园度过十年教学生涯的五先生马鉴，曾经举家在此生活。这位五先生，又有多少次在塔下走过呢？那“一门五马”兄弟，也有过在博雅塔下共同踱过的时辰吗？他们会用他们石骨铁硬的家乡方言对话吗？他们穿着长衫的身影，也曾一起倒映在未名湖里吗？

我站在湖畔，聆听来自湖上的声音，果然传来了我外婆家亲切的乡音。孕育了母亲家族的浙东大地，从唐宋之际便成为皇皇文化之壤，近代以来，那救国图强的声音，一路慷慨悲歌入京，在红楼，在燕园，在未名湖，终于汇为大观。

而在这群优秀的精英分子中，我们不正看到了那来自浙东鄞县“一门五马”的谦谦君子之容吗？“人才是致富之根，科技是强国之本，国家之根本在于教育”，这是马临博士对教育意义的认识，也是马氏家族文化群贤教育价值观的集体反映。古鄞州“一门五马”的身影，就这样融入了近现代史上主张教育救国的知识分子群像之中。

从北国回到江南，同样是隆冬，却是一个亮丽温柔的早晨，温暖的阳光洒落在鄞州区政府前的广场上。我站在广场前，我的目光被广场右侧一幢别致的建筑物吸引了。远观，它像一艘征战历史长河的古船，正向你缓缓驶来。近看，又像一座百年古城堡，岁月的痕迹依稀刻在墙面上。凭我以往对建筑艺术的阅读经验，这个青砖外墙的建筑物很像是博物馆那样的公共设施。一打听，正是位于鄞州区首南中路的宁波博物馆。

这座占地六十亩、建筑面积二万七千平方米的宁波博物馆，外墙是最吸引眼球的地方，其上有一些图案，以砖红色、黑色和青色构成了类似于水波、鸟儿、小舟似的抽象图案。走近看，我发现它们是用不同色泽的砖瓦拼构而成的。墙体如果是直壁，采用的是浙东地区的瓦爿墙，材料包括青砖、龙骨砖、瓦片、缸片等；如果是斜壁，采用的则是特殊模板成型的清水混凝土墙。这些砖瓦都是旧的，有过岁月的历练，沧桑的痕迹。

我向当地人打听，人们告诉我，宁波博物馆的瓦爿墙是有其传统根基的。历史上，以慈城地区为代表的瓦爿墙随处可见，是宁波地域乡土建筑的特有形式。

“百年的砖，千年的土”，旧砖旧瓦象征着凝固的文化记忆，宁波博物馆在全国建筑界第一个如此大规模运用废旧材料，正是设计师“新乡土主义”建筑理念的体现。站在这高大的博物馆下，我不禁遐想：如果此刻伫立在博物馆前的是马廉先生，他会怎样感慨地面对这座作为宁波地理标志的建筑物？而站在博物馆内的如果是马衡先生，从天一阁千晋斋到宁波博物馆，他会慨叹我们走过了怎样艰难曲折的家国之路啊……

母亲，我从来也没有像今天那样意识到“天地君亲师”的纯粹意义有多么深远。中国是一个讲究师道的国度，无论你们年轻时当老师，还是我今天从事教育工作，都是我们家族的自豪，这种自豪，来自数千年中国人对教育的敬仰，更来自这百年来中国数代教育工作者的鞠躬尽瘁。因此，我为我终于选择了成为“一门五马”的同行而无比欣慰。是的，我用了“欣慰”这个词。在校园里行走是多么令人欣慰啊，在课堂上讲课时是多么令人欣慰啊，坐在办公室里备课是多么令人欣慰啊，下课时学生们招手再见时是多少令人欣慰啊，在餐厅里师生们坐在一起吃饭是多么令人欣慰啊……

因为这一切是确确实实有意义的，这意义正呈现在我眼前。此时，我想起了“一门五马”的子侄辈、原香港中文大学校长、《中华人民共和国香港特别行政区基本法》起草者之一马临先生在《香港的前途和中国的命运》一文中表达的心声：“作为中国知识分子，秉承中国文化和民族的传统，自不能但问一己一地的权利而忽略了我们对民族文化的责任……从历史发展看，一种风气、一个新思想，常在极细微的地方开始，然后才逐渐成为沛然莫御之力量，更何况追求现代化的改革早已在中国开始。”

如果说，故乡因为这些文化的传道授业解惑者而无比骄傲，那么，他们也完全可以为今天的故乡而自豪。因为考量一个城市的发展水平，教育终究是关键因素。

母亲，您曾告诉我，当年由于家境清寒，您到正始中学的求学生涯是多么艰辛，而今已经完全变样了。自2006年春季起，鄞州在全国率先实行了城乡免费义务教育，而自2008年9月1日起，鄞州区读高中的学生全部免交学费，免费教育的范围扩大到普高教育阶段，全面实现十二年免费教育。这是宁波市鄞州区在全国率先实现免费义务教育和免费职业教育之后又一次领先全国的创举。

而作为这些教育先驱者的晚生，我要陪伴着他们的英灵漫步在故乡的大地上。是的，我知道他们最想去的地方在哪里——这是一张巨大的宣纸，承继者正在书写着他们的家国理想。

# 第二封

第二封大写的家国之书是蔚蓝色的，那是科技与实业救国的强国梦，有着设计构图般的线条，由一批科技界和实业界的精英，蘸着现代文明的墨水，将蓝图亲手画在中国的天空上。

将蓝图画在天空上——高桥石塘·翁氏父子

## 一 兵马司胡同十五号院的小楼

母亲，这封信是在北京我的家中给您起的头。小家迁往北京时，我知道您不放心，然而天长日久，有谁熬得过时间呢？您已开始面对现实，我却依旧两头不舍，在北京与江南间来回穿梭。说起来，我接着要寻找的这个家族，也是近百年前举家从月湖畔迁往北京的，我与这个家族唯有在北迁这一件事上尚有着些许的相通。

其实从南方迁往北方的家族并不少见，北京就有我母系家族的一些亲戚。比如多年来，您的堂弟就在北京脚踏实地地发展着事业。但我现在要寻找的这个人，却是我搜遍我的家族而无一人可以比拟的。

这个人太独一无二了，以至于我竟然找不出任何人可以与他类比；这个人博得了我极大的敬仰，以至于我进入新年的第一篇博客写的就是他；这个人对我心灵的冲击是近年来少有的，因此我迫不及待地把他定位为我这封信的主角。并且，就在此刻，就在这北国的隆冬，在没有任何人指点的情况下，我怀揣着这个人的名字，开始寻找他的踪迹。

我是从北京沙滩的红楼出发的。红楼大铁门右侧高大的宣传板上，蔡元培和陈独秀的名字赫然在目。八十年前，这个人的声名曾经和他们平起平坐，后来他渐渐成为前尘往事，供后人探索研究，或赞叹一番，或叹息数声。此刻。我路过北海，我路过故宫后门，我路过北京东四，我路过羊肉胡同、板砖胡同、领赏胡同、大院胡同，我路过七匹狼鞋业店、沙锅居饭店、阿米尼电动自行车铺、苏氏牛肉店、永康口腔医院，我路过“罗威”、“薇薇”和蒙娜丽莎婚纱店，终于找到了兵马司胡同。

巷口人来车往，一派现世尘埃。我站在小豆腐家常菜的鸡毛小店门口，心突然就大热了起来，我想往着这位 20 世纪上半叶中华民族伟大的地质学家，这位一度被视为“罪重当诛”的通缉战犯，这位后来回归祖国的全国政协委员，这位最终在“十年浩劫”中默默死去的老人，这位今天重新被定位的先贤。当我不了解其人时，他在我眼中，不过是吴越大地上一位科学名人兼前朝旧臣；当我开始了解他，走近他的命运时，我不止一次泪洒衣襟，仰天长叹，感慨不已。而当我走进他的心灵，了解他全部的命运之后，他成为我深为敬重、视为楷模的前辈。

此刻，我把他的名字和他曾经绘制的蓝图一并画在蔚蓝色的天空上，乃是因为他虽然曾经把理想的宏业建立在中国的黄土高坡，并深陷 20 世纪上半叶复杂的政治漩涡，但他依然是那一代漂洋出海接受蔚蓝色文明的、勇于担当的、自由而又爱国的中国知识分子的象征。

翁文灏先生 (1889—1971)，他有太多的“第一”：

中国第一位地质学博士；

中国第一本《地质学讲义》编写者；

中国第一位撰写《中国矿产志略》的学者；

中国第一张着色全国地质图的编制者；

中国第一位考察地震灾害并出版地震专著的学者；

中国第一份《中国矿业纪要》创办者之一；

中国第一位代表国家出席国际地质会议的地质学者；

中国现当代史上第一位系统而科学地研究中国山脉的学者；

中国第一位对我国煤炭按其化学成分进行分类的学者；

中国“燕山运动”及与之有关的岩浆活动和金属矿床形成理论的首创者；

中国第一个大型油田开发的组织领导者。

而作为学者从政的典型，翁文灏曾任国民政府行政院院长、总统府秘书长等职，是蒋介石的高级幕僚。由于对国民党彻底失望以及对家国的极度思念，他最终选择了新中国。1951 年，他成为新中国第一位自海外归来的国民党高级官员。

扪心自问，为什么我会对翁文灏这样一个人情有独钟？是因为他一定经历过我经历着的那些困惑吗？可他又是怎样冲破茧壳，化蛹为蝶的呢？

或者，也许他并不曾真正地化蛹为蝶，他在中国现代史这个无与伦比的大舞台上，在无比艰辛的幻变过程中被卡住了。他已经看到了蓝天，却依旧身陷黑屋，好不容易挣脱，却时不再来，他的美丽的翅膀并没有真正舒展，他的一切终结在门槛之外，却给我们留下无尽的仰望与遐想。

我想寻找翁文灏，是想与他的灵魂对话。我用一个简单的命题来开始交流，那就是：一个术业有专攻的知识分子，究竟应该如何安身立命，应该以怎样的方式，为我们的家国奉献赤子之心？

这不是一个特殊的问题，百年来多少读书人思考过它，而翁文灏却在中国最大的历史舞台上实践过。

此时的翁文灏，他的依稀身影，究竟又在哪里呢？

翁文灏与北京兵马司胡同的关系，我还是在网上查到的，然后，就带着朝圣般的心情，从杭州直奔北京，直奔兵马司胡同。

兵马司胡同其实并无一兵一马。明朝末年兰陵笑笑生写的《金瓶梅词话》中引用了许多当年流行的歇后语，其中有“兵马司倒了墙——贼走了”，形象地反映了明代北京的史实，细究起来，倒十分有意思。

百年光阴弹指间。今天，还是那些遛早的老人，那些为生计奔波的商贩，那些匆匆而过的行人从光影交错的兵马司胡同口掠过。我漫步在这条古老的胡同，清幽与娟秀相伴，古老的槐树与灰色的墙壁，让我恍若置身于往昔。胡同中目前还有若干四合院存在，更多的是诸如联合大学分校、中国法学会等单位。相比而言，我要找的地方太无声无息了。

终于找到了兵马司胡同十五号，这正是当年的北京西城兵马司胡同九号。门口立了一块石条，石条斜面上刻着“民国地质调查所旧址”字样。此处离当年繁华的西四牌楼不远，闹中取静。1916 年初，农商部地质调查所搬到了这里。

站在兵马司胡同十五号前，我们看到了一座近百年前中国现代史上的科学圣殿。

当时的中国战乱频仍，政局混乱，经济凋敝，一方面科学研究难以维继，另一方面，新式教育刚刚起步，中国没有几个人知道地质学的概念。近代科学在中国缺乏文化基础和社会的广泛认同，地质调查所从这里艰难起步。它占地四亩零八厘，有三座靠募捐建成的小楼。院落积淀了中国地质事业的一部艰难的创业史。地质调查所成为一个多学科开拓的科学机构，是当时中国地质学，包括矿床学、石油地质学、古生物学等学科的研究中心。

来寻访之前我已经查阅了有关资料，知道了这三幢楼的来龙去脉。

第一座楼为坐北朝南的南楼，是 1920 年由地质调查所所长丁文江与章鸿钊、翁文灏，会同农商部矿政司司长邢端发起募捐、筹建的地质调查所图书馆。共募集捐款三万九千余元。当时的黎元洪大总统捐资一千元。图书馆工程由德国雷虎公司承建，藏书四千余册，已经具备较完善的图书服务功能，号称“东亚第一地质图书馆”。那时第一次世界大战刚结束不久，丁文江为敌国建筑师承接工程一事专门呈文请农商部并外交部批准。图书馆在一片旧瓦房中如鹤立鸡群，是 20 世纪初的德国民居样式。

1921 年 9 月，图书馆落成揭幕时，胡适在《努力周刊》一周大事点评中作过这样的评论：“这一周中国的大事，并不是（财政总长）董康的被打，也不是内阁的总辞职，也不是四川的大战，乃是十七日北京地质调查所的博物馆与图书馆的开幕。中国学科学的人，只有地质学者在中国的科学史上可算是已经有了有价值的贡献……单这一点，已经很可以使中国学别种科学的人十分惭愧了。”

这座西洋小楼里有丁文江的办公室。一层会议室里更曾群英荟萃，留下了诸多珍贵的历史瞬间。20 世纪 20 年代初，中国学者酝酿仿照伦敦地质学会的样子办个团体，1922 年初，拥有二十六名创立会员的中国地质学会在此成立，并长期在这里组织学术报告会。

第二座楼便是翁文灏的办公楼。1928 年冬，地质调查所的核心办公楼在兵马司胡同九号落成使用。这是一幢德国样式的二层精致小楼，是建筑大师贝聿铭的叔祖贝寿同设计监修的，此人乃由中国到西方学习建筑的第一人。说到盖办公楼的钱是哪来的，亦有一段掌故。当时政府无钱，盖办公楼要靠多方募捐，结果楼虽盖好了，还有不少亏空。所长翁文灏一面挪用学术刊物的印刷费应付建筑商，一面呈文农矿部要钱。钱下来了，区区五百元，尚不足建筑师贝寿同的设计费。当今院士王恒升那时刚大学毕业不久，翁文灏带着他去矿厂“化缘”。矿主正陪来客躺着抽大烟，王恒升拿着“化缘”簿子毕恭毕敬站在一旁，堂堂地质调查所所长翁文灏急得满地打转。好不容易矿主抽完了，问来者何为。两位书生好言相求，总算矿主心情好，在簿子上签了钱数，王恒升赶紧去柜上支取银票。

第三座楼为沁园燃料研究室，它是丁文江和翁文灏的好朋友金绍基捐建的，金绍基以父亲金焘的字沁园命名了这座楼。金绍基早年留学英国，20 世纪 20 年代后期在北大兼过化学课，黄汲清、李春昱、朱森都是他的学生。金沁园的后人中有三位名人：长子金绍城，1920 年与周肇祥等人发起创办了中国画学研究会；孙子金开英，中国石油界的老前辈；外孙王世襄，学贯中西的文物大家。

1930 年前后，经过十多年的奋斗，地质调查所进入了前所未有的繁盛期。丁文江和翁文灏对国际地学界的水平有着清醒和深刻的认识，他们重视寻求国际合作和聘请高水准的专家，为中国的地质工作制定了高标准和高起点，以期迅速缩小与国际先进水平的差距。

翁文灏执掌地质调查所以后，一直在试图创造一个中国式的地学大家庭，为学者营造一个适宜发展和能够交流学术的环境，以推动学科的迅速发展。地质调查所成为颇有影响的地质学研究中心，先后创办了五个研究室，成了中国多个科学机构的原生地。

几十年之后，黄汲清院士说：“中国官办的科学事业，最早的而且具有国际水平的，地质调查所无疑是独一无二的。”1948 年中央研究院评选首届院士，地学界占六人，其中出自兵马司胡同九号的就有翁文灏、谢家荣、黄汲清、杨钟键等四位。1949 年后，曾先后在地质调查所工作过的百余位科学家中，就有近五十位先后当选中国科学院、中国工程院院士。其中如尹赞勋、裴文中、贾兰坡、李春昱等人都是人们所熟知的。

如今的兵马司胡同十五号内已经成了三栋筒子楼。尽管院门口挂着的蓝色标牌上写着“保护院落”，但院子里看不出当年的印迹。自行车随意停放着，三栋楼外墙开裂，颜色深浅不一，其中南楼的坡顶变成了平顶，院落中的丝瓜架挂着一些丝瓜筋。面对正门、坐北朝南的那幢西式楼房，应该就是中国最早的地质图书馆吧。虽然经历了八十多年的岁月，楼房倒还依旧保留着其破而不败、衰而不颓的气势。院中几位老太太正在晒衣，听说我是从遥远的江南翁文灏家乡来的，热情地请我自便上楼寻踪。

咯吱作响的楼梯，挂满蜘蛛网的墙壁，在简易厨房里做饭的居民……楼下住着七十二家房客，楼上已经成了仓库。

虽然这三幢楼白天进入无一不需要开灯方能看清路，然而，沿着那虽然衰败却还依旧结实的木楼梯拾级而上，我似乎依然还可以看到当年学界前辈们的身影，听到他们热烈讨论的声音回响。那感觉还完好地保留在尘封的过道里。真的，不信你去走一走。

回到楼下，一位老先生恰巧出得门来，热情地给我指点墙上一块石刻铭碑，说这就是当年的印迹。这块石碑被杂物遮蔽，离我站的地方又较远，我怎么看也看不清楚，只知道上刻着当年出资者的名单。

回头问老人们，当年翁文灏的办公室在何处。他们指点我说，就在隔壁西楼。踏进西楼，楼道里充斥着一股霉味，里面烟熏火燎，墙壁上积满灰尘，蜘蛛网横生。这里住着三十余户人家，不少居民就在楼道里搭起简易厨房烧火做饭。虽然如此，那由红、蓝二色六角形马赛克拼成图案的地坪依旧还在。我踩着咯吱作响的木楼梯来到二楼，不到二十米的楼道里昏黑一片，摆满了各种生活杂物。好在天窗很高，一束光射下来，只见一位老人从一扇门中出来，警惕地问我一个人站在楼道里干什么。我一说“翁文灏”三个字，他便很客气地指了指他出来的那个房间，说这就是当年翁文灏的办公室，现在是他的卧室。

老人姓杨。我走进他的屋子，他的老伴正坐在沙发上，家具把屋子塞得满满的，红漆地板已经磨出了原色，白铁皮的暖气片和窗架也是原物。老人指着窗口告诉我，当年翁文灏就在窗前放着办公桌办公。屋子不大，但有两扇门。一扇前门是让秘书出入的，带着一个袖珍型的门厅。另一扇后门是翁文灏的专用门。坐在窗前，可以看到窗外内敛而又萧索的北国的天空。

此时我的心被深深的暗涌激动了起来。1927 年 2 月 9 日，由所长翁文灏任副会长的中国矿冶工程学会正是在这个院落中成立的。学会聚集了跨部门的中国冶金、采矿和地质行业的学者，他们笃信实业救国，并身体力行。学会疏通了一脉活水，对推动科技进步、活跃学术园地起到了积极作用。近八十年之后的 2004 年 6 月，台湾矿冶工程学会学员借来京开会之机，专程到兵马司胡同十五号寻根。老秘书长带着他们，沿着楼前的空地慢慢地走，并不断弯腰致敬。他们是一边鞠躬一边参观完这个破旧而又神圣的院落的。此时，我站在他们深深致意的地方，方能够理解这些来自宝岛的地质专家们的心境。

我依依不舍地走到大院门口，心里终究还是不甘，又折了回去，再到那石碑上找。这块石碑，正是当年捐资者的功德碑。我踮起脚来，伸出手去一遍一遍抹去岁月的尘埃。突然，我的眼睛亮了起来，在众多的捐资人名字中，我终于找到了那个名字，在监修人、技正丁文江名字的旁边是技正章鸿钊，在章鸿钊旁边的正是佥事翁文灏—我就是为这个名字而来的啊！

从兵马司胡同出来，我专程又去了地质博物馆。想从中再多知道一些有关翁文灏一代人的情况。地质博物馆离兵马司胡同不远，是一座十分宏伟的建筑。进了博物馆大院，迎头所见便是李四光的大型半身雕像，雕像后面摆放着一些形状和色泽各异的岩石标本。走进博物馆，想了解一些地质学家的资料，问不出所以然来，向工作人员问及兵马司胡同，倒是听说过数年前有一兵马司胡同九号展，不过早就撤展了。好消息也是有的，早前有二十几位院士联名写信给中央，要求重修兵马司胡同九号，温家宝总理也有批示。这中国现代史上科学的圣殿早晚会重现光芒。

母亲，我想您多少比我更知晓这位大人物。1948 年秋天，当您从鄞县正始中学毕业时，翁文灏先生正经历着国民党政府的金融危机，从国民政府行政院院长的位置上辞职下台。六十年前的金融券风暴，我只是听说，您却是经历过的。而此刻，要想真正了解那个把理想的家国之书写在蔚蓝色天空之上的翁文灏，还是先从你们共同的故乡、东海之滨的宁波开始吧。

## 二 从鄞县石塘驶向海洋

中国人从来就相信一句话，叫做“一方水土养一方人”，中国人又爱说另一句话，叫做“叶落归根”。曾经担任过国民政府行政院院长的翁文灏，他的根究竟在哪条河边，哪座山下，哪株树旁呢？正是凭着这样强烈的寻根意识，我前往翁文灏的出生地——鄞州区高桥镇石塘村。

行前阅读翁文灏的诗集，知晓晚年居住在北京的翁文灏对故乡有着浓浓的思念。此时我在心里反复吟诵着他写于 1965 年的诗《山下庄》：“邻集地名山下庄，农村仙境美无双。濒河田富凭耕耘，足食人耕种稻粮。坡不峻高风物丽，水能浸灌获收良。至今尚忆乡居趣，转眼迁移劫后桑。”

1966年，七十七岁的翁文灏写的《石塘》诗，完全正面描写故乡，抒发他对出生之地的无比思念：“鄞西秀丽石塘村，临水倚山生地存。灌稻清波桥碶保，映窗霁色景光吞。登科兄弟祖留额，隔户乡农旧有痕。初学之乎亲训导，得承教养沐深恩。”

如果以鄞州区政府所在地钟公庙为中心，那么，翁、马两家正好就在中心的两翼。如若我面朝南方，那么，鄞州就像一只展翅的蝴蝶，石塘正在蝴蝶的右翅、鄞州的西北面。此处位于鄞州西北四明山麓，属于半山区，西南依山，北傍姚江，距宁波市十公里。从前陆路不便的时候，行船便可直达。今天已经没有人舟行石塘了，我们坐车仅半小时就到了目的地。

从市区驱车往鄞西方向行驶，依石塘河曲折前行，直奔翁家，至一晒谷场前停车，抬头所见，正是翁文灏故居。

高桥镇石塘村翁文灏故居前，有一条碧波荡漾的河流，而故居背后则是山势不高却清秀葱郁的石塘山。依山傍水，人杰地灵。石塘翁氏在当地是商贸世家，从开设销售酱醋酒米的店铺，一点点将家业壮大，到翁文灏高祖及曾祖父期间达到鼎盛，翁氏家族遂以经商致富而崛起于19世纪中叶。20世纪以来，传统的绅商世家与时俱进，形成崇尚科学文化的现代家族，涌现出一个科技人才群体，其中教授、医生、银行家、技术专家辈出，其层次和密度之高实属罕见。

屈指一算，现当代史上，翁氏家族中出现了中国现代地质学、地理学、地震学创始人之一的翁文灏；中国科学院院士、“中国地球勘探之父”、自然灾害预测大师翁文波；中国工程院院士、“中国控烟之父”、医学家翁心植；原石油部工程师、“中国输油第一人”翁心源；美国总统顾问、著名钛金属专家翁心梓等。

而在翁氏家族从绅商人家进入科技人家的关键时刻，实行现代转型的核心人物，毫无疑问非翁文灏莫属。正是翁文灏，以他的辉煌成就和献身精神，将其科教救国、实业救国、文人从政的理想纳入了家族成员的人生轨道，构成了翁氏家族的传统精神。

石塘村翁家的风光已今非昔比，但展现在我们眼前的翁氏故居气势依然不弱，总面积达八百平方米，围墙高大，起防火、防盗的作用。整个庭院坐北朝南，正屋和后屋均为面阔五间的两弄楼房，前后有过街楼相通，左右有经堂、花园等附属建筑。房子是砖木结构，而一些石雕、木雕等至今依然保存完整。庭院的石板地干干净净，整个院落很开阔。这个大院里如今居住着约二十户村民，过着各自柴米油盐的生活。而翁文灏这一脉的人早就离开石塘，一些后人如今都旅居海外。大门口一块院牌端端正正地写着："翁文灏故居"。

由于年代久远，已经找不到翁文灏在此出生、居住的印迹。一位周姓老伯给我们讲述了翁文灏故居往事，多少描绘了上世纪翁家的景况。故居依托石塘河而建，近处是一座碶闸，潺潺流水经久不息，翁文灏的青少年时代就在这桨声灯影的江南水乡度过。故居 1949 年之后经历了土改，分给了当地村民居住，一度又成为公社革委会所在地。我绕楼参观，登楼眺望。住房既已分给村民，自然不便进入，所幸那位周姓大伯乃烈士家属，专门在此迎候我们。他作为厅堂的屋子墙上挂着一张青年军人的遗照，这位海军战士名叫周文良，是在国防前线牺牲的烈士。遗像的旁边写着一副对联："日月共辉功臣府，春光永驻军人门。"

我瞻仰着遗容，想起了翁文灏。他有三个儿子，其中两个是他这个白发人送的黑发人。大儿子在"文革"中死于非命，小儿子和这位周文良一样也是烈士，作为抗日军人、国军飞行员牺牲在抗战前线中国的天空。但是母亲，我要告诉您，在这个院落里，我最想了解的是另一个人，那个给予翁文灏生命的女

翁文灏

翁氏故居

人，那个年轻的母亲。我楼上楼下地寻觅，明知不可能有这个只活了二十三岁的女人的印迹，依旧不甘心放弃寻觅。姑且用这种方式来凭吊那因绝望而在这个院落里自杀身亡的女人吧，她被迎进这个翁家大院，欢乐与幸福却是如此的短暂，八年之后，她就死在这里，和她的长孙同样的终结，一样的命运。

1889 年 7 月 26 日，一个男孩子出生在石塘村枕山居的翁家，翁氏大家族第十一代长孙呱呱坠地了。

和盛垫的马家一样，翁家亦非鄞县土著。其祖籍原为闽北，初祖宗行公，相传为明末抗清英雄张苍水的部下，兵败后逃匿至鄞县石塘，从此便以撑船摆渡为生。

宗行公一口闽北音，遇到宁波人那石骨铁硬的方言，两下里硬碰硬，也不知道吃了多少苦头。总算为人忠厚老实，扶老携幼，照顾弱小，天长日久，乡人终于接纳了这个外地人。从此他安家落户，娶妻生子，死心塌地地长做鄞县人。

一代人逝去，一代人接上，下一代总想比上一代过得更好一些。那闽北义军的后人还在农闲时摆渡，但也捎带着做起水上的贸易，将乡里酿的老酒、米醋、酱油运到城里，再从城里捎些日用百货，天长日久，蚂蚁垒窝，竟然也积下一份薄资，在石塘开了一家小小的夫妻店，当起小商贩来。

时光如白驹过隙，转眼间到了高祖开字辈，那翁家的三兄弟开明 (1786—

1853)、开忠、开阳已无法同时跻身在那小小的杂货店里了。按了宁波人的习俗，老大开明乘着一艘小船，就此别了故乡，去了尚未开埠的上海，从此筚路蓝缕，数十年奋斗，在上海滩挣下了一份家业——一个名叫“裕大酱园”，另一个是酒米铺。而在家乡石塘村，他还挣下了一座裕丰造酒坊，翁家殷实的底子就此铺下。

翁开明的长子名叫翁景和 (1823—1877)，他自小就跟着父亲在沪上经商，耳濡目染，成了做生意的好手。鸦片战争之后，他看准了洋布生意好做，便抓住商机，投下血本。

1853 年，对翁家实乃悲喜交集的一年。那一年，翁景和在上海南京路开设了大丰洋布店，人称“翁大丰”；同样是那一年，他的父亲翁开明去世，他是带着对长子的无限希望和深切祝愿闭上眼睛的。翁景和没有辜负父亲的期望，他是那样的勤奋聪明，又是那样的志向远大。不出几年，他在上海、杭州、天津、宁波、衢州都开出了自家的分号，包括的产业五花八门，从打锡箔到银楼，从南货店到养鱼塘。翁家的财产积累到了两百余万两白银，而翁景和也由此成为早期“宁波帮”的代表人物。

中国人发财总是要衣锦还乡的，翁景和也不例外。他在石塘村大兴木土，在翁氏宗祠的西首建造了新宅，并由其已经当了内阁中书的长子翁运高题额“枕山居”。这位翁运高 (1839—1889)，便是翁文灏的祖父。

原来这翁运高运气的确是高，因为几代人的经济积累，到他这一代，已成殷实人家，足以供他读书。这“富贵”二字，“富”虽在前，但中国人从来都是“贵”字当头的。既然已经有了钱，自然要去博取功名了。翁运高走了科举之路，1855 年，他才十六岁便考取了举人，到 1862 年又中了副贡，1865 年，他获授内阁中书。一个二十六岁的商人之子，就这么凭借着自己的能力考上了朝廷的命官。

真是富也不过三代。也许是钱看多了，翁运高对金钱已无热情与欲望，当了朝廷命官，更觉“士农工商”里，商人钱虽最多，地位却是最低的，故决不沾铜臭。如此，翁景和一死，翁家那衰败的光景就显出来了，连大丰洋布店的招牌都让给了布店经理、有通家之好的许春荣。上海滩上人，从前叫它“翁大丰”，现在叫它“许大丰”了。

“许大丰”冉冉升起，翁运高江河日下。到翁运高的长子翁传洙 (1872—

1961) 时，家族的盛衰就完全维系在这个公子哥儿手里。这位翁传洙原本也是个极聪明之人，不过饭来张口衣来伸手，他是从不知道什么叫治家理财过日子的。十七岁那年，父亲才五十岁，突然一病而亡，而他自己年方十七，正是需有严父管教的年龄，却可以无法无天地行事。他学琴棋书画，但样样不精通，他买了一艘西洋小火轮，倒居然无师自通了。他是那样的大方，驾着火轮在上海滩黄浦江头游玩，玩够了一挥手就送给了朋友。尽管分家时他得了二十万两银子和上海滩的一家店铺，但一年几千两银子的收入，也还是经不起他如此的折腾啊。

翁文灏 (1889—1972) 偏偏在这样的年代里出世了。在祖宅的枕山居里，他六岁开始发蒙，年方七岁，家中遭大不幸，与父亲同龄的母亲余宝珠自尽，年仅二十三岁。

翁文灏的外婆家也属旅沪的“宁波帮”，翁、余两家有三代联姻的历史。余宝珠生了一对儿女，原也是安居乐业。谁知翁传洙花心，在城里养了外室，这让年轻的余宝珠十分绝望。在一次激烈的争吵之后，余宝珠扔下一双小儿女，自弃于世。亲眼目睹这一人间惨象，翁文灏幼小的心灵从此烙下深深的伤痕。晚年的他曾有《感母》一诗，记录了他心灵的创痛：“七龄死母最堪怜，卧倒尘埃血泪溅。看世难容悲自苦，望儿无靠恨长悬。”

祸不单行，慈母前脚刚去，劫匪后脚跟进。翁文灏八岁那年，竟然有亡命之徒冲进枕山居抢劫，全家人不得不避难江北引仙桥，而后又迁至天封寺的三角地。

如此说来，翁文灏真正在石塘村度过的岁月，也就是童年时期的八年。这八年他亲眼看到家庭破落，母亲自杀，强盗入室抢劫。人说小孩子是没有命运的，但翁文灏的悲剧命运从童年时代就已经开始了。年少的他深深体会到一个封建大家族盛极而衰的无奈和沧桑，这几乎决定了翁文灏生命的走向和基调。

我走出翁文灏故居，走向村口。村口给我们留下难忘印象的，不是中国村落中常见的大树，而是一座正在修复的庙宇。大门紧闭，一打听，是一座清代就有的古庙。想到这座古庙一定曾经留下童年时期翁文灏的身影笑声，一定要进去看一看。

真是心诚则灵，竟然还有虚掩着的边门，进去方才发现，修葺一新的庙里供着石塘的地方之神——唐代鄮县令王元玮。

我们知道，在中国两千年的封建王朝中，曾出现过众多清官能吏，鄞州就有大名鼎鼎的王安石，因此，同为王姓的王元玮就在国史上排不上号了。然而一方百姓自有一方百姓心中的丰碑，之所以把这块丰碑给了王元玮，正是因为他为官一任，造福一方，建造了它山堰。

它山堰位于鄞江镇西南，樟溪集山区七百里之水逶迤自东而来。魏岘在他的《四明它山水利备览》中说："溪通大江，潮汐上下，清甘之流酾泄出海，泻卤之水冲接人溪，来则沟浍皆盈，去则河港俱涸。"当时的鄞州还叫"鄮县"，县治设置在光溪，也就是今天的鄞江镇。县令王元玮为了改变治内"田不可稼，人渴于饮"的局面，主持兴建了它山堰水利工程，作为阻咸引淡的渠首工程。它山堰建成后，江河始得分流，樟溪也因此"涝得七分入江，三分入溪，以泄暴流；旱则七分入溪，三分入江，有供灌溉"。后来的人称王元玮这一功绩"功侔鬼神"，为此，石塘的百姓为他建庙供奉。

相传庙前的这条石塘河实乃一条神龙经过之地，神龙欲奔东海，却又舍不得离开江河，一路奔去一路回头，竟然回了九次，每回一次留下一个滩头，而这个石塘村正是它回头的地方。

庙宇修复一新，楹联尚未挂满，有一副楹联写得很有情怀："有目登高桥莫论春秋冬夏，是风人石塘不分南北东西。"

我在重修石塘庙的碑记中了解了修庙过程，原来该庙始建于清嘉庆十九年，坐落在石塘山月塘湾处，光绪三十四年重修，确定每年十月初十为神诞。这位神正是王元玮，因王元玮造福百姓，故当地百姓造庙祭祀。

每个幼小的心灵，都会有他愿意追随的成人世界的榜样吧？我想，这位唐代的王县令或许正是翁文灏童年时代第一个崇拜的对象。翁文灏以一代大学者的身份，最后从政，甚至当到国民政府行政院院长，不能不说与他童年时代接受的"事功"思想有着密切的关系。

翁文灏离开故乡，来到了不远的宁波城中。就是在这里，他遇到了两个对他一生影响非常重大的人物。一个是他的继母叶秀芬 (1872—1932)，人们都称她为"二师母"。叶秀芬出身于书香门第，知书达礼，视翁文灏如同己出，为翁文灏以后的人生之路做了很大的铺垫。另一个是比他大八岁的表哥、大才子李思浩 (1881—1969)。表哥十分器重这位小表弟，对他进行了卓有成效的指点帮助，效果惊人。1902 年，鄞县开童子试，翁文灏一炮打响，成为十三岁的小秀才。可惜第二年到杭州去考举人时就不行了，那一年，李思浩高中，翁文灏落第。

家中诸人张罗着翁文灏再考，翁文灏心却已不在此。1905 年清廷宣布废除科举，多少“孔乙己”从此走上绝路一条。少年翁文灏全无此念，他有他自己的事情要忙。十五岁的小大人此时已奉父母大人之命，和同县的比他大两岁的林韵秋小姐结成连理。1906 年，他考上了上海震旦学院。临行前，十七岁的翁文灏登上了家门前的天封塔。

天封塔，就在今天的海曙区大沙泥街。因为是公元 695 年至 696 年间建造的，正是唐武后“天册万岁”和“万岁登封”之际，所以命名为“天封”。

现存天封塔为我国江南特有的仿宋阁楼式砖木结构塔，具有宋塔玲珑精巧、古朴庄重之特点，是古代明州港江海通航的水运航标，港城的重要标志。唐以来，明州港崛起并成为中国著名的三大对外贸易港口之一，外国使节、留学生与商人由明州港入口岸，经浙东运河、京杭大运河直达京都。中国中外关系史学会会长耿升教授讲到法国人在中国的贸易行为时，在《中国出口贸易实地考察》中描述道:“中国最美的宁波城……具有大量的历史古迹，其中最引人注目的……名为‘敕封塔’(即天封塔)……在塔壁上发现了法国三帆‘阿尔克梅纳’号上多名海员题画的名字，该船曾于前一年访问过宁波。”因此，天封塔是历史的见证，是“海上丝绸之路”的重要文化遗存。

翁文灏登临天封塔，放眼宁波城，江流滔滔，海波在前。正是在故乡的高塔之上，翁文灏发出了这样的感怀:“我虽少年知自勉，须扶衰弱佐中心。”

十七岁的少年已经立下了“须扶衰弱佐中心”的远大志向，他虽然只是一介书生，但却不是一般意义上的书生，他是有经世致用情怀的，因此一遇机会，他便脱颖而出，一展身手。

## 三 小个子的黄种人

翁文灏入学的上海震旦学院创立于 1903 年，由信奉天主教的近代著名教育家马相伯创建。正是在这所学校里，翁文灏第一次找来了王安石当年变法的奏疏。对于这位八百多年前在他的故乡进行改革的宋代大政治家，翁文灏无疑是很敬仰的。在心灵上翁文灏给予同样地位的还有明代大哲学家王阳明，这位余姚人氏亦算是他的同乡。

正当翁文灏沉湎于对中国文化的反思和鉴别过程中时，一个大好消息传来:

浙江省将以官费派遣留学生前往比利时留学。此消息大大激动了翁文灏那颗十九岁的年轻的心。1908 年 8 月 10 日发榜，翁文灏名列前七。真是“春风得意马蹄疾，一夜看尽长安花”。他旋即回到宁波月湖西侧大书院巷刚建的新居中，告别了身怀六甲的妻子，与十九位浙籍才子浮槎海上，一月有余，到达比利时首都布鲁塞尔，开始了留学生涯。又不到一个月，大洋彼岸的电报传来，妻子为他生下了一个女儿，取名慧娟。

一个极其重大的人生抉择就是在此时开始的。1909 年，翁文灏在学科选择上转了行，从铁路工科改为地质岩石学。这一转，决定了他一生的走向。

今天，我们已经无法知晓翁文灏最终决定转向地质学的动因，但我们却知晓这一转向对翁文灏今后人生道路的意义。

个人心怀家国，而家国又影响个人。辛亥革命冲击了翁文灏个人的命运。1911 年，官费忽停，这些在海外就读的学子一下子就如断了奶的孩子，不得不中断学业归国。翁文灏乘火车归国回家商量，多亏妻子卖掉陪嫁首饰，资助夫君万里求学。小夫妻这难得的一聚，留下了幸福的纪念，第二年 5 月，妻子为他生下了长子翁心源。

求学四年，翁文灏在盖生教授指导下完成了博士论文《勒辛地区的含石英玢岩研究》，被校方列为最优等，在地质学刊上发表。1912 年，二十三岁的翁文灏以优异成绩获理学博士学位，成为中国得到地质学博士学位的第一人，此事在当时看不起中国人的西方大学校园里颇为轰动。他毕业时，比利时的一家报纸竟有人写文章惊呼道：“最好的成绩，被一位小个子的黄种人夺去了！”

还有什么比看儿女有此成就更让母亲欣慰的呢？然而母亲却是看不到了。翁文灏以他的出色学业来报答二十三岁即命丧黄泉的母亲，除此之外，他还能为他的母亲做什么呢？

翁文灏的人生轨迹梳理至此，我突然有了新的感悟。母亲，您说我们每个人的生命动力到底是从什么地方来的呢？是母亲啊！是生我养我的母亲啊！我比翁文灏幸运的是，在与命运共沉浮的路途上，始终有母亲您的陪伴。而翁文灏在他七岁的时候就永远失去了母亲。那种无论怎样地奋斗努力，都无法招还母亲的遗憾，一定是伴随翁文灏一生的吧？

然而，也许正是这种永久的遗憾，转化成了翁文灏生命的原动力。

小家如此，国又何尝不是如此。所以我们把祖国叫做母亲，而不是叫做兄弟姐妹、大伯大叔，我们甚至不把祖国称做和母亲一样给我们以生命的父亲。因为直接以子宫孕育了我们的生命的，毕竟只有母亲。祖国是母亲，我们的家就是祖国母亲的子宫。把孕育了我们生命的家国保护好，建设好，难道不是天经地义的事情吗？

在此，不妨对中国百年家国史再作一简要回顾。

百年家国书，保家救国、振兴中华为要。究竟选择走什么路，中华民族仁人志士历经艰辛，教育救国是一条，另一条与其并驾齐驱、互为补充的，则是科技与实业救国。

这是一条与现代化紧密结合在一起的路。而现代化，正是指工业革命以来现代生产力引发的社会生产方式与人类生活方式的大变革，是以科学和技术革命为动力，从传统农业社会向现代工业社会的大转变，是工业主义渗透到经济、政治、文化以及思想各个领域并引起社会组织与社会行为深刻变革的过程。

在世界近代史上，现代化进程首先是从西欧开始的。而当西方近代科技成果进入中国后，中国近代最早的科技精英诞生了。

1905 年，铁路工程师詹天佑设计了京张铁路；

1909 年，冯如研制的飞机飞行速度和距离创下世界纪录；

1913 年，丁文江创建中国地质调查所；

1920 年，李四光、茅以升等一批科学家从海外学成归来，成为中国现代科学的奠基者。

科技救国和实业救国就像一枚硬币的两面，科技救国一方面需要教育，一方面需要实践，由实践而产生实业。中国近代史上主张以兴办实业拯救中国的社会政治思想，产生于洋务运动时期，盛行于辛亥革命和五四运动前后。彼时，民族资本家大力提倡国货，抵制外国的经济掠夺，维护民族利益。他们的共同口号是：“振兴实业，挽回权利。”要救中国只有一条路，就是要增强国力，而要增强国力就必须开发实业。

“实业救国论”风行于 20 世纪初，与这股思潮相呼应的，则是中国科技的现代化历程。这一历程首先是从现代科技事业体制化开始的，时间约在 19 世纪 40 年代到 20 世纪 30 年代间，以 1928 年中央研究院建立为标志。彼时的中国，各种学术团体成立，一批大学兴办，在各种学术团体中，北平兵马司胡同的中国地质调查所被蔡元培称为“中国第一个名副其实的科研机构”。

中国曾经是世界上最早研究地球的国家之一，但地质学作为一门独立的科学，却首先出现于18世纪的欧洲，19世纪中叶才开始传入中国。鸦片战争之后，外国矿师随着列强的炮舰纷纷来到中国，兴学办矿，客观上促进了中国地质学的发展。鲁迅最早离开故乡于1898年10月入学的，正是南京江南陆师学堂附设的矿务铁路学堂，学习地质学、矿物学及其他基础学科。翁文灏选择了地质学，无疑是与当时我们这个古老中国睡狮一般的状况有着深切关系的。救国强国，一介书生使命在身。

翻开中国地质学百年来的曲折历史，那一幕幕鲜活的场景，一张张生动的面孔，一件件精美的藏品，无不在倾诉中华民族的奋斗与艰辛，无不在演绎地质科学的宏大与精深，无不在展示地质学人的风采，这分明是一部活生生的中国近代科学发展史。

1912年元旦，中华民国临时政府成立，下设实业部矿政司地质科，第一任科长为浙江吴兴人、从日本帝国大学理学院地质系毕业回国的章鸿钊，第二任科长则是大名鼎鼎的地质学家丁文江。

1913年9月，在两任地质科长的一再呼吁之下，地质调查所成立，丁文江任所长，以后章鸿钊也担任过所长。当时一般人对于地质学还知道得不多，北京大学地质系甚至因为招不到学生而不得不停办。丁文江就把北大地质学方面的书籍、标本拿了过来，办了地质研究班，还招收了二十五名学生。因为师资力量严重缺乏，他们正急得团团转，没想到翁文灏来到了他们身边。

此时，翁家的家境在翁文灏那个糊涂老爹掌门下，早已一落千丈，家中一切用度全靠大丰洋布店那点分红维持。1913年，翁文灏学成回国，在北京参加了留学生文官考试，名列前茅，整个家族都指望着他挣钱养家糊口，但他却拒绝了洋人的高薪聘请，在丁文江、章鸿钊的召唤下接受了工商部矿政司司长张轶欧的聘书，出任工商部地质调查所讲师，从此与丁文江、章鸿钊结下了深厚的友情，尤其是与丁文江，可谓生死之交。正是在这个机构中，与马氏家族同乡的翁氏家族，以科学和实业救国的理想为宗旨，昂然崛起。

## 四 担斧入山 披荆斩棘

在20世纪上半叶，翁文灏算得上是一个典型的科学与实业救国的代表人物。翁文灏这个小个子，内心深处是有改造中国之宏图理想的。他不是一时冲动才登上天封塔，立下那“我虽少年知自勉，须扶衰弱佐中心”的誓言的，从30年代开始的政学双兼双规制路线，是他必然的抉择。而他的起步，就是从地质调查所聘任的唯一的专职老师开始的。

一个人挑起了一个学科的专职教学工作，辛苦教学培育子弟的境况可想而知。1916年7月，首批学生毕业。毕业典礼上，章鸿钊说：“翁先生实本所最有功之教员也。”这个典礼，正是在兵马司胡同九号举办的。

这届学生毕业之后，地质研究班办不下去了，好在还有地质调查所，下设总务、地质、矿产三股，还是由丁、章、翁这三驾马车领路。

此时的翁氏家族徒有一个富贵人家的架子，因为父亲已经把所有的家产都挥霍一空了。翁文灏一家举家北迁，父亲翁传洙也跟来靠他养老，一家人老的老小的小，全靠翁文灏支撑。而连年内战的北洋政府时期，欠薪是常有之事，大冬天的，他连一件皮大衣也没有，一家人的日子可想而知。

他不是没有机会发财，他的表哥李思浩，已经从当年一个奋发向上的有为青年一路当官上去，一直当到了财政总长，成为资深高官。他看表弟实在清寒，给他派了个税务官的活，还对他说：“这个差使，奉公守法的人一年有六七万的好处。你去一年，先把生活问题解决了，再回来做科学工作也不迟。”

翁文灏一口回绝了。他和表哥早已是两股道上跑的车，同在北京，他是从来也不去看他这位当年意气风发，如今铜臭满身的阔亲戚的。

可是面对自己的父亲，他却没有办法。生母的自杀并没有影响他对父亲的爱，也许正因为过早失去母爱，使他更需要父母的亲情。父亲是他的软肋，父亲提什么要求，翁文灏都会尽量去满足。父亲不能够在大北京过租房子的居无定所的日子，他要有自己的房子。翁文灏一咬牙把宁波月湖边的住宅卖了，凑成一笔款子，总算在北京六部口的新平路买了一所居处，取名为“朴庐”。

家里也穷，单位也穷，翁文灏从调查所的代理所长当到所长，一路那么穷过来，有时甚至穷到文书都请不起，所有的信都得自己写，一个早上几十封，写得手都提不起来。

本来还指望着南京政府成立之后，经费问题会有所好转，没想到越发严重起来，简直就看不到希望了。三驾马车中，丁文江穷得实在熬不住了，1921年，朋友一个招呼，他辞了所长之职，由翁文灏代管，自己出任总经理，想要“曲线救国”，挣了钱再来支持中国地质事业了。翁文灏这一代理就代理上了，直到1926年正式接任了所长。接着，章鸿钊也熬不住了，他坚决地辞去了所有的职务，任翁文灏再三挽留，亦不再回头。

当初是这两位中国地质学创始人把翁文灏召唤来的，如今他们放心地将重任委以这位来自江南鄞县石塘的翁姓小个子，让他挑大梁了。而两驾马车这么一撤，各大学和实业界以为那孤独的江南瘦弱书生翁文灏也会撑不下去了，纷纷向他伸出摊满银圆的双手。翁文灏的个性此时开始真正显现出来，以扎实的中国文史知识与西洋现代科学的研究方式进行极好的结合，来作为底气，以浙东学派的“事功”精神为指导思想，翁文灏此时体现出了一个科学家的内在品质，他说：“所景愈艰，则主管愈不应中途放弃，坚苦自勉，终可挽回。”

真是路遥知马力啊，他瘦弱的身躯里蕴藏着非凡的力量。这是一颗有着信仰支撑的灵魂，鲁迅先生所说的“中国的脊梁”，正是他这样的人。翁文灏以后能够以学者入政界，正是因为他有着这样的情怀，以及百炼成钢的卓越能力。

临危受命，仿佛这就是翁文灏的命运。而现在，仅仅是刚刚拉开了序幕。这一段中国科学思想史上很难再现的辉煌，就这样在一步一步的考察途中慢慢写就。

都说中国地大物博，究竟博在哪里，当时谁也拿不出一个数据，谁也铺不开一张地图。首先填补这项空白的，正是丁文江和翁文灏。中国的第一张着色地质图就是在翁文灏手里完成的。以实地调查为宗，室内研究为辅，这是地质调查所一开始就定下的宗旨。地质调查所的同事还记得，翁文灏甚至希望“所有搞地质的人都要下矿井看一看”。在他的主持下，地质调查员们背着经纬仪和无线电收发报机，一点点地测绘地质图。那是怎样的拓荒者啊！要知道，他们必须走遍中国大地，才能够画出这样的地图。而经费少到何种地步，令人瞠目结舌。翁文灏不得不把差旅费减到每人每天五元。他的团队里，同事们出差时可谓各显神通，有人像阿凡提一般骑一头小毛驴走遍天下，有人连小毛驴也雇不起，便用独轮车代步。正是在这样的情况下，地质调查所完成了中国最早的按国际分幅法从事正规区测填图工作。

而作为地质学家的翁文灏，他的科学生涯，多半是在路上。作为中国地质科学的开创者，这个来自浙江的小个子经常手足并用，爬过那从没有路的路。他在野外考察时，不是步行，就是骑毛驴。在人烟稀少的矿区考察，随身背的柳条包里还总带着凿子和矿石。“担斧入山，披荆斩棘！”这八个字成为了他一生的座右铭。他不但要担负起开路的职责，连开路的工具也得自己准备。许多人埋头于书斋做学问，而翁文灏却把在大地上奔走丈量当成地质科学研究者的本分。

正是在这样的艰辛中，翁文灏和丁文江领导全所，开展了大规模的矿产调查，为实业发展寻找到了矿产能源。其时，恰逢农商部总长张謇提倡“棉铁政策”，与翁文灏的思想不谋而合。1919 年，翁文灏写成巨著《中国矿产志略》，这是他在国内发表的第一部专著，也是中国当时最全面的矿产资源报告。而翁文灏对中国地震学的开拓性贡献，亦同时跟上。

母亲，2008 年，我们的国家刚刚经历了一场重大的地震灾害。您可知晓，九十年前的中国，亦曾经有过这样一场大灾难，这场天崩地裂的人间惨剧就发生在 20 世纪 20 年代。

1920 年 12 月 16 日 19 时，甘肃发生八点五级特大地震，死亡者达二十万人。当时的北洋政府派身在北京的翁文灏带队前往灾区。旧中国的交通条件落后到什么程度是可以想见的，临危受命的翁文灏一路上忧心如焚，日夜兼程，历经千难万险，硬是咬着牙挺了过来。到达震区后，他已经病得不能走路了。别人要他先把病养好了再说，他反问：“我千辛万苦地从北京赶来甘肃，难道是为养病吗？”

就这样，坐着骡车，拖着带病的身体，饥一顿饱一顿，坚持实地调查，翁文灏终于在大西北完成了中国地质学家第一次实地调查大地震的创举，返京后写出了《甘肃地震考》等一系列论文，对地震的起源提出构造成因的设想，并绘制了一张现在看来还是十分合理的中国地震分布图。正是这次现场考察，使翁文灏把他的科学研究领域从矿床学转向从未涉足的地震学。接着，翁文灏画出了我国第一张《中国地震区分布图》，写出了论文《中国某些地质构造对地震之影响》，在比利时布鲁塞尔国际地质学大会上宣读，获得广泛好评，他本人也当选为国际地质学会副会长。

也正是出于对地震学的关注，翁文灏开始考虑建立地震观察台。这一愿望在大律师林行规先生的支持下得以实现，地点就在今天的京西鹫峰山。1930 年，中国自建的第一个现代地震观察台成立，名为“实业部地质调查所鹫峰地震研究室”。而两名青年亦因此进入翁文灏的团队，一名叫李善邦，另一名便是翁文灏的堂弟翁文波。1934年他从清华大学毕业，由导师叶企荪推荐去了鹫峰地震台，之后为中国地震学作出了巨大的贡献。

1922年，中国地质学会成立，章鸿钊出任首任会长，翁文灏、李四光当选为副会长，当年8月，便开始参加第十三届国际地质大会。与此同时，翁文灏着手兴建、扩充地质调查所的图书馆和陈列馆。

在他的主持下，1933年，《中华民国新地图》于8月正式出版。

真令人不可思议，翁氏家族世代生活在海边，而翁文灏关注的恰恰是崇山峻岭，连绵的山峦，竟然给了翁文灏如此之大的科研空间。1926年，他作为中国代表参加在东京举行的第三次泛太平洋学术会议，提交了论文《中国东部中生代之造山运动》。

在此之前，国外根据欧洲地质学家的考察结论，普遍认为造山运动时期有三：一为加里多尼安运动，一为海西宁运动，一为阿尔帕安运动。翁文灏对中国东部造山运动进行观察，得出结论，认为归之于海西宁期太早，归之于阿尔帕安期则太迟，故首先提出“燕山运动在中国的存在及其在中国地质历史上的重要意义”这一学说，阐明亚洲东部侏罗纪和白垩纪之间有造山运动，命名为“燕山运动”。

“燕山运动”，多么美丽的名字，像诗一样令人遐想，却又严谨得犹如岩石，一经问世，立刻受到与会各国地质学家极大的重视。“燕山运动”为世界各国所公认，并成为东亚地区的主要地质特征。这个理论，是翁文灏对世界造山运动研究的一大贡献。

两年以后，翁文灏以国家首席代表身份，出席在印度尼西亚万隆召开的第四次泛太平洋学术会议，提出“中国之拉拉米特造山运动”。

1929年，他发表了《中国地理区域及其人生意义》，揭示了中国人口过多而耕地不足的矛盾。翁文灏是当时中国第一个关注人地关系并且大声疾呼的学者，惜哉，直到几十年之后，这一问题酿成后患，才被人注意。

而早在1925年，翁文灏就发表了《中国山考学》，他被公认为中国自然地理学的创始人之一。1934年3月，翁文灏与竺可桢等人倡议组织的中国地理学会在南京宣告成立，他无可争议地当选为首任会长。

大师的标志之一是高徒辈出。翁文灏的诸多高徒之中，有一位名扬四海，他便是与北京猿人结下不解之缘的裴文中。

已经很少有人知道周口店北京人头盖骨化石与翁文灏之间的关系了。北京周口店的发掘工作，本是由北京协和医学院解剖系主任步达生写信给翁文灏提议的，他还愿意提供财力和人力。而正是翁文灏，在提出了必须维护国家主权和中国学界的尊严的条件并得到承诺之后，于 1927 年与步达生签订了《中国地质调查所和北京协和医学院关于研究第三纪及第四纪堆积物协议书》。

也正是在这样的历史背景下，裴文中受命于翁文灏，参加了周口店的发掘工作。

发掘工作一直进行到 1929 年接近年底之时。工地清冷，北国雪飘，是撤还是继续，已经是个迫在眉睫的问题。翁文灏的个性此时又显现了出来。他坚持继续孤军奋战，而他忠实的弟子也不折不扣地坚持了他们共同的坚持。当年 12 月 2 日下午四时，裴文中终于挖掘出了北京猿人头盖骨化石。

此一无价国宝的出土，让裴文中欣喜若狂。他先是连夜写信给翁文灏，报告此一人类学上的巨大发现。想想还是太慢，连夜又发一电报："得一头骨，极完整，颇似人。" 12 月 6 日，裴文中亲自捧着北京猿人头盖骨化石送往地质调查所。

啊！"得一头骨，极完整，颇似人"，这是多么令人狂喜不已的诗行，还有什么比这十个字更能让一个真正的科学家热血沸腾的呢？翁文灏的激动决不亚于他的弟子，作为一名地质学家，他一直认为亚洲是最适合人类聚居的地方之一。此时他欣然提笔，撰写了《北京猿人学术上的意义》。

1929 年 12 月 28 日，中国地质学会特别年会在地质调查所举行，翁文灏向与会的地质学同仁报告了发现北京猿人头盖骨的喜讯，地质调查所随之声名远扬，得到了各方面的援助，从此走上了事业的新起点。

弹指间悠悠百年，在纪念翁文灏百年诞辰之际，黄汲清先生著文说："作为地质调查所所长，自始至终，从宏观上组织领导周口店的发掘、科研工作，调动老中青专家的积极性，团结不同国籍、不同学术观点的学者长期相处，密切合作，互相学习，共同提高，并为同一目标而努力奋斗，在某种意义上说，他的功劳并不在步达生、杨钟键、裴文中之下。然而在一般群众看来，他只能算是一位无名英雄。"

母亲，我喜欢翁文灏这种类型的人，我喜欢知行合一、即知即行的人，我讨厌巧舌如簧的空空道人。这些年来，见多了客里空者，就更推崇翁文灏这样真正的大学者。他的学问做得从不掉书袋，知行合一从来就是他的做派。1927

年，他听说有一个穆棱煤矿，坚持去看，由此认识了江浙同乡孙越崎。孙越崎是著名的爱国主义者，也是中国现代能源工业奠基者之一，更是翁文灏一生的挚友，当时正出任穆棱煤矿中方代理人。他接听电话，告知有个北京地质所的领导要到他的矿上来。对方口齿不清，孙越崎听说有一个“汪汪汪”要到矿上来，没想到竟然是大名鼎鼎的翁文灏。孙越崎真是喜不自禁，连忙把他请到家里吃饭。孙越崎新娶的妻子王仪孟是大家闺秀，不会做菜，幸好家里养了几只鸡，求人杀了一只煮了才算有了菜。然后，孙越崎又替翁文灏雇了一头毛驴。翁文灏跨上毛驴，高高兴兴地往山那边走去。他用了两天时间在旷野中实地考察，还背了不少矿石标本回来。之后，翁文灏又为孙越崎所著《吉林穆棱煤矿纪实》写了序言。

母亲，您见过这样的科学家吗？一头毛驴就能让他一个人高高兴兴地在山上考察两天，翁文灏有一颗多么忠厚纯洁的君子之心啊！

由于翁文灏对中国地质学的卓越贡献，他于 1922 年和 1937 年两次代表中国出席国际地质学大会，均被推举为大会副主席，并先后获得英国伦敦地质学会会员、德国哈勒自然科学院院士、美国艺术与科学研究院院士、澳大利亚采矿冶金学会会员等荣誉职位。须知，包括翁文灏在内，有二百年历史的伦敦地质学会至今也只有过三位中国会员。

人们惊异地发现，“中国地质学如火山喷发般一下子冒了出来”。地质学家黄汲清先生则说：“地质调查所的成绩，在二三十年代，在中国科学事业中，确是一颗明珠，是中国人的骄傲。”

## 五 政学双兼的“事功"学派

现在，翁文灏来到了他的人生中途。1930 年，翁文灏的专著《锥指集》出版。四十不惑，前半生研究成果可用“辉煌”二字形容。他人生的又一个阶段，悄悄地似乎是不动声色地开始了。

一年之后，翁文灏受命代理清华大学校务。这是他在两位好友陈布雷、钱昌照的一再敦请下出山的。翁文灏自己开出的条件是以半年为限。代理校务期间，他不曾享受校长待遇，却在这承上启下的节骨眼上做了两件有深远影响的事情：一是创造条件，让一个家境清贫的学生进校读书，这就是三十年后当了北京市副市长又在“文革”中含冤而死的著名历史学家吴晗；另一件事情是慧眼识英雄，推荐梅贻琦为清华大学校长。正是在梅贻琦手里，清华大学跻身于世界名校之列。

1931 年 12 月 3 日，翁文灏半年任期已满，当即向当局提出辞呈。此时九一八事变爆发，国难当头，中国的大好河山已经快要放不下一张书桌了。

在清华掌校虽仅半年，对翁文灏一生的影响却十分深远。因为正是在清华的半年之中，他得以有机会进入了以胡适为中心的文化名人圈。翁文灏告别清华之际，这十来位北大、清华的教授决定办一个杂志，取名为《独立周刊》。

在《独立周刊》上，翁文灏发表的文章已经显现出其今后的政治主张。他说：“讲到政治，我对于各种深奥的主义从未用心研究，各种特别的制度也不十分明白，当然只好老实的守愚暗的态度，请学生们不必问我。我只相信无论信仰什么主义或采取什么制度，都要用好好的人去好好地做。政者正也。”

瞧，他就是那么低调，好像真的不懂政治，对政治也不感兴趣，可最后却来了一句“政者正也”。他对政治的全部认识，就都在这四个字里面了。而前面那一句“用好好的人去好好地做”，正是他后半生对政治的态度。大科学家的话就是那么朴素，又是那么一以贯之。

翁文灏对南京政府的政治态度也非常明确，他反对拆台，主张补台，因为在他看来，拆来拆去，政府就是那么一回事，倒霉的永远是老百姓。他的这一立场，无疑是当局希望看到的，他被纳入蒋介石的视野，应该说就此开始。

中青年时代的大学者翁文灏埋头建设，并不关心当时的武人政治，但政治却在这国难当头的历史时刻分外地关心起翁文灏来。一个蒋介石亲自掌控的高层智囊团——国防设计委员会正在筹划当中，它的策划者正是翁文灏的朋友钱昌照。在草拟委员会名单之际，翁文灏是首选人物。而蒋介石最看中的，也正是他的宁波同乡翁文灏。

翁文灏与蒋介石，一文一武，翁在鄞县，蒋在奉化，两县毗邻，虽同为宁波人，但从无交往。1932 年夏天，蒋介石数次电邀翁文灏上庐山策问，说要用三天时间听翁文灏讲学理。对蒋介石而言，这的确是难得的恭虚前席之态；而对翁文灏而言，这的确又是让他颇生士遇知己之感的人生际遇。

尽管如此，翁文灏作为一个受过西方教育的自由知识分子，并没有传统中国儒生的那种感激涕零。翁文灏是最讲建设的人，趁此机会进言蒋介石，举国上下，不论政见异同，国难当头之际，都要团结，不要内战。而蒋介石此时正在对共产党进行“围剿”，在这个问题上，他岂会听从翁文灏一介书生之言。

虽然如此，他还是一眼选中了翁文灏，认为他是一个十分忠诚的国士，对中国现实与未来的建设，也是一个总理型的人才。因此，他向翁提出了一个建议，由蒋自己担任国防设计委员会委员长，由翁文灏出任秘书长。

这个突如其来的建议使当时的翁文灏大为吃惊：一个主持了周口店北京猿人头盖骨发掘工作的翁文灏，一个画出中国第一张着色地质图的翁文灏，竟然当了蒋委员长的秘书长，这之间的跨度，也实在是太大了。

由一位中国当时顶尖级的科学家来出任位置如此之高、责任如此之重、事务如此之繁杂的国之要职，也足见蒋介石的用人之道。可以说，当年的翁文灏给蒋介石留下了极好的印象，他正是那种蒋介石最欣赏的以朴拙坚毅的精神、勤劳刻苦的功夫，从学问和经验中艰难磨炼出来的人。想来翁文灏绝非单纯书生，他的治国理念一定是建立在蒋介石以为可操作的基础之上的。这两个宁波老乡最初的相会看样子比较成功，彼此也较为认可，翁文灏对蒋介石亦已经留下较好的印象。一个爱国知识分子，突然从天上掉下这样一个机会，可以在国家层面上实现自己的经国抱负，翁文灏已经动心了。但他又不愿意离开自己安身立命的学术之本，因此提出自己留在北京遥控，由钱昌照出任副秘书长，在南京坐镇。蒋介石当即答应了他的要求。翁文灏的人生就此来了一个一百八十度的大转弯，他就像坐了火箭似的一下子就被发射到了中国政坛的天空，不过两个月，他就被任命为国民政府教育部长。又过一个月，他就出任了国防设计委员会秘书长。

可是，这样一步登天，平步青云，让筚路蓝缕一路走来的翁文灏实在是不能接受，他决定赶到南京辞去教育部长。恰在此时，他的继母猝然而亡，翁文灏以丁忧之名致电蒋介石辞职，蒋介石同意了，但秘书长一职他还是应承了下来。

我们可以从翁文灏的知己和朋友们对他从政的态度中，看出他们的欣慰之情，他们无疑是把翁文灏作为知识分子在政府中的代表人物来认可的。翁文灏的好朋友胡适 1932 年给《东方杂志》写他的新年梦想时，其中的一个梦想就是有关翁文灏的：“话说中华民国五十七年 ( 西元 1968) 的双十节，是这位八十岁大总统翁文灏先生就职二十年的纪念大典，老夫那天以老朋友的资格参与那盛大的祝典，听翁大总统的演说，题目是‘二十年的回顾’。他老人家指出中华民国的改造史可分为两个时期：第一时期是统一时期，其中最大的事件是：(一)全国军人联合通电奉还政权(三十七年)；(二)元老院的成立容纳……”(《胡适来往书信选》)

按照胡适对翁文灏玩笑般的政治设计，到1948年，翁文灏就当上总统了，再过二十年是1968年，当了二十年总统的翁文灏已经完成了对中华民国的初期阶段性改造。胡适的这一梦想虽然语气调侃，但其中却是深深寄托着他们那一代人的真诚希望。

翁文灏属于主张实业救国的知识分子，他既然担任了国防设计委员会秘书长，便全力投入了这项工作。就在他担任秘书长的第二年，孙越崎从国外留学回来。虽然穆棱一别至今已五年，但是翁文灏对孙越崎在穆棱煤矿所表现出的卓越才能和实干精神记忆犹新。他立刻把这个难得的人才推荐给国防设计委员会。孙越崎听后连连推辞说：“南京我不去，那是个当官的地方，我去做什么？”

翁文灏解释说：“我不是让你去做官，我自己都不肯做官，我是只肯做教授和所长，不肯做官的，所以你放心。我是要你去找石油，一个国家如果没有石油，怎么在世界上自立呢？又怎么能够外抗敌侮呢？”

孙越崎刚从欧美回来，深知石油对一个国家经济建设和国防建设有多么重要，找石油对他产生了很强的吸引力，他答应了翁文灏的要求，从此做了翁文灏最得力的助手。

命运啊命运，翁文灏并非一个戏剧化的秀场人物，但在他身上发生的事情，实在是太戏剧化了。1934年元月，翁文灏在地质调查所作了重要的学术报告《中国石油地质问题》，然后便赶往浙江长兴，了解长兴地下有石油否。谁知车过武康，出了车祸，翁文灏受伤严重。这时，翁文灏的好朋友、宁波老乡、被称为国民党“文胆”的陈布雷，正担任浙江省教育厅厅长，听闻此讯，火速派人星夜把翁文灏接到杭州，他的好友丁文江也赶往杭州。蒋介石紧急下令一定要救活翁文灏，同时又派宋子文到杭州主持抢救，还从北平、上海请了三名专家来杭会诊。翁文灏数次死里逃生，大报小报追踪报道，这个如沙漠骆驼般工作的书生一时被炒得如当红明星。

我们可以想象，一个受到中国一号人物如此关注的知识分子，其生死攸关之际每日被放到报上爆炒，想不遭人非议，难上加难。

为了廓清大众的误解，丁文江专门写了《我所知道的翁咏霓》，其中说："青年的读者，有人告诉你，社会是万恶的，世上没有好人，你不要相信他，因为翁先生就是一个极好的反证。"

翁文灏整整昏迷了一个月，终于苏醒并逐渐康复，在家人陪同下返回北平。车祸一周年之后，翁文灏写了一诗《追记京杭公路之行》："艰难崖石落深陂，振作方能判险夷。海不扬波赖障护，途多坦荡仗良规。救时誓作终身志，拚死愿回旧国危。自古和平凭奋斗，决心用力莫迟疑。"

后来的人们评说翁文灏时，说翁文灏之所以入蒋介石之内阁，正是因为蒋对翁有救命之恩。这当然是不全面的，但也不是全无道理的。有谁会不感谢救命恩人呢？有谁逃得过最基本的人之常情呢？哪怕是翁文灏这样理性而智慧的大学者。

死里逃生的翁文灏，此后的功绩在中华民国建设史上可圈可点。1934 年 8 月，蒋介石再点他的名，让他二上庐山，命他出任河南焦作中英联合开发的中福煤矿公司整理专员，要他把一个濒临倒闭的大型煤矿在短短两年中整理出新。

蒋介石的这一举措有着重大的政治意义。1934 年 7 月，英国中福公司董事长吴德罗夫专程从伦敦来到中国，在英国驻华大使的陪同下登上庐山去见蒋介石，恳请中央政府直接管辖中福公司，对公司公开进行彻底整顿。吴德罗夫为了表示诚意，甚至提出"自愿放弃特权，对整理矿务不加干涉"。他们的要求正中蒋介石下怀，当时他正想借助英美的势力来牵制日本，这恰好给了他一个向英国政府表示友好的机会。蒋介石马上答应下来，下令中福公司由国防设计委员会煤业部主抓，而首先想到的挂帅之人正是翁文灏。

翁文灏也由此从教育救国、科学救国，真正走上了实业救国的道路。

翁文灏受命于危难之中，给自己立下了军令状：此次行动如果失败便当自请辞职。开出的条件则是请派孙越崎为中福煤矿总工程师。他不在矿上的时候，由孙越崎代理整理专员。

翁文灏果然大有王安石作风，他一到煤矿就召开了高中级职员会议，宣布解散原来的公司董事部，停止总经理、协理和中原公司董、监各员的职权和待遇，对原来聘请的那些参议、咨议、顾问等一律裁汰，停发薪水。

这番话刚一落地，在座的中高级人员全被镇住了，顿时就对小个子的翁文灏肃然起敬。中福董事会得以恢复，并还政于中福公司股东。董事们一定要聘孙越崎为中福公司总经理，推翁文灏为董事长，其实他们俩都没有一文钱的股份。

翁文灏另外一个举措也足以让在座的中国人陡生志气，那就是明确了中方和外方在公司里的关系，由中方主持全公司的业务。翁文灏的第三个举措是稳定人心，以公司财产做抵押借了三十万大洋，给职工发放拖欠已久的工资。

如此，翁文灏的治理能力立刻就显现了出来，其中万千苦辛，不为人知。

两年之后的1936年，公司盈利即达一百七十万元。中福公司的洋人原先看不起中国人，总顾问道格态度傲慢，颐指气使，半年后真诚地对翁文灏说："你们中国有这么好的工程师，我可以回去了。"他果然就回去了。

中福公司的发展不但在国内引起了注意，在国外也产生了影响。英国伦敦《泰晤士报》发表文章，详细地报道了中福公司整理的情况，称道翁文灏和孙越崎治矿有方，特别赞扬他们在防止贪污上做出的成绩，使中福公司的管理水平达到了以往从未达到的高度。这篇文章一发，出现了数十年所未有的现象，中福公司的股票在伦敦股票市场上大涨，创下了新高。

## 六 受命于民族存亡的危难之秋

1935年，翁文灏四十六岁了，那一年他的人生又经历了一次重大的磨难——他的莫逆之交丁文江突然去世了。而他自己也面临着再一次的人生抉择——蒋介石再次命他从政。

翁、蒋二人的政治生涯，非常奇特地与他们个人的命运转折发生着重大关系。我们可以设想，如果没有1935年1月爱国志士对汪精卫的突然暗杀行动，那么蒋介石也就不可能取代汪精卫，成为行政院院长。而他如果没有担任行政院院长，那么也就不可能邀请翁文灏担任行政院秘书长。蒋介石对翁文灏说："日本内侵愈急，你在南京政府受一官位，以便随时面商。"这一次，翁文灏坦然接受了秘书长之职，唯一提出的要求就是再兼一段时间的地质调查所所长，将他看中的地质学家黄汲清扶上马再送一程。蒋介石当然答应了，对他而言，可以说是找到了最合适、最得力的秘书长，也是政府最好的门面。故当时有友人陈毓华赋诗一首赠翁文灏："第一人居第一官，倚霄梧竹翥朝鸾。当年青史赠刘向，此日苍生属谢安。经国储胥群莫测，宅心冰雪物难干。昌黎徒费千书纸，故帐修门未识韩。”

翁文灏据其原韵，也作诗唱和：“立志非徒在做官，愿供驽力列朝鸾。曾勤学术廿年事，期获邦家百载安。决计牺牲终不惜，宅心如水岂能干。欲求宏效臻旦夕，法治于今忆读韩。”

从这首诗里，我们可以清晰地读到翁文灏的家国情怀。然而，事实并未如翁文灏所愿。可以说，1935 年翁文灏出任行政院秘书长，是实际参加蒋介石政权的开始。不过翁文灏还是没有就此丢下学术，他到南京后，立刻就把地质调查所也迁到南京。一晃七年过去了，翁文灏再也不必站在躺着抽大烟的老板面前筹款了。现在是以国家的名义盖的地质所，他自己则仍住在地质调查所内，以所为家，料理该所工作。

翁文灏是带着他的理想入阁的。一方面，他请了《独立评论》主要撰稿人、清华大学教授吴景超出任他的高级秘书；另一方面，他又延请另一位清华大学教授蒋廷黻出任行政院政务处长。当时以翁文灏为首的这批在政府中从政的学者，被人统称为“学者从政派”。

母亲，你只要想一想“学者从政派”这五个字，就可以想象社会对他们半首肯半嘲讽的态度了。这样一批学者文人一入政府，立刻就陷入了官僚体制下的巨大国家机器之中。行政院每天要接收文件九百余件，发文五百件，翁文灏就这样埋入了文山会海之中。被翁文灏形容为“瓷器店中的猛牛”的蒋廷黻，给胡适报告翁文灏的执政情况时说：“你知道各部部长对咏霓兄的信仰甚大，他不大说话，说则有相当效果。于无形之中，他的用处很大……他于政治很像他办地质调查所，于不露声色中，先责己后责人，准备费十年二十年的工夫，在艰难困苦之中求成绩，所以他不愿大刀阔斧干。然而现在的局面，不大干不能成功，小干是无济于事的。”

“猛牛”蒋廷黻所表达的正是那个时代的主导情绪。灾难深重的中国人民不愿意再耐心等待下去了，翁文灏进入的是一个处在惊心动魄的时代中的内阁。国家临难，危如累卵，翁文灏小心翼翼，如履薄冰，最担心的就是薄冰上砸下一块巨石。但最不愿意看到的偏让他赶上了，中国现代史上著名的一二·九学生运动，以迅雷不及掩耳的方式爆发。1935 年 12 月 9 日，北平数千名学生，为救亡图存，发起了学生运动。翁文灏的次女燕娟亦投身其中，在与当局抗争中，竟然被军警打断了好几根肋骨，还是靠了父亲老友胡适的搭救才送进了医院。

家国就此在政治上分裂，而此时的翁文灏根本顾不上爱女安危，他正忙着要去平息这场学生运动。这头自己的女儿被打得住院，那头他还得代表蒋介石出面跟学生代表谈判，无非是表达抗日决心，希望学生继续安心读书。与此同时，一个不祥的消息从湖南衡阳传来：他的莫逆之交丁文江，因煤气中毒病危。他立刻禀报蒋介石并得到同意，乘坐蒋介石的专机赶到湖南。回想一年半前的1934年2月，当翁文灏遭遇车祸九死一生之际，是丁文江陪床始终，将其从死亡线上抢救过来。而此番丁文江陷入生命绝境，翁文灏却因为一二·九运动如火如荼，他这个行政院秘书长不得不在一线灭火，痛心疾首之后不能不离开他生命垂危的挚友赶回南京。数日之后噩耗传来，丁文江与世长辞，年仅四十八岁。

丁文江是翁文灏人生第一知己，他们在地质学领域的贡献可谓伯仲，而在政治上他们的立场又是颇为一致的。丁文江曾经与蔡元培等人为建立中国社会的"好人政府"而努力，最后以梦想的破灭而告终。翁文灏较之于丁文江，更具有坚忍不拔的处理政务的能力。关于中国的未来，他们有过许多美好的设想，谁也不曾想到，在人生的中途，两人就这样天人永隔了。

丁文江指定翁文灏为遗嘱执行人之一。1936年5月4日，翁文灏赶赴长沙岳麓山，为这位中国现代地质科学的拓荒者举行了隆重的葬礼。

半年之后，中国历史上又一桩重大事件——西安事变爆发，翁文灏的政治伯乐蒋介石被张学良扣押了起来。事变之后，翁文灏前往宁波老家探望蒋介石，他那些励精图治的政治主张，也在家乡美好的田园景色中一一向蒋介石禀报。

翁文灏在他的政治生涯中，曾经有过数度去宁波老家看望蒋介石的"殊荣"，我想，他们应该真的算是有乡谊的吧。然而，这和翁文灏与丁文江这样的友谊有着本质上的差异，蒋介石是决不会真正依靠知识分子的，权力才是一切的中心。翁文灏以为他的蓝图从此会徐徐打开，但事实完全不是这样，在那些政坛巨头的勾心斗角中，一切都付诸东流。

翁文灏第一次感到他的理想与现实之间的南辕北辙。1937年，他出使欧洲，在漫漫海路上，反思两年来的从政生涯，前途茫茫，如何走向？他给他的好朋友胡适写了一封信，初显退意，结果被他的老朋友一顿教育，说他如中世纪修士般严厉，又事必躬亲，这是不可取的，要他继续干下去。

此番出使中，他竟然还在希特勒的鹰巢里见到了这位法西斯元首。他也出访了苏联。最后得出的政治主张是：“中国当折中取胜，以国防意义为中心，由政府多负责任，促进国营事业，奠其基本，管制民营事业以正其取向，方可殊途同归，速增国家实力。对于民生主要事业亦宜统筹管制，分配合理，市场不致紊乱。盖民生之利，必赖有这种国力以为保护。中国为复兴计，势非于最短期间认真建设不可。自须以政府为中心，舍短从长，领导前进。”

这是他日后主持经济部的基本思想。

翁文灏懂政治吗？他不是不懂政治，但那是他所理解的政治。政者，正也，他是愿意成为有抱负的政治家的。但一个受过严格儒家学说教育和西方科学精神熏陶的学者，在骨子里容不下政客小人。从这个角度上说，翁文灏又是不懂中国政治的。两千年封建统治，半封建半殖民地的社会现实，一介清明书生，你要到哪里才能够找到“政者正也”的执政空间？1939 年，他写下了《痛哭》，其中有句曰：“涕流太息贾长沙，此恨于今更有加。天子多才重贵戚，王公有意植私家。”我们可以想见翁文灏内心的煎熬已经到了何种地步。

这个“私家”，翁文灏是有所指的。在国民党政府中，翁文灏最无法忍受的就是蒋介石的连襟孔祥熙。翁文灏与这个“私家”怎么也搞不到一块儿去，又不屑于与这些皇亲国戚一争高下，这让他陷入了两难的境地。和他们去斗，无疑就是跳进阴沟和他们抱成一团翻滚，最后搞得自己也漆黑一团；不和他们斗，这些人就往你身上泼脏水，照样沾得你秽气一身。翁文灏只好用传统士大夫的修身养性来慰藉自己，并一再向蒋介石提出辞职。

让翁文灏最为痛心的还有一件大事，那就是北京猿人与山顶洞人头盖骨化石的失踪。北京人与山顶洞人头盖骨化石自裴文中等科学家在周口店发现之后，便交由美国人控制的北平协和医学院负责保管。1941 年底，太平洋战争爆发之前，时任国民政府经济部部长的翁文灏从重庆给在北平负责北京人与山顶洞人头盖骨化石保管事宜的裴文中写信，对北京人与山顶洞人头盖骨化石转移之事做了如下安排：先找美国公使馆，对北京人与山顶洞人头盖骨化石转移之事做个周密的计划安排，请他们委托有关部门将北京人与山顶洞人头盖骨化石标本运到美国，然后再交给国民政府驻美大使胡适先生。待战争结束后，务必再将北京人与山顶洞人头盖骨化石重新运回中国。然而，随着珍珠港事件发生与太平洋战争的爆发，日军占领北平，北京人与山顶洞人头盖骨下落不明了。翁文灏作为当年发掘北京人与山顶洞人头盖骨化石的重要主持者，如今从了政，却保不住自己发现的国宝，怎能不仰天长叹！

虽然痛心不已，但他未曾放下家国之责，痛苦中尤重建设。中华民族到了最危险的时刻，为了战胜日本帝国主义，中国必须拥有自己的石油。抗战期间，翁文灏的工作重点是发展资源委员会的国营工矿企业，特别重视能源工业。为解决后方燃料短缺的燃眉之急，他一手抓煤，另一手伸向石油。

1938 年，国民政府由南京迁往武汉，翁文灏出任经济部长兼资源委员会主任委员时，决定由资委会前去勘探玉门油矿。资委会经过经济部把预算送到行政院，再转到国防最高委员会审议，由钱昌照报告玉门油矿开发计划和预算款项。没想到首先反对者便是浙江同乡、当时的教育部长朱家骅。

湖州人氏朱家骅是留学德国研究地质的，但纸上谈兵，并没有实际做过地质工作。因兼管文化，曾去敦煌考察莫高窟古迹，在嘉峪关外路过玉门油矿，顺便看了勘探油矿的情况，知道一点皮毛，便说："我去过玉门油矿，地方僻远，戈壁滩上不毛之地，四周一望无际，没有人烟，开发很难，抗战期内用不上。现在外汇主要用在抗战购兵工设备上，不要用在远水救不了近火的玉门油矿上去嘛。"大家听了，认为他是内行人，说得有理。此次会议行政院院长兼财政部部长孔祥熙没有出席，次长徐堪起来附和，陈果夫也反对，钱昌照再说也无用，翁文灏见此情形，一言不发，最终无结果散会。

翁文灏是不会就此放下这样重大的经国要事的，他有他的打算。会后他要孙越崎陪着他去见他们俩都特别讨厌的孔祥熙。1938 年，孔祥熙从行政院副院长升为行政院院长，同时继续担任财政部部长和中央银行总裁的要职，成为领导抗战时期国民政府行政和经济事务的最高长官，向他说点好话，只要他同意，其他的人就好办了。清高的大学者跑到"私家"那里，放下身段，互相配合，一通高帽子戴上去，保证三年以内汽油可供西北公路局和后勤司令部之用，如能同意，将对抗战胜利立下不朽之功，等等等等。

一通"麻油"浇下，孔祥熙听了自己将有"不朽之功"非常高兴，拉着孙越崎的手连连点头，这就算答应了。回走的路上，孙越崎对翁文灏说："向孔祥熙说好话，心里真难受。"翁文灏笑说："我们是为公又不是为私，大功告成了，有什么可难受？有钱了，赶快派人去买机器吧。"

事情就这样做起来了。书生不是为五斗米折的腰，是为中华民族的国难而低下高贵头颅的，值得。看来评价翁文灏是个只会做事不懂政治的人未必正确，在玉门油矿的问题上，翁文灏就是一个懂政治的人。

1942 年底，玉门油矿已年产汽油一百八十万加仑及煤油、柴油等油料，供应一部分抗战后方军用及民用交通等需要，同时也培养了中国第一代油矿技术和管理人才，成为中国开发石油工业的摇篮。

在翁文灏的主持和推动下，抗战期间，特别是抗战前期，西部后方工业出现了蓬勃发展的态势，各省经济获得了重大发展。以数量计，到 1944 年，后方四川、湖南、广西、云南、贵州、陕西及甘肃七省工厂数量已占大后方工厂总数的百分之八十八点六三，占实缴资本总数的百分之九十三点五二，占币值资本总数的百分之九十一点九二，占工人总数的百分之八十五点六一。

在翁文灏的主持下，抗战时期西部现代工业获得了迅速发展。原本落后的西部省份发展尤快，中国工业化畸形分布状态有所改变，西部原本薄弱的重工业取得巨大进步，民营工业得到相当发展，国营工业所占比例迅速上升。

家国之事实堪忧。翁文灏的家庭，与中华民族诸多家庭一样，在此共赴国难之际，作出了自己最大的牺牲。

1936 年翁文灏从政之后，曾在南京筑小舍，全家迁入新居。此时长子翁心源正在湖南参加粤汉铁路建设。次子翁心翰则在杭州笕桥接受军事飞行训练。抗战之后，举家入川，居于重庆，新居在沙坪坝，取名“蕉园”。他淡泊宁静，精忠报国，八个子女中，最看重的是唯一的军人、次子翁心翰。

翁心翰，字凤书，1917 年 12 月 29 日出生在北京。他从小由祖父母带大，备受宠爱，性情格外活泼开朗，学习成绩优异，且有很强的正义感。1935 年，他报名参加北平黄寺驻军关麟征部举办的高中学生暑期军训，谁知军训刚开始不久，就因日方的威胁抗议而被迫中止，参加军训的青年学生无不感到奇耻大辱，悲愤万分。正是在那个时候，翁心翰对天起誓，一定要雪洗这一耻辱。他立志投笔从戎，以身报国，不久便瞒着最疼爱他的祖父报名投考南京中央军官学校，以空军入伍生从戎，被录取为中央空军军官学校第八期学员。

爱子的壮举使翁文灏无比欣慰，当时翁文灏正由欧洲返国，想起身列戎行、即将驾机迎寇的爱子，在飞机上口占一诗，寄赠心翰，勉其英勇杀敌，报效国家，诗曰：“飘然一叶入云霄，壮志英怀侪辈超。报国心忠追往哲，献身志切在今朝。千寻奋击空中斗，百世长垂勋绩昭。歼灭匈奴当日愿，家风赖汝霍骠骁。”

翁心翰遗像

翁文灏与前来慰问的翁心翰烈士同学合影

在这首诗里，翁文灏再次论及了家国之间的关系，认为儿子心翰要发扬光大翁家家风，就要以“匈奴不灭何以家为”的霍去病为榜样。

翁心翰果然发扬光大了翁家家风，1938 年 12 月 1 日，他以优异的成绩毕业于中央空军军官学校第八期飞行科驱逐组，证书是“驱字第二十一号”。

1940 年夏，日本为尽快结束侵华战争，制定了陆海军联合空袭作战计划，集中近三百架飞机，对大后方重要城市实施持续大规模的轰炸。翁心翰也频繁升空，与敌交战，7 月 24 日在成都上空的战斗中，因击落敌重型轰炸机一架，他被记功两次。在参加了第二次世界大战中首次对日本零式战斗机的大规模空战后，翁心翰被调往第十一航空大队，从事航空士官的训练工作，以后又曾被调往印度，接受美国 P-36 型飞机的训练。

1944 年 2 月，二十六岁的翁心翰与周勤培女士在重庆结婚，婚后，上级欲派他到运输大队去工作，被他坚决地谢绝了，他不愿因为是部长的儿子而受到特殊的照顾。战争尚未结束，他更不愿离开战斗岗位。他常说：“我从不想到将来战后怎样，在接受毕业证书的时候，我就交出了遗嘱，我随时随地准备着死。”

1944 年 4 月日军发动“一〇一号作战”后，中国空军连续出动，战斗异常激烈。翁心翰此时已晋升为空军上尉，任第十一大队驱逐机中队副中队长，负责空中阻截入犯日军，进入抗战以来最激烈的战斗状态，每天升空数战，最多时曾于两日之内领机往战八次之多。

9 月 16 日，翁心翰率队飞赴桂林上空作战。完成任务返回途中，在广西兴安境内发现敌人阵地，飞机不幸被敌炮击中，罗盘损坏，翁心翰左腿受伤。但他仍率两僚机挣扎着驾机返航，飞至贵州三穗县瓦寨乡时，因储油用完，试图迫降。他沉着指挥所属各机依次择地着陆，人机均未损伤。待他追降之时，平软之处已被占满，油亦耗尽，机头触上地面石埂，产生剧烈震动，翁心翰右额破裂流血甚多，胸膛受震亦伤，当即昏死过去。当晚八点三十分，翁心翰壮烈殉国，时年二十七岁。空军总司令部追授他为空军少校。

眼看抗战胜利曙光在现，爱子却为国牺牲，白发人送黑发人，翁文灏怎么能不悲从中来。长歌当哭，他挥泪写下《哭心翰抗战殒命》：“自小生来志气高，愿卫国土拥征旄。燕郊习武增雄气，倭贼逞威激怒涛。誓献寸身防寇敌，学成飞击列军曹。江山未复身先死，尔目难瞑血泪滔。艰苦吾家一代人，同舟风雨最酸辛。上哀衰父凄怆泪，下念新婚孤独亲。”

传媒报道翁文灏面对此噩耗，没有叹息，谈笑自如，唯一知道他那椎心泣血之痛的，只有他那个宁波同乡陈布雷。抗战期间，陈布雷把他的三个儿子送上战场，所以他们心同此心，情同此情。翁文灏在给陈布雷的信中诉说痛苦：“弟勉办公事，视若处之泰然，实质衷心痛创，非可言语。吾国空军人员为数较少，死亡频仍，精华垂尽，不特弟一家之苦，实亦可为大局忧也。”

## 七 生于末世运偏消

骨肉捐躯的惨痛还在延续，一顶官帽又压了下来。1944 年 11 月6 日，儿子牺牲不满两个月，翁文灏又被任命为由美国支持的战时生产局局长。在很多人眼中，这是个肥缺，自然引起了国民党政府各派系间的激烈争夺。反倒是翁文灏不搞派系，卓然独立，他那崇高的学术地位，他那鹤立鸡群的廉洁形象，无人可敌，美国人欣赏他，他自己也觉得责无旁贷。

但翁文灏的悲剧又几乎是种宿命。“生于末世运偏消”的他，仅仅凭借其出色的行政能力和道德感召力，是无法扭转一个专制体制的必然厄运的。

1945 年 8 月，山城重庆一片沸腾。胜利中的翁文灏忙于接收故国金瓯片片，让他无法忍受的是接收成了劫收，在一片混乱之中，翁文灏深感回天无力。一个问题越来越尖锐地摆在像他这样有良知的中国知识分子面前，那就是：中国向何处去?

战后辞官一直是翁文灏的夙愿，他越来越想辞职。在一次宴会上的讲话，可以比较准确地反映他当时的思想，他说：“历史的沉霾已经过去，几十年的理想即将实现，诸位要专心致志钻研建设，以展示胸中抱负。”这话他是对大家说的，也是对自己说的。之后，他接连五次向蒋介石呈文辞职，申明“原为对日抗战而参加政府工作，自当为抗战胜利而告退”。坚请辞去政府本兼各职。直到 1946 年初，他才获准辞去经济部部长兼资委会主任委员之职。

但他在蒋家王朝的战车上已经搭乘得太久了，即便他辞去了经济部部长和资源委员会主任委员的职务，蒋介石也非得要他保留行政院副院长的职务。

翁文灏对实业救国的确抱以极大的热情。书生从政，翁文灏多年来也以他的精神影响和改造着他所服务的政府。他为人正直，生活俭朴，廉洁奉公，办事严谨，他所实际领导的国民党资源委员会的职员，贪污腐化者相对来说是少的，这不能不归功于翁文灏的表率作用。所有这一切，都说明翁文灏的实业救国主张有一定的可行性。

关于翁文灏的实业救国理想，孙越崎曾经有过非常清晰的回忆。抗战胜利后的重庆，1945 年 11 月的一天，翁文灏在战时生产局办公处，把孙越崎找来谈话说："我做官做腻了，现在抗战胜利了，我想搞一点实际事业，你看搞什么好？"

孙越崎一听，正中下怀，说："搞煤矿啊。在豫西有一块煤田没有开发，把许昌到洛阳的铁路修起来，介于平汉与陇海铁路之间，大有开发前途。另外，鲁中也有一块煤田，只要把兖州到淄博的铁道修通，介于津浦与胶济铁路之间，也大有开发的价值。"

翁文灏说："搞煤矿势必要与已有的大矿开滦、中兴、中福、占河沟和淮南等矿竞争，我不想去得罪他们这些大股东。"

孙越崎转念一想，说："那么就搞钢铁厂吧。"

翁文灏又说："搞钢铁厂要花大本钱，蒋介石是不愿多拿钱来办真正重工业的大厂的。"

孙越崎看出，翁文灏其实已经成竹在胸了，便问他有什么高见。翁文灏这才说："我想到按矿业法规定，石油只许国营，不许私营，与人无争。由资源委员会办一个中国石油公司，除甘肃玉门油矿、新疆独山子油矿、东北抚顺油母页岩矿和葫芦岛锦西炼油厂以及台湾的苗栗油田和高雄炼油厂外，还有四川和各地不少油田的地质构造可以勘探开发。这事业对中国很重要，也大有可为。而且比较起来投资少，见效快。公司成立后我任董事长，将来请你帮忙任公司总经理。我今天问你的目的就在此，你看怎样？"

这就是翁文灏的实业救国蓝图啊。孙越崎激动地说："你要我做的事情，我还有什么说的，一定照办。"

翁文灏终于又可以实现他多年来的实业救国的宏伟理想了，他出任中国石油公司董事长，有三件大事提到了他的议事日程上：第一，重点开发玉门油矿；第二，成立自己的油轮公司；第三，创办上海炼油厂。

他的学术生涯也有了回归的迹象：1946 年月 12 月 11 日，在英国伦敦地质学会年会上，全体会员一致通过翁文灏为外国名誉会员。翁文灏是获此殊荣的第一个中国人。1947 年 5 月，美国社会与自然科学院又选举他为外国名誉院士。

但他没有想到，这一回，历史再次选择了他出任悲剧的主角。

尽管翁文灏从少年时代就怀有济世之心，但他确实从来没有想过自己要去成为一个相国人才，但蒋介石却偏偏看中了他，历史也偏偏选择了他。1948 年 5 月 20 日，蒋介石出任总统，准备提名张群继续为行政院院长，谁知 C.C。系立法委员主张在中央党部试行投票的方式，抬出何应钦相对抗，这让蒋介石恼火之余，不得已决定另推一人出任行政院院长，如此，就像“拉郎配”似的，翁文灏被提名出任行政院院长。

翁文灏多想在自己钟爱的学术道路上一直走下去啊，但蒋介石又把翁文灏拖回了政坛。蒋介石当选总统，不出三天，亲自打来电话，要他襄助总统，出任“行宪”后的第一任行政院院长。这实在是大出翁文灏的意料。他向蒋力辞，自称素性与才干绝难当此政务重任。但蒋主意已定。翁文灏真是左右为难，只好直奔陈布雷处向他讨教良方。陈布雷虽然理解翁文灏，但他毕竟是纯粹的传统文人出身，不像翁文灏，受过西方科学的现代文明熏陶，所以对他来说，帮助蒋介石共渡时艰倒是他的第一想法。时隔一天，5 月 24 日，立法院就宣读了总统咨文，提议翁文灏出任行政院院长。结果六百零五张票中，有效票五百八十三张，翁文灏获得了四百八十九张，这在四分五裂的国民党政府之中，可以说是以绝对多数当选。翁文灏虽极不愿意担任此职，又不敢坚持不就，只得勉强同意“暂行试任”。

谁知他担任行政院院长才两个月，蒋介石就把他拿到火炉上去煎烤了。他把陶希圣执笔的反共讲演词交给翁文灏，要他去播讲。翁文灏推辞说：“陶希圣写的稿子是按着蒋先生的口气，还是蒋先生自己讲为好。”蒋介石则软中有硬地说：“我自然会讲，但你是行政院，也应该讲。”翁文灏迫于压力和感情的双重矛盾，不得不于 7 月 24 日在南京电台上向国内外发表了要坚持“戡乱”、反共到底的讲话。蒋介石预期的效果达到了，而翁文灏则“违背”了自己的政治准则，此为一失。之后，翁文灏又参与了国民党的金融改革。1948 年 8 月 19 日，蒋介石以“临时条款”授予的总统特权，宣布国民政府改革币制、发行金元券，造成空前的通货膨胀，到了 10 月上旬，金元券急剧贬值，11 月，国民党政府不得不宣告改革币制的计划全盘失败。

此时，蒋家王朝在大陆的气数已尽，任凭翁文灏三头六臂，又怎么能够处理得了雪崩的国民经济。翁文灏焦头烂额地维持了半年，经济改革彻底失败。翁文灏的行政院院长再也无法干下去，内阁只能提出集体辞职。

还有谁能够慰藉他的心？母亲，请您替他想一想，他人生中的第一个知己丁文江，于八年抗战之前离开了他；此刻，他无论如何也不会想到，他人生中的第二个知己、半年前曾鼓励他从政的老友陈布雷，竟然以自杀作为对这个世界的告别。

他是多么孤独，他还可以找谁倾吐心声，与谁一起排忧解难呢？

1949 年 2 月，李宗仁代总统府秘书长吴忠信辞职，李宗仁拟请翁文灏继任，并让孙越崎向翁征求意见。孙越崎对翁文灏说："现在李宗仁主和，你去做个主和的总统府秘书长，表明你赞成主和政策，是个政治姿态，将来也可以留在大陆。"他默然无语，这表明他心中是认可主和的。李宗仁为此专门去他家面谈了一次，翁文灏终于同意了。

但翁文灏一直被看成蒋介石欣赏的人，这样的经国大事，翁文灏也不可能不通报蒋介石。1949 年初，他与长子翁心源从台湾归故乡，前往奉化前路过杭州，浙江省主席陈仪设宴接待，然后他去了奉化探望蒋介石，并告诉蒋介石李宗仁想要他出任总统府秘书长的消息。蒋介石一听，反问翁文灏："李宗仁为什么要用我的旧人？"就这一句话，翁文灏看出了蒋介石并不支持他入李宗仁内阁的立场。

从奉化归来时他再经杭州，陈仪已经被蒋介石秘密逮捕押往台湾。真所谓"感时花溅泪，恨别鸟惊心"，翁文灏这么一个世界级的大科学家，此时也不由得病急乱投医，他忧心忡忡地跑到灵隐寺求得一签，签曰："寻得桃源好避秦，桃红又是一年春。花飞莫遣随流水，怕有渔郎来问津。"

这条签倒也真的很符合翁文灏当时的心情和境遇啊。

怕有渔郎，渔郎偏来。明知大厦将倾，总得有人扛啊。多扛一会儿，大厦里的人就多逃出几个。翁文灏就是这样一个"好人"，明知不可为而为之，但因此他也越来越无法坚守自己的独立人格，更说不上自由之精神了。他最后还是答应了李宗仁的请求，于 1949 年 2 月出任其内阁秘书长，开始力促国共两党的和谈。为此，翁文灏挨了蒋介石方面来人的当面痛斥。

而中国的时势，那"钟山风雨起苍黄"，"天翻地覆慨而慷"的历史时刻已经指日可待了。1949 年的翁文灏，成为毛泽东诗中的"穷寇"，他怎么也不会想到，一生以儒家精神自律，兢兢业业为国效忠，竟然会被列为第十二名战犯，罪大恶极，国人皆曰可杀……

翁文灏的同事、朋友，在此历史的重大抉择面前，纷纷重新洗牌站队。他的老朋友孙越崎已经决定留在大陆，而翁文灏因为“战犯”的头衔，自觉除了台湾别无出路。何去何从，他一下子跌入了万丈深渊。

## 八 宗邦事不须臾待

家国啊家国，无国便无家，无家难为国，翁文灏陷入了历史扔给他的最大困境之中。

1948 年 11 月，由孙科接任翁文灏为行政院院长后，翁文灏即送家眷去台湾，他自己则独自一人留在南京。心中的懊悔无法排遣，孙越崎便常去看他以解他胸中郁闷。1948 年除夕之夜，在南京，翁文灏和孙越崎一起守岁。孙越崎把 10 月间南京会议资源委员会决定留在中国大陆的情况告诉了翁文灏，并且说：“那样一个小小的海岛，能有什么搞建设的余地？要搞真正的实业，还是留在大陆好。”翁文灏摇摇头，黯然神伤地说：“你可以这样做，我却是不能不走的，我是第十二名战犯呀！”说着指了指桌子上的那张新华社发表的战犯名单。

1949 年 4 月，国共和谈破裂，翁文灏悄悄地告诉孙越崎，国民党已经垮了，石油公司决定留在大陆，他让长子翁心源也留下，维护好公司的人员和财产，他自己先去台湾，在那里不打算久留，很快将转去香港，在那儿再等等，看看事态如何发展再定行止。

1949 年 5 月，翁文灏准备带翁心源去台湾探亲。孙越崎知道后，忙赶来劝，说：“心源还年轻，你何必害他呢？我看心源就不要到台湾去了。”翁心源也连忙表示自己不想去台湾，并对父亲说：“您这次探亲回来，请把儿媳和孙女从台湾接回来。”翁文源郑重应允了。

1949 年 9 月 27 日，中华人民共和国成立前夕，孙越崎在香港轮船码头遇见了翁文灏，一问才知道，翁文灏是要去广州向李宗仁辞去秘书长职务，脱离国民党政府。那一年翁文灏正值花甲之年。一个国民党政府的前行政院院长，此时只身一人到处奔走，不知将来归宿何在，怎么能不让人心生同情。孙越崎动情地说：“翁先生，资源委员会的人都留在大陆了，不久我也要回大陆，你的儿子、儿媳、孙女他们也都在大陆。只有你和老父老妻三人流落海外，晚景太凄凉了。”翁文灏叹口气说：“我何尝不想回大陆呢。”孙越崎说：“你先在香港住一段时间，托人与共产党慢慢联系，得到许可就可以回家团圆，我们一些老朋友也可以经常见面了。”这时，翁文灏抬起了头，面对老友吐露真情，说了一句：“我还是要想办法回去的。但我回国的问题，非得到毛泽东同意才能解决，这就太难了。”

孙越崎建议翁文灏找找邵力子，他在北平，是他们的好朋友，可以请他帮助。

花甲之年的翁文灏，此时居无定所，不知何去何从。命运把他从一位地质学家，转而从政，管理工业建设，最终搞成了个名列第十二的战犯。这几十年，他日出而作，日落而息，每天过着极为忙碌、极有规律的生活。遭遇车祸大难不死，谁知并无后福。现在，漂泊在海外，正因为思乡、思子、思友、思国，才有了一定要返回中国大陆的信念。

实际上，中国共产党人中的有识之士是决不会放弃翁文灏的。上海解放后的第三天，陈毅就到资源大楼接见资源委员会留在上海的主要负责人吴兆洪，问起翁文灏先生现在哪里，吴兆洪回答：“在法国。”接着试探着说：“他是战犯。”陈毅就说：“他是书生。他留在国内我们也不会难为他，请他就回来嘛。”吴兆洪一听，心中暗喜，趁机说：“他的儿子翁心源就在上海中国石油公司工程室任主任。”陈毅果断地说：“那很好，请他转告翁先生回来吧。”这样，吴兆洪在征得中共华东局统战部的同意后，派代世英到香港劝说翁文灏转变立场，与蒋介石划清界线。

当时的翁文灏隐居在香港铜锣湾的石油公司宿舍，在这里也有许多他的挚友来劝他和台湾方面断绝关系。翁文灏有四男四女，除次子心翰在对日空战中殉国外，三个儿子都在大陆，一个女儿在美国，三个女儿在台湾，老父、老妻当时也在台湾。孙越崎劝他快把老父、老妻从台湾接来香港，迟了怕出不来。即使将来回不了中国大陆，住香港也比住台湾好。翁文灏赶紧去台湾把老父、老妻接到了香港，并写信给在上海中国石油公司的大儿子翁心源，让他到香港接祖父和母亲回上海。

翁文灏归国的另一个有利因素，正在于他的大儿子翁心源。驻中国石油公司军代表徐今强一直积极鼓励翁心源争取翁文灏早日回国，翁心源也已由上海调到北京燃料工业部石油总局工作，与孙越崎同住在锡拉胡同的一个大院里。他们俩常联名写信给翁文灏，报告国内形势。周恩来总理则派了一个秘书专门同心源联系，了解翁文灏的情况。

这一步他走对了，离家又近了一步，他却停住了脚步，仍住在香港。孙越崎给在北京的邵力子写信说，翁文灏想回国，要请他帮忙。邵力子立刻回信说愿意大力帮助，但一定要翁文灏先写一份悔过书，以便他能够进言。

中央的明确指示使翁心源极为欣慰和振奋，他立即准备赴港，行前打电报给父亲："我将来港探亲，盼接祖父和母亲来沪。"

翁文灏很快拟文一篇，文长两千余言，先述个人历次从政经历，最后表示："余本身志愿，本非从政之才，更无从政之愿。以前求学范围，地质之外，兼重地理，历年经行所及涉猎尚多。甚愿得有余时，阅读记录，为此新时代之一良民。倘能如愿，实所企盼。"

当时孙越崎应中国共产党之邀正要北上，于是翁文灏托孙越崎携带一份书信进京转呈中央，另一份由翁心源亲带上海。翁文灏还给邵力子写信，希望通过邵力子与中央沟通信息，争取尽早回国。

从这封信中可以看出，翁文灏彼时既不是为自己的性命担忧，也非为一家老小的安危惶恐，他唯一忧虑的是自己的一世声名，而北京、上海却迟迟没有答复。原来翁的"自白书"内居然还有"委员长蒋"、"行政院长宋"等字样，这让居中沟通的人士邵力子怎么敢拿出手呢?

滞留在香港的翁文灏决定返回祖国大陆，但他的态度与刚刚建立新中国的共产党政府的要求相去甚远。翁文灏下不了决心，继续留在香港等待。台湾方面也在争取翁文灏。他当然不回去，又怕被暗杀，因此临时决定离港赴法国巴黎暂避，给台湾当局留下一纸辞职书，辞去他在国民党政权中的最后一个职务——中国石油有限公司董事长，于 11 月下旬悄然离港赴法，翁心源则陪同祖父和母亲乘船返沪。

翁文灏到巴黎后，一方面等待中共对他"自白书"的反应，一方面潜心读书，欲探究世界潮流所向，各国盛衰之理，为此还翻译了一本《近世西洋通史》。

朝鲜战争爆发后，美国第七舰队进驻台湾海峡。台湾当局和美国方面开始关注翁文灏的行踪。台湾地区驻法国"大使"段茂澜三天两头约请他吃饭，或登门拜访，促其早日赴美。美国雷诺金属公司致信翁文灏，欲高薪聘其为公司顾问。美国地质调查所也来函相邀。美国矿冶工程和机械工程学会甚至表示将特开大会欢迎名誉会员翁文灏赴美。10 月，美国驻法使馆三秘斯柏劳司亲到翁文灏寓所，表示尽管美国对国民政府的高官去美一律拒签，“唯独对你例外”。

此时，台湾也动员他去。何去何从，翁文灏的面前摆着三条路：美国、中国台湾、中国大陆。

而翁文灏那封不够深刻的“自白书”最终还是到了周恩来总理手中，并得到周恩来的谅解。周恩来考虑到让一个漂泊海外，对共产党新中国没有任何感性认识的人做出深刻反省的实际困难，同意他归国之后再继续提高认识。关于战犯问题，周总理说，这是新华社发的消息，不是党和政府正式宣布的，可请其放心。1950 年 4 月下旬，周恩来面告邵力子：中央允准翁文灏先行由瑞士转苏联回国，回国后再商定发表声明。邵力子当即于 4 月 29 日致函翁文灏，转达周恩来的指示。信中说：“对于先生欲早归国土，许为爱国，对于过去一切，亦并无不可谅解之症结。”关于“自白书”一事，最后同意可径到北京，“倾诚相谈，再定稿发表”。

接到邵力子信的时候，翁文灏依然在最后一道防线前徘徊。他对必须划清界线，谴责蒋介石反动集团，似乎有一种难以启齿的羞涩，回信要求声明中只做自责，不骂他人。虽然如此，所有这些条件都无法动摇翁文灏的归国之情。他说：“归乡尚少把握，叛国绝非素心，审顾国局，不应逃亡，宁冒艰辛，归向祖国。”他给爱子翁心源写信说：“我心已定，不愿在外蹉跎，近日即将归来。”

1951 年 1 月，正是中国抗美援朝大军跨过鸭绿江的时候，经过一番周折，翁文灏终于由法国回到了祖国怀抱，到达香港当天便转道广州，又由中共广州市委派人送他到了北京。此举引起了当时国内外和台湾当局的强烈震动。在“毛选”第五卷中，毛泽东称道翁文灏是“有爱国心的国民党军政人员”。

到家门口了，翁文灏没想到自己还是回不了家。1951 年 3 月 7 日，翁文灏回到北京，因为悔过程度不到位不能回家，被直接送到王府饭店，一住小半年。直到 8 月反省结束，这才回到家中，与阔别两年的亲人团聚，祖孙四代合家团圆，从此定居北京。翁文灏和孙越崎两个老朋友住在同院，朝夕相见。这位前国民党行政院院长，此时成了北京胡同里的普通小老头儿。

翁文灏趁这样的赋闲时光，写下了回忆自己一生的长诗《洄溯吟》，由五十八首七律组成。其中一首关于从政的律诗，接上了翁文灏来自古鄞州的传统文化背景："自问才非济世佳，凭何救国作安排？梨洲学识传鄞万，恕谷殷惓胜习斋。识力为民应致用，精研有物不虚埋。宗邦事不须臾待，要有明光扫阴霾。"

闲居期间，翁文灏运用他所擅长的地质学、古生物学、古人类学、考古学等方面的综合知识，开始研究中国古代史和人类进化史，概述人类进化发展的历史过程，从地质时代、地壳形成，一直叙述到原始人类的语言、文字、艺术，其价值在于全文贯穿着唯物史观，融会了中国古代典籍，学术观点颇具开创性，并被后来的发现所印证。

学问越做越深，生活越来越苦，翁文灏养着父亲和病妻，定居北京后已三迁其居，最后搬到一个大杂院里去了。眼看着坐吃山空，他想找个工作而不得。最为可怕的是，他发现他被剥夺了选举权。从政多年的翁文灏实际上早已不是自己想象的那样，只要学术生命就可以安身立命了。他比以往任何时候都更需要政治生命。他发现，他周围的那些当年的国民政府同事，现在在共产党政府里照样问政议政，便自问自己为什么不可以。从香港归大陆时他曾声明政治污秽损害清誉，今后决不沾边，希望致力于教学与研究。现在才知道，他早已离不开政治了。

他被剥夺了选举权，这就好比剥夺了他的政治生命。打听之后，内心更凉了半截，原来他不属于起义者，和傅作义等人自然待遇不同。正值 1954 年 8 月，周总理托人给他带来了共产党的声音，问他还坚持不骂蒋介石的立场吗？愿意对台湾进行广播吗？

翁文灏非常愿意，因为翁文灏要工作，要进行他的学术研究，更要他的政治生命，此刻，他的这些人生诉求已经比什么有失君子之风要重大不知多少。况且，新中国成立初期，比那个让翁文灏失望透了的蒋介石政权不知道要清廉多少倍，他的实业救国的理想，在这个崭新的政府面前，真正露出了希望的曙光。翁文灏愿意在这样的政府里实现他的强国之梦、振兴中华的理想，他要以一个公民身份生活在自己一寸寸丈量过的大地上。

站在这样的认识立场上反省自己，自然有了不同的认识。正如他写的《回忆往事》中所说："我先治自然科学，后来参加蒋政权，我自心的志愿却是想超然于政党之外，而始终没有争取正确的政治观点，以致受环境之支配误入歧途，不能自拔。”

1954年12月4日，《人民日报》《光明日报》《大公报》同时发表了翁文灏的署名文章《沉痛追溯我的反动罪行》。中国共产党的反应何其迅速，当天下午，全国政协商议下届人选，周总理就提名翁文灏并当场通过。第二天翁文灏又在各大报上发表了《在台湾的人们应速弃暗投明响应解放台湾》。第四天，各大报又刊登了翁文灏的《拒绝美国学术团体的名誉联系以抗议美国在台湾的狂妄行为》。同一天，全国政协正式通知他，他已经当选为全国政协委员。

1954年12月20日，在全国政协会议上，翁文灏以大会发言的方式，公开表态要重新做人，报效祖国，并说：“我是冒着危险又相信共产党而回到祖国的。”毛泽东则握着他的手高兴地说：“翁先生回来了，好啊，好啊！”

立刻，一切都好起来了。月工资有了二百六十元，是相当高的工资了。第四次搬家咸鱼翻身，一所四合院前后两进，大小十六间房子。1955年1月9日，翁文灏与夫人林韵秋金婚纪念活动就在这里进行。翁家四世同堂，其乐融融，翁文灏终于渡过了人生凶险无比的政治险滩，开始了他相对平稳的晚年生涯。

归家的道路并非坦途。新中国的地质部长李四光和翁文灏是老相识、老同事，但他们在学术上的观点是不一样的，加上翁文灏在国民党政府的从政经历，以及当时极左思潮的影响，翁文灏对中国地质学的巨大贡献被时代遮蔽了。

虽然如此，翁文灏毕竟又回到了他自己习惯的书斋生活，读书、学习、提意见。1955年，六十六岁的翁文灏发表了译文《尼泊尔东部地质构造》、译著《层状岩石的层序》。1956年，翁文灏当选为民革中央常务委员，发表了译著《用陆相原理说明石油的生成》《石油矿床学》及《产油地区的岩相控制》《浊流沉积和石油勘探》。毕竟是当过国家行政院院长的人，他已经不可能仅仅是那个当过地质调查所所长的书生了。他在诗中表达了他的政治关怀：“爱国勉同辛弃疾，还乡难比贺知章……如此一生消去了，七旬有四意彷徨。”

已经七十四岁的老人了，他还是不满意自己，总觉得自己没有为人民鞠躬尽瘁，有着无尽的遗憾。

## 九 如此一生消去了

1966年，疯狂的“文化大革命”开始了，翁文灏是最早受到冲击的。一群女红卫兵冲进了他的家，对着这个七十七岁的老人一顿狂轰滥炸的批斗之后，让他自己把大字报贴到胡同的墙上。他被“造反派”抄了家，还游了街。他的长子翁心源则陪着父亲游街，保护着父亲。

老人自己已命若悬丝，但他还是清醒地写下了如下诗篇：“宗教欺人事，迷诬历久年。中西同泛滥，愚妄合人天。奇想形而上，空言超自然。终生应警惕，勿再谈虚玄。”

在一片“红海洋”的日子里，翁文灏竟然能够有这样的勇气、这样的理性来面对这个疯狂的世界。老人的精神世界，实在是深不可测啊。

当时孙越崎还是个逍遥派，他住在北京小女儿家里。在被迫离开北京前，到圆恩寺菊儿胡同去向老友翁文灏告别。那天，翁心源送他到公共汽车站，路上两人的心情都很压抑。也许是出于对未来的某种担心，翁心源带着劝慰的口气说：“孙伯伯你不要后悔呀！”孙越崎知道是指他留在大陆的抉择，也清楚这句话关切的含意，就说：“你放心，我不会后悔的。”此一别，孙越崎就再也没见到这位中国最早的输油管道专家。1970 年，翁心源不堪受辱，投江自尽，他竟然重复了他从未见过的祖母的命运。而他的葬在南京烈士陵园的弟弟也被挖墓抛骨。

翁文灏在“文化大革命”中受到不公正的待遇，此时的翁心源，正是他的精神支柱，翁心源突然一死，又死得这么惨，家里人怎么向翁文灏交代，最后只好告诉白发老人，儿子是死于心肌梗塞。

心源之死，对老人是最深重的打击。翁文灏四个儿子中两个儿子死在他前面，一个为国捐躯，青山埋忠骨；一个含冤而死，江水洗冤魂。

幼年丧母，老年丧子，而且是如此心爱的长子，而且是如此悲惨的终结。在八十岁的暮年，遭受如此的打击，夫复何言！翁文灏跌坐于桌前，写下了沉痛的悼亡诗：“汝祖寿年过九十，萱堂七二亦遐龄。我今八一犹偷活，哀动全家哭汝灵。”

白发人送黑发人，怎么受得了！他知道自己活着的日子不会长了，1970 年 12 月 8 日他写下遗书说：“我死后火化，骨灰还于大地，不要保存，不要开追悼会。”他清醒地反对“文革”，但他支持“破私立公”，遗言中，他交托了将自己所有的存款六万元整全部捐献给国家。

1971 年 1 月 27 日，正是大年初一，作为中国专家治国的现代典型人物翁文灏，默默走完了八十二年的风雨人生。他的家属遵照遗嘱，把翁文灏的财产、书籍全部捐献给他无限热爱的祖国。

## 十 俊豪子弟满江东

鄞州石塘的翁氏家族以家族为核心，形成了一个大科学家的人才集团。

大儿子翁心源，称得上是翁文灏最满意的接班人。翁心源，字同书，1912年5月生于鄞县，后考取交通大学唐山工程学院土木工程系，1934年毕业，参加了粤汉铁路株州韶关段的建设。抗战爆发以后，翁心源在父亲的指点下，改行从事当时最迫切需要的石油事业。他选定的方向是油管运输，这在当时的中国是个迫切需要人才的领域。1942年初，翁心源经过厂矿主管人员推荐，参加资委会统一考试合格，被派赴美国学习油管运输工程。依靠自己勤奋刻苦的努力，翁心源很快掌握了油管设计、管道规划、施工建设、油管运用与管理等油管运输工程一系列问题，成为中国第一位石油管道运输的专家。

1944年一个风雪交加的冬日，玉门油矿来了一位工程师，带着夫人和两个可爱的女儿。当他的一家走进简陋的宿舍时，矿上闻风赶来看热闹的人已好奇地趴上了窗户。谁也不会想到，这位举家迁到塞外戈壁的留美工程师是国民政府经济部部长翁文灏的长子翁心源。更没有人想到，在此之前不久，他的二弟翁心翰刚刚壮烈殉国。

整个矿区轰动了。这位眉清目秀的工程师将娇妻爱女刚刚安置下来，便顶着塞外寒风到矿区勘察地形，设计输油管道。此前偌大的中国还不知输油管道为何物，老君庙几个出油井的油是沿着人工挖成的土沟输送到炼油厂去提炼的。翁心源立下的人生第一个愿望就是亲手在中国的大地上铺设第一条输油管道。戈壁的风雪被他的热情融化了，他与工人一道冒着严寒施工的情景，至今令石油老人们感动不已。他实现了人生的第一个理想，为此，他被称做“中国输油第一人”。

谁不知道，翁心源作为国民党部长之子，可以找到最舒适的工作，或者在重庆过花天酒地的生活。然而，有其父必有其子，有翁文灏这样的父亲，便会有翁心源、翁心翰这样的儿子。这是一种以家族为核心、从中华民族文化中生发出来的爱国、献身、敬业的民族精神的力量。翁文灏将科学与实业救国当做他毕生的理想，他不能不去教育他的儿子继承他的事业。

1949 年前夕，翁心源担任了中国石油有限公司工程室主任。他积极主动参加资源委员会护厂保矿、迎接解放的活动。炼油厂职工家属被迫撤到市区，无处安身，厂长梁翕章到公司找翁心源想办法，翁心源就把他们二百多人全部安置到自己的家中。为保护上海黄浦江沿岸的高桥炼油厂及油库免遭国民党军队的强占和战火破坏，他想尽一切办法，甚至通过关系从上海卫戍司令部搞到“油库重地，禁止驻军”的条幅，对阻止国民党残兵败将的破坏起到积极的作用。

新中国成立后，他又积极与翁文灏联系，促使并安排父亲回国。1950 年以后，翁心源调到燃料工业部石油管理总局，曾担任计划处长、石油部基建司总工程师，后又任石油部情报研究所总工程师、副所长。在新中国成立初期石油工业恢复和建设中，在大庆油田的开发中，翁心源都曾有过重要的贡献，是大庆油田会战的“八大工程师”之一。

“文革”开始以后，翁心源希望能以自己的身躯保护父亲，保护家人。他接受了现实，为此他身心遭到极大的摧残，被迫向“造反派”们一遍遍回答千奇百怪的讯问。他诚恳耐心地说明、解释自己和父亲的思想动机、行为过程，检查自己哪怕是丝毫的不纯洁、不革命的思想。但他决不说假话，更不牵连别人。“造反派”要他交代陪翁文灏赴溪口的过程和真实目的，帮助翁文灏回国的经过和动机，上海解放前夕的活动，“关于勾结伪国防部第二厅的问题”，“关于美帝陆军情报局的问题”，要他交代蒋介石安排他们父子潜伏的计划，等等，一个个“莫须有”的罪名，把翁心源逼到了人生的绝路。

除了中国知识分子在那个年代都会受到的凌辱之外，他还有一条天大的罪状，就是 1948 年曾随父亲一起到奉化看望过蒋介石，这就成了蒋介石安排他们父子二人潜伏大陆的罪证。他纵有千张嘴也说不清自己的委屈，唯有跳入滔滔江水，洗清冤屈。心源没有父亲以往的历练，他无法忍受这样的精神折磨。有一次，七八个人批判围攻他三天，最终他不堪折磨，1970 年 4 月在湖北潜江“五七干校”投江含冤而逝。

翁氏人才集团中，除了翁文灏父子之外，另有一位大名鼎鼎的翁家子弟翁文波。

翁文波 (1912—1994)，在今天的中国人心目中，一度近于一个“神”，那是有赖于他的预测大师的身份。在传统的中国文化中，塑造出这样一种类型的人物，那就是诸葛亮式的半人半神。翁文波因其对地震预报的准确率，亦被人罩上了这样的光环。

而实际生活中的翁文波，却是一个彻底的科学之子。作为翁文灏的堂弟，他早年毕业于清华大学物理系，青年时代选择了地球物理学作为自己的研究方向。1934年，二十二岁的他在长兄翁文灏的指导下，于国家地质调查所的鹫峰地震台潜心钻研，完成了题为《天然地震预报》的毕业论文。后来赴英在伦敦大学专攻地球物理勘探。此时，正值抗日战争爆发之际。在当年的重庆常可以听到这样的口号："一滴汽油一滴血"，这是在号召大后方的知识分子支援玉门油矿的建设。一时间，玉门成了抗战后方知识分子向往的地方。

玉门石油的震波越洋传到了英伦三岛，震动了伦敦大学皇家学院这位刚获得博士学位的中国留学生的心。开发玉门油矿，本来就是时为国民政府经济部部长翁文灏的竭力主张，也是他在领衔建设。翁文波作为翁文灏的堂弟，那年年仅二十七岁，留学期间研制了当时堪称尖端科技的重力探测仪，这种仪器正是石油勘测最新式的武器。此刻，祖国抗战的号角召唤着他，堂兄殷切的眼神在注视着他，异国丰厚的工资、舒适的生活再也挽留不住他沸腾的心，他毅然踏上了东归的旅途。

可以想见这位爱国青年一路归国的艰辛。由于第二次世界大战的炮火已在欧洲蔓延，旅途异常艰难，莫测的海上航行更不允许他带臃肿的行李。离开英国时，他的身边只有随身衣物和那架重力仪，随着旅程的辗转波折，每到一地他便不得不扔掉一些物品。当时的中国港口因为日本军队的封锁，翁文波所乘的轮船只能停靠在越南的西贡港。西贡一片混乱的样子，让刚刚下船的翁文波心都凉了一半，人人自顾不暇，谁来帮他搬运行李？要这样回去实在是不可能了。他想，财产都是身外之物，丢了还可再有，重力仪是他留学数年的收获，正是祖国急需的东西，如果丢了，将无颜面对家乡父老。如此一想，翁文波一咬牙，索性扔掉了近乎无物的皮箱，只抱着重力仪向祖国跋涉。

终于回到了灾难深重的祖国。翁文波先到重庆中央大学任教，三个月后便带着他的重力仪到了四川油气田。1939年12月20日，翁文波作为一名中国科学家，首次用电测法探井成功。数十年后，他因这一功绩被石油人称做"中国测井之父"。最初的巨大成功使他兴奋不已，他返回重庆后又自制了多架物理探测仪，并于1940年5月，利用假期，带着仪器由重庆转赴玉门油矿，从此开始了野外石油物探、电测的艰苦生活。

1941年夏，翁文波正式进入玉门油矿工作。临行前，翁文波问他的学生们：“哪位愿随我去玉门？”

一位英俊的青年问：“先生是翁部长的弟弟、留洋的博士，为什么要到玉门那艰苦的地方去？”

翁文波回答：“玉门是国家的希望，为了抗战的胜利，为了国家的兴盛，所以我要到玉门去。”

英俊的年轻人说：“翁先生，我去。”

这个青年人名叫童宪章。这位国民党将门之子并没有享受父亲的庇荫，在校期间，以自己的勤奋和自立被推举为中央大学学生自治会主席。翁文波一声召唤，正在寻找抗战报国之门的童宪章便义无反顾地随先生踏上了玉门之路。半个世纪之后，中国著名的石油专家童宪章成为中科院院士。

冯秀娥，翁文波的未婚妻，一位秀美的天津大家闺秀，当时正在上海复旦大学读书。收到翁文波欲赴西北的信时，翁文波已到了玉门。信中写道：“国家正需要石油，我怎能永远呆在远离石油的地方呢？……我先走一步了。”信未读完，冯秀娥已认定心爱的人西出阳关的选择是一件伟大的事业，决心退学追随文波而去。

冯秀娥是个连手帕都不会洗的女孩子，可她作出的决定连她的母亲都阻拦不了。她先回天津向家人辞别，然后设法离开日寇占领区，绕道香港，度万里关山，来到祁连山下的戈壁滩与翁文波完婚。后来他们有了儿子翁心儒。心儒长到三岁，冯秀娥带他到嘉峪关玩。心儒看到树，惊奇地问：“妈妈，这里的花怎么这么高？”老君庙没有树，孩子长大后只看到过自家门前的野花。此刻，他将树当做了花。冯秀娥心酸地流下了泪。为了让孩子心中永远拥有树，翁文波将心儒的名字改为心树。

就这样，翁文波把自己研制的重力仪和电测仪应用于石油勘探中，在玉门油田打出探矿测井并建立起测井系列，开了我国运用地球物理探矿法进行石油勘探的先河。

抗战胜利后，翁文波在翁文灏组建的中国石油有限公司担任勘探室主任，普查了全国大部分地区的地质状况。1948年，他在美国《油气杂志》上发表文章，批驳当时盛行的“中国贫油论”。他预言：“中国可能有三个含油气带，包括华北平原和江汉平原，向东延伸可进入松辽平原。”1950年，他撰写了重要学术著作《中国石油资源》，系统地总结了已知的油气田和有油气显示地带与煤炭变质关系。不久，他在全国会议上又作了《我国含油气藏区的初步估定》的报告，成为当时石油勘探的战略方针。与此同时，他编制出《中国含油气远景分布图》，把塔里木、柴达木、江汉、华北、松辽等盆地列为重点勘查地。1958年冬，翁文波作为石油部勘探局总工程师，带队进驻松辽盆地。仅仅一年，黑龙江肇州境内的松基三号井就喷出工业油流，标志着大庆油田的诞生，翁文波因此荣获国家自然科学一等奖。

1966年，河北邢台发生大地震，损失惨重。周恩来总理向翁文波等专家明确指示："希望你们能搞地震的预报，这是我交给你们的任务！"正是周恩来总理的指示，把他召回了他二十岁出头时曾经关注过的地震事业。

"十年浩劫"中，他顶住的巨大压力是一般人无法想象的。但他一头扎入了预测学的研究，渐渐地便有了理论突破。他把概率学上的"醉汉游走"理论与地震等自然灾害这些原本风马牛不相及的事物联系在一起，获得前所未有的发现：地震看似醉汉游走，其实异常清醒，伺机把灾难带给人间。1984年，翁文波出版了《预测论基础》，这是他研究预测学的一座里程碑。除了"醉汉游走"，书中又提出"翁氏猜想"、"可公度性"、"浮动频率"等理论，成为预测自然灾害的重要方法。而上述理论的取得，无不建立在他在数学、物理、天文学等领域的综合突破之上，绝非占卜或瞎猜。

1988年，翁文波多次预测推论：1991年我国将出现严重的旱涝灾情。果然，1991年中国洪水泛滥，受灾人口两亿多，直接经济损失高达四百亿。同年11月，有位美国朋友请他预测地震，他的结论是：1992年6月19日，在美国旧金山大区域内将有六点八级地震。翁文波于3月12日致信大洋彼岸，没等那位美国友人作出任何反应，洛杉矶和旧金山接连发生六级以上地震。但翁文波断定，这是前震而非主震。果然，6月28日，加州发生了四十年来最大的七点四级地震，仅比翁文波的预测晚了九天。

从1982年至1992年，翁文波共预测二百四十多项自然灾害，其中准确和基本对应的有二百多次，占预测总量的百分之八十以上。《光明日报》《瞭望》《中华英才》以及国外多家新闻媒体纷纷报道了他的事迹，尊称他为"当代预测宗师"。

翁文灏的侄子翁心植，是新中国的工程院院士。在医学内科学界，翁心植称得上是一座高峰。

出生于1919年的翁心植，在抗战的烽火中辗转南北，刻苦求学，最终毕业于华西协和大学，由美国纽约州医学院授予医学博士学位，从此走上了漫长而又不凡的内科学研究之路。

1947年，翁心植刚刚踏入临床医学的大门，就因发现和诊断出国内首例“高雪病”而声誉鹊起，而他后来的卓越贡献，更因和毛泽东的一首诗构成了特殊关系，而成为医学界大名鼎鼎的人物。毛泽东曾写诗云：“绿水青山枉自多，华佗无奈小虫何。”这个小虫，就是肆虐江南水乡的血吸虫病。翁心植年轻时就因其才华而得著名内科及热带病专家钟惠澜教授垂青，把他带在身边致力于解决当时中国严重的寄生虫病问题。翁心植潜心研究黑热病及肺吸虫、肝吸虫、血吸虫病的诊治，不负恩师期望，先是发明了简制黑热病补体结合试验用抗原，接着又在肺吸虫病和血吸虫病的诊治研究上再创辉煌。20世纪50年代，翁心植经过反复试验，创建了用于诊断肺吸虫和血吸虫的简制抗原方法，极大地提高了诊断水平，使之可以大范围推广应用，并在疫情控制中发挥了重要作用，中国寄生虫病的防治工作因此得到有力的促进。

记得我小时候看电影《枯木逢春》，里面有一个苦妹子，因为血吸虫病，搞得家破人亡，正是因为有了新中国的医生治好了她的病，使其重获新生，有情人终成眷属。那时候只顾看那曲折苦难的爱情故事，却不曾多想那些让所有的苦妹子“枯木逢春”的大夫们。要知道，正是那些默默无闻的翁心植们，救治了千千万万个苦妹子。

随着学科越分越细，一名医生能在一个领域有所作为，已殊为不易。然而，翁心植却在普通内科、寄生虫病、心血管病和呼吸系统疾病诸多领域均有创造性成就。

20世纪50年代后期，年近四十的翁心植被调往中苏友谊医院，他的研究重心也转到心血管病方面，其成果令人惊叹。他长期、系统地研究了雄性激素与冠心病的关系，发现雄性激素缺乏是老年男性冠心病患者的独立危险因素，从新的角度揭示了冠心病的发病机制，并为防治提供了依据。他还发现并总结了白塞氏病的内科表现，在世界上首次报道了白塞氏病并发心脏瓣膜损害，他自己也成了医治白塞氏病的回春妙手。

而进入70年代之后，翁心植的研究视野则转向了呼吸系统疾病，而且再创辉煌。他组织成立了全国肺心病防治研究小组，并在各省市成立了相应组织，形成了相互交流协作的严密组织网络，使中国在这一领域的研究与诊断、治疗达到国际水平。他创办的全国性呼吸专业医师培训班，二十多年中培养了八百余名呼吸系统疾病专业医师，许多人都已成为医院的领导和学科带头人。当2003年SARS疫情突然袭击北京时，这支精良的队伍发挥了抗击SARS主力军的作用，为战胜这一人类新的传染病作出了重大贡献。

翁心植还有一个称号："中国控烟之父"。他是国内倡导控烟的第一人。1984年，他主持全国首次吸烟情况调查，参与者多达五十余万人，调查结果长期被国内外刊物所引用，从而使中国的控烟工作与世界接轨。

翁心植曾任世界卫生组织吸烟与健康专家顾问组成员、世界卫生组织烟草与健康合作中心主任。1998年和2001年，他两次获得世界卫生组织颁发的"烟草或健康纪念奖"，被中国医学界公认为在当代中国内科界博与深兼备的医学专家。

我有意在网上搜索了一下"翁心植"这个名字，没想到搜出一个网上诊所。有许多留言都是给翁大夫的，我发现翁大夫正在给患者认真看病。有一条留言发于2008年10月13日，说："我妈说她心口痛、背心痛，B超也打不出来，请问这是什么原因引起的？"对此问题的回答是："建议你母亲做心电图检查，排除心脏疾病的可能。"

还有一条留言问道："翁老您好，最近上眼皮一直有些肿，为什么？"回答说："眼皮肿具体多长时间了？眼睛有没有其他不适症状？眼睑水肿和肾脏、心脏或眼睑本身的病变都有一定的关系。晚上睡觉前不要大量喝水，睡眠时间要充足，如果症状还没有消失或减轻，建议到医院检查一下。"

又有一条留言说："医生您好！我近期稍微有点累就感到胸口突然一下子憋得慌，感觉只有出气没有呼吸，马上就要停止呼吸了。我都休克过一次了。查心电图，也没问题，我不知道怎么了，我该怎样检查呢？"翁大夫说："建议你做肺功能检查。"

一开始我还有些疑惑，这么一位大学者，还需要在网上看病吗？还有时间在网上给人治病吗？再回头一想那位骑着毛驴丈量中国大地的翁文灏，突然一切都明白了。

## 尾　声

母亲，此刻我匆匆地行走在您家乡的大地上，我一遍遍地做着假设，我一遍遍地问自己：如果翁文灏始终如一地作为一个学者，或者作为一个学界领袖而完成他的历史使命，那么他的人生是不是会更加辉煌，更加有价值，更为白璧无瑕呢？

我还是不能够完全回答自己的假设题。因为介入政治而牺牲学术的学人太多了，然而这也未必就能够得出政治与学术势不两立的结论。无论古代还是当今，卓越的学者或者文学艺术家成为杰出政治家的先例并非没有，在捷克，戏剧作家哈维尔当过总统；在美国，演员出身的里根成为总统；在中国古代，有出任过鄞县县令的宋参知政事王安石，有出生于余姚的明代兵部尚书王阳明。

我注意到了，在浙东诸多人物中，翁文灏一生都对王安石和王阳明极为推崇，这两位王姓人氏都是大人物，修身齐家治国平天下，每一步他们都走到了。翁文灏尤其推崇王安石，可以说，王安石称得上是翁文灏的精神偶像。王安石在鄞三年，做了许多有效的治理工作，促进了鄞地的生产，改善了百姓的生活，以显著成绩赢得很高的政治声誉。这也为后来的熙宁变法积累了有益的工作经验，成为他致力于社会改革的初步尝试。今天的鄞州东钱湖畔，尚有王安石庙。

如果我们不能面对当下寻找出答案，为什么我们不能回转身去从历史中寻找答案呢？正是出于这样的基点，我来到了鄞州东钱湖畔的王安石庙。

鄞州王安石庙又称“忠应庙”，位于东钱湖东岸下水村，此处前有蝴蝶山和二灵山左右护持，两山间一泓碧水形成下水港湾，后有福泉山群峰环抱，中有一溪流淌，甚为僻静幽雅。

忠应庙为五开间四合院硬山式建筑，由门楼、戏台、天井、大殿、厢房组成。大门前一对旗杆。门厅正面绘有王安石彩色画像，两旁书有王安石所作《鄞县经游记》和《整修忠应庙记》。

庙门虚掩着，门口清静无人。我们进得门去，但见大殿正中塑有王安石泥彩坐像，手握书卷，神情安详。梁间高悬“勤政爱民”黑底金字匾额，左右屏风上绘有王安石治鄞政绩的巨幅壁画：一为他亲自督理整治东钱湖图，一为他写《鄞县经游记》的历程示意图。大殿立柱均有楹联，天井前有挑檐歇山顶戏台，门楼及厢房四周围置回龙式栏杆。整个庙堂庄严肃穆，置身其间顿起敬仰之情。

王安石在鄞县任知县三年，不仅兴修水利，还以低息贷谷于民，组建联保，平抑物价，创建县学，为以后在全国实行变法积累了宝贵的经验。作为“唐宋八大家”之一的王安石，离鄞时，写下《登越州城楼》一诗，表达了对鄞县的依恋之情：“越山长青水长白，越人长家山水国。可怜客子无定宅，一梦三年今复北。”

庙廊间挂有数副楹联，都很见功底，其中有一副楹联写道：“知鄞令拜丞相政事敢说三不足，是师表乃楷模文章世传八大家。”概括了王安石一生的功绩。

站在王安石像前，我思考翁文灏。百年前在那个救亡图存的时代，但凡一个堂堂热血男儿，自小完整地接受了中国传统儒家文化精粹的教育，又浸润于欧风美雨，经历了现代科学的人文洗礼，身边还有王安石这样一个楷模在，会不影响他一生的抉择吗？一定会的。

宁波人杰地灵，精英荟萃，历代各类人才如群星璀璨，绵延不绝，蔚为大观。据统计，南宋时宁波科举进士达九百八十三名，其中鄞县出了四个状元，居全国之冠，其中不乏“立德立功立言皆居绝顶”的第一流人物。元人危素曾说鄞县“为文献之邦，宗公大儒，前后相望”；至于“满朝朱紫贵，尽是四明人”之说，则更是这一“大观”的生动描绘。而所有这些读书人，对家国兴亡都有着自己的人文践行，他们是在浙东学派“事功”的理念观照下发蒙成长，功成名就，或者皓首穷经，终其一生的。无论在朝在野，学来知识为家为国服务。一旦家国利益冲突，忠孝不能两全，国从来都是要放在前面的。这样的理念，不可能不渗透在翁文灏的思想骨髓里。

对于翁文灏而言，他人生的种种选择亦完整地体现了他个人的内在品质。如果他不曾这样做过学术，那么他也不会那样投入政治；如果他不曾那样投入政治，那么他从前也不会这样面对学术。翁文灏如果能够再重新选择一次生命，他依然不会在书斋里终老其身的。

母亲，我把这个意思表达清楚了吗？我是想说，我们之所以如此认真地工作，实在就是“责任”二字。

有谁能够理解那“责任”二字的千钧之重吗？家国有多重，责任就有多重！

然而，即便是王安石这位写过“春风又绿江南岸”的伟大政治家和诗人，他也没有找到家国万寿无疆的通途，这和翁文灏的命运何其相似。作为国民政府行政院院长，翁文灏曾经做过政府的当家人，他竭尽全力，但还是失败了，他的万丈雄心一次次地碰壁倒下……

而今，六十年一个甲子过去，家乡的后辈们确乎成了真正的经济英雄，今天的繁荣景象不正是对翁文灏先生最好的告慰吗！

# 第三封

第三封大写的家国之书是红色的，那是席卷了整个二十世纪的缴烈革命，有着鲜血般的颜色，由一批对共产主义思想抱有坚定信仰的理想主义者在大地上写就。而在他们用鲜血浇灌的地方，今天，终于开出了理想之花。

用鲜血浇灌在大地上——塘溪沙村·沙氏兄弟

## 一 十八年前的革命行

母亲，还记得十八年前我的那次在浙江大地上的壮行吗？因为撰写电视纪录片《浙江共产党史》的解说词，1991 年至 1993 年间，我曾以“革命”为主题，走过了浙江省的五十多个县、市。那时候，您作为民政局的工作人员，也正在整理烈士资料。记得那次出发前，我还在您的联系下参观了浙江革命烈士纪念馆。在浙江诸多牺牲的共产党重要领袖人物中，我看见一位名叫卓兰芳的中共浙江省委书记的照片，这位被称为“暴动专家”的早期中共党员，竟然是我外婆的同村人——奉化松岙人。

我的大学毕业论文，写的就是上世纪二三十年代浙江土地革命时期中共地下党领导的农民暴动，那时候我就接触过卓兰芳的有关史料，还因此接触到了另一个重要的革命家族——沙氏家族。土地革命时期，卓兰芳和沙氏兄弟有着极其密切的关系。正是出于这样一份特殊的情感关系，我对这位担任过中共浙江省委书记的卓兰芳多了一份了解的欲望。母亲，正是在那次壮行之中，我第

“沙氏五杰”的家庭关系

一次去了您的外婆家——奉化松岙。也正是在那一次，我寻访了卓兰芳的战友沙氏兄弟的故里，我去了奉化的邻县鄞县塘溪沙村。沙村给我留下了极其强烈的印象，在那里，我第一次了解到了沙氏兄弟的革命往事，并深切认识到沙氏兄弟在中国革命史上的特殊意义。回杭后，我写就了平生第一部报告文学《革命行》。

而今天，我要发给您的第三封信，正是在重访沙氏家族的过程中完成的。为此，我翻箱倒柜，找出了多年前发表在《江南》杂志上的这篇文章。我被我十八年前的寻觅再次感动了：

公元第一千九百九十一年秋，中国南方杭州少雨多晴天高云淡，人民安居乐业。是时，娃哈哈食品公司尚未兼并杭州罐头厂；日趋破败然又不失繁华的狭长的老庆春街更没有被拍卖的迹象；离杭城四十里处的农民做梦也不曾想到他们的祖辈称之为乡与村的热土将摇身一变而为度假山庄；中国人民尚未像一年后的今天超常规跳跃式启动时，颇有南宋遗风的杭州人依赖天时地利，在“桂子月中落”和“天香云外飘”的西子湖畔流连忘返，优哉游哉，其中有我。虽然苏维埃联邦一眨眼不见了曾使我大吃一惊，但遥远的西伯利亚寒风毕竟吹不凉西子湖畔的暖意。世界各地都有枪声和血，1991 年的中国南方没有，杭州人民很幸福。

那个上午我刚刚写完“无味之味至味也”，一个电话取走了我手中温香的茶杯。大学同学宇甦参与了浙江党史（1919—1949）电视专题片的拍摄，想让我为其撰稿。“可以啊”，我想，哈！浙江省能有什么了不起的革命！纯粹一个“暖风熏得游人醉，直把杭州作汴州”的温柔富贵乡罢了。

孰料革命风扑面而来，竟以不可抗拒的力量挟我而走。本世纪初一代中国普罗米修斯，经世纪末人们轻轻一唤，便从岁月的厚幔中呼之欲出。浙江！浙江！思想者的摇篮，盗火者的故乡，叛逆者的天堂，中国共产主义运动史上开革命先声的地方。中国第一个全文翻译《共产党宣言》者为浙江义乌人陈望道；中国最早的社会主义青年团员二分之一出自浙江第一师范学校；中国第一个共产主义小组共十九人，浙人占七；中国最早由共产党领导的农民运动，发生在钱塘江南岸——萧山衙前；中国第一个为宣传马克思主义而献身的人，为浙江东阳人邵飘萍；而第一个在 1927 年四一二政变中牺牲的中国共产党人则为上海市总工会委员长、浙江诸暨人汪寿华。

受文化与传统影响，浙江革命史呈现出特别复杂的格局和极为错综的关系。1927 年初，一个名叫王任叔的奉化共产党人，还是他的同乡蒋介石的国民革命军总司令部秘书处机要科长，蒋介石密谋背叛革命的电文正是他亲自译出后报告给黄埔军校政治部主任周恩来的。而此时，后来成为蒋介石侍从室主任的慈溪人陈布雷方踏入蒋家王朝的门槛。不久以后，曾经是上海共产主义小组早期成员的沈玄庐主持浙江省国民党清党委员会时，曾与他在同一幅画上题诗作书的密友、共产党人叶天底却在他所管辖的陆军监狱就义。当蒋介石的老师、老同盟会员、奉化人庄嵩甫暴跳如雷大骂国民党，于千钧一发之际挽救中国共产党人的生命时，曾经是上海共产主义小组成员的国民党右派领袖、吴兴人戴季陶，却正在“举起你的左手打倒帝国主义，举起你的右手打倒共产党”呢。

可以毫不犹豫地说，中国别的区域的早期革命，很少有如浙江一般丰富多彩，瞬息万变，波澜起伏而又光怪陆离。有充分的理由需要我们回过头去寻找一些东西，比如寻找 20 世纪末已经被历史夜空包容的世纪初的理想主义星辰——那些以燃烧的方式短暂、炽热地划过时代长空的生命，由于他们中某些人的一默如雷，以至于人们以为他们已经消失在忘川之中。我还想说，世纪末对世纪初的追寻于我们个人命运的重要。我们这些由于风云变幻而不免陷入迷茫的灵魂，实际上太需要信仰的支撑。于是，我便背起行囊，随摄制组出发，历时一年，行程两万，踏遍浙江山水，遂成《革命行》。

燕赵多慷慨悲歌之士，越地有倾城倾国佳人。追溯佳人与国事的关系，春秋时自然是西施。本世纪初的革命，却当从一位咤叱风云的女侠说起，“吾自庚子以来，已置生命于不顾，即不获成功而死，亦吾所不悔也”。越中儿女，向有卧薪尝胆、复仇雪耻之士，大英雄比比皆是，剑与酒，是浙江革命史的文化背景。酒由鉴湖水酿，剑为欧冶子铸，均为女侠所钟爱。秋瑾好酒，一顿能饮五斤。某次在周恩来姑父王子余家欢饮，喝到兴起，竟一跃而坐桌上，滔滔不绝，四座男人皆惊。又作《宝刀歌》："主人赠我金错刀，我今得此心雄豪……"她在日本留学，宣传革命，上台演讲，未曾开口，先从靴筒里取出倭刀往讲台一插，说："如有人投降满虏，卖友求荣，欺压汉人，吃我一刀！"女侠就义前有绝命词，曰："痛同胞之醉梦犹昏，悲祖国之陆沉谁挽。日暮穷途，徒下新亭之泪。残山剩水，谁招志士之魂？不须三尺孤坟，中国已无干净土。好持一杯鲁酒，他年共唱摆仑歌。虽死犹生，牺牲尽我责任。即此永别，风潮取彼头颅。壮志犹虚，雄心未渝，中原回首肠堪断。"读来惊心动魄，热血沸腾，当有剑酒相待。

酒是诗意的、浪漫的、叛逆的。若无剑来外化，来凝聚，来逼刺大黑暗，酒便成消极的了。"五花马，千金裘，呼儿将出换美酒，与尔同消万古愁。"庚子以后的浙江知识分子，把酒持剑，再不甘于"借酒消愁愁更愁"了。

百年亡国恨，痛心自浙始。恩格斯曾说英军占领舟山的目的"在于侵入横贯中部的大江——扬子江，并沿着扬子江上驶直达离江口约有二百英里的南京"。如果一百多年前英国人就把南京占了，今天的中国又会是怎样的格局？

1840 年 7 月中国尚无北洋水师、南洋水师，所以英军轻而易举地占领了定海。知县姚怀祥乃戊寅科举人，虽一介书生，手无缚鸡之力，但有万夫不当之勇。他亲登敌舰，斥责曰："何故涉吾土？"但英国人不理你那个"之乎者也"的茬。"何故涉吾土？"你若不是地大物博、战略重镇我又何必涉尔土？7 月 6 日英军杀进县城，知县姚怀祥与"吾土"共存亡，他呕血一升后，跳到了北郊普慈寺中梵宫池以身殉国。他手下又有一些典史、书记之类的书生也纷纷殉节。没有强大的国力，没有剑在手，在外族的凌辱侵略面前，中国的正直文人只有投河上吊以示气节的份。

"三总兵"——定海总兵葛云飞、处州总兵王锡朋、寿春总兵郑国鸿，正是在此后统兵三千渡海接收了舟山。从稍有近代史知识始，我便知晓了 1841 年 9 月鸦片战争中最壮怀激烈的定海保卫战：王锡朋左冲右杀，手刃数敌，终因寡不敌众，被炮弹打断一腿阵亡；郑国鸿随之亦中炮殉国。最惨烈的是浙江萧山人氏葛云飞，与敌肉搏，连毙数十人，自己左眼被打穿，右手骨碎，受敌劈面一刀，顿时鲜血淋漓，身受四十多处创伤，坠崖身亡。

六天六夜的浴血苦战，竟等不来腐败的清政府增援一兵一弹。英勇的士兵们宁与敌人同归于尽亦不投降。高地上，旗手始终保持着中国将士宁死不屈的精神。他选一个最显著的位置站着摇旗，丝毫不怕落在他四旁的炮弹。他被击中倒下，另一个士兵赶紧取其位而代之，直到全部牺牲。

武士的利剑，就这样不得不握在东海之滨的文人手中了。一朝剑在手，思想先锋、革命先锋，舍我其谁。综观浙江历史，自王充，自黄梨洲，自朱舜水，自龚自珍，直至当代，从来就是思想的刀光剑影之地。剑是酒之魂，剑再也不满足在形而上的思辨领域里战斗了。剑非以血祭酒，以示革命不可了。吴山越水之间，行者匆匆，黑夜中奔走着复仇雪耻和排满革命理想充溢于胸腔的独行侠。彼时，共产主义幽灵尚未在中华大地登陆，浙江大地便星散着以暗杀来实践革命的志士。

英雄豪杰聚集湖山，歃血为盟。台州有伏虎会，严州有白布会，衢州有终南会，金华有龙华会，嵊县有乌带党，温州有私贩党。绍兴一个名叫陶成章的“浙江革命党魁”(周恩来评价)往来穿梭其间，组织革命。与此同时，他的同乡徐锡麟，因枪击安徽巡抚恩铭而遭杀头剜心之刑。刑前端坐凳上，著其妻手缝官纱背心，双手合十抵于胸前，做凤凰涅槃之状，怀悲欣交集之心，吐大义凛然之气。曾有人叙述其容颜说：“烈士身材短小精悍，广颡高颧，颌以下微削，貌不惊人而心雄万夫。”我想当是描绘平时的徐锡麟，而非就义时那使凡夫俗子一见而怵目惊心的容颜。史载烈士腿部受伤，受讯时盘腿坐地，滔滔不绝道：“我本革命党大首领……蓄志排满已十余年，今日始达目的……你们杀我好了，将我心剖了，两手两足斩了，全身砍碎了，均可。”

四座均被他那一腔豪气镇得张口结舌。

临刑前摄影，拍了一张，徐锡麟不满意，以为不带笑容，须再摄一张。他慨然笑谈：“倡大义者，以色相示人，使后世当知有所从也。”

四年之后，嵊县王金发，尹锐志、尹维峻姊妹及张伯岐以光复军敢死队旗号率先杀入杭州，张伯岐立首功。

话说张伯岐十七岁时抱打不平，打死两个恶少，逃案在外时加入光复会，立下了“大丈夫应以铁血光复国土”的决心。后被捕，以杀人罪被判以极刑，解归故乡，“正法”途中遇救。1908 年他持一支手枪三粒子弹赴沪上暗杀上海道台，其中两粒归敌，如不遂，一粒归自己，最后如愿毙敌，从此短枪匕首威震江湖。再加上陈伯平、马宗汉等一干豪侠，如此细细算来，实在是可以为绍兴单写一部革命刺客列传了。

至于近代革命史上的大名人，比如鲁迅、蔡元培、邵力子、许寿裳、夏丏尊、竺可桢、陈建功、范文澜等浙江籍人士更是数不胜数。东蹈浙地，少不得登禹陵，下兰亭，进三味书屋，入大通学堂，访蔡元培故居，去邵力子家乡，谒轩亭口鉴湖女侠就义处，以敬仰之心瞻仰周恩来祖居，浙江革命志士、豪儿侠女，奔走于历史长卷中，呼号鼓吹，栩栩如生，真个是“江山如画，一时多少豪杰”。

余姚，中华民族古老文明的发祥之地，黄宗羲、朱舜水、王阳明和严子陵的故里。中国革命烈士中有个叫杨贤江的共产党人，余姚人，一师毕业生，中国最早的马克思主义教育理论家。夏衍先生在他的《懒寻旧梦录》中回忆说：“四一二政变之后，当时年轻的共产党人和热血青年激动焦躁不安，唯有杨贤江，每天一张作息时间表，几点钟吃饭，几点几分背英语，几点钟做体操。”后来的人分析说他的思想是朱舜水学说和马克思主义的奇妙结合，是将宋代理学家处理生活的态度和近代西洋的实践思想混合起来，作为担负中国启蒙运动的身心训练的基础。在这个革命教育理论家身上，有着一种近乎于炉火纯青的镇定、安详、严肃和坚韧。夏衍先生说，大革命失败后，革命的知识分子体现了一种能够在最险恶的环境中认清中国革命的光明远景，坚持对党的信仰和忠贞，既不焦躁又不悲观的坚韧踏实的品质，体现了革命知识分子的气概和庄严。

又听到亲切的石骨铁硬的宁波话了！宁波，1842 年《中英南京条约》中规定的五口通商口岸之一，一百多年来你从未海定波宁。宁波是充满了革命气质和造反精神的地方，当年我参加高考时有一道名词解释题“黑水党”，说的就是晚清反抗外国侵略者的宁波民间水上狙击队。被压迫者的反抗使这块土地上的呐喊声此起彼伏。在宁海有王锡桐造反，在鄞县，咸丰年间则发生了有关张潮清等人的三次冤狱和两次起义。宁波，送出了船王包玉刚，送出了国民党总裁蒋介石，也送出了遍布全世界的“宁波帮”商人和黄埔军校生。但是切勿忘记宁波百年革命中为中国奉献出的优秀儿女。母亲故乡早年的革命青年常常怀有热烈理想，他们是聪明绝顶但又忠贞不渝的人。在浙江革命烈士纪念馆参观时，那个面容消瘦的“暴动专家”卓兰芳首先抓住了我的心。我凑近去看解说词。

是的，绝没有错，奉化松岙村人，我外婆的同村人，外婆也姓卓。我模模糊糊地听到我母亲家族的人说过，这个六十年前牺牲的人，和我外婆是同姓同族同村人，就住在离我外婆家不远的地方，一眼就可以望到，这使我突然激动起来。和母亲做过的职业一样，卓兰芳曾经是一个穷困潦倒借酒浇愁的小学教师，自号“懒放”。而革命，究竟以怎样一种摧枯拉朽起死回生的力量，使这个懒懒散散的乡村小知识分子一变而为一个行动主义者、一个在钱塘江两岸不断点燃革命火焰的“暴动专家”的呢？革命在改变历史进程的途中，又怎样彻底改变了人们的命运呢？

我现在可以理解十八岁的母亲——一向谨慎而节制的女学生，当年何以只身出走投奔革命。我看见那个穿着月白色旗袍在夜幕下乱坟中疾走的绰约身影时，我也看见了以卓兰芳为首的我母亲的故乡宁波的革命者。

历史，还会重现1927年前后这样的严峻关口吗？突然间拉上的大特写，把抉择毫无通融可能地摆在每一个革命者面前。师生、亲友、恋人、父子、兄弟……所有的人都面临分野：革命，反革命，再没有第三条路好选择。至关重要的是，你在选择道路的同时，也在选择生存与死亡。革命，是对一个人各个角度的无情的测试。

1927年，宁波的四一二政变，是从一个当过孙中山秘书的名叫庄禹梅的举动开始的。由他担任主编的《国民日报》刊登了《王俊十大罪状》，令甬台温防守司令王俊勃然大怒，立刻就把这个老资格的国民党人抓了起来。共产党人杨眉山和宁波市总工会委员长王鲲前去交涉，正好中了圈套，抓起来和庄禹梅关在一起。杨眉山本是一个颇有声望的教育家，尤其注重女子教育。二十三岁的王鲲则是一个英俊刚正的邮局职员。6月，他们被判处野蛮的砍头示众之刑，刑前杨眉山握住庄禹梅的手说：“你如不死，替我们报仇！”刽子手举起大刀，喝令王鲲把头低下来，王鲲道：“要杀就杀，决不低头。”入暮，王鲲的嫂嫂和年仅十一岁的小妹妹赶到刑场，用线把他分离的头和身子缝合，送回故乡奉化安葬。

宁波共产党人牺牲时的惨烈当时全国有名。女共产党人胡焦琴被枪毙的时候，与她相依为命的妹妹焦英不顾一切地冲上去，抱住姐姐死不放手。刑警把她拖回来，她又冲上去，这样来回数次，一旁群众哭声震天，敌人无法下手，最后把焦英踢昏在地。连开六枪，胡焦琴才壮烈牺牲。妹妹回家后，号哭数天，竟死。两个月后，正是胡焦琴预订的婚期。

另一位诗人董子兴，中共宁波奉化县第一任县委书记，于1928年死于陆军监狱。王任叔亲为其收尸，整理狱中日记发表。他们都曾经是唯美的、在山边湖畔吟哦的忧伤的少年，他们又同在大革命的洪流中冲撞前进。诗人董子兴最终也未脱尽诗人的天真烂漫，1927年四一二政变之后，他竟然还常把马列书籍借给他的少年同学——国民党奉化县党部组织部长看，结果反被告密。他被捕后，丈人一程赶一程，在绍兴追上女婿。酒宴惨别，诗人尽兴而言："我一人做事一人当！"推开杯子就走，走了好远回头一看，押他的少年宪兵和他的丈人正哭作一团。

在这位第一任奉化县委书记二十九岁牺牲的同时，他的同乡卓恺泽牺牲在湖北，时任共青团湖北省委书记。别看年纪轻轻，正是这个华北大学的学生启发引导了裘古怀、卓兰芳投身革命。此类青年，宁波大有人在，几十年来却少有人提及。有谁知大革命时期他们都曾叱咤风云，做出多少石破天惊之举。且看那浙东崛起、广州从戎、日本游学、"左联"实务、宁波蛰伏、孤岛苦斗、南洋流亡、星岛受命、四次婚变、五陷囹圄，一生完整地折射着21世纪70年代急剧变幻风云的"大众情人"王任叔，中国现当代文人中哪一个有如他那样的经历？

1986年浙江省作协主席黄源率一百多人来到奉化大堰巴人墓，"任叔同志，我们来看你了"，顿时秋风萧瑟老泪滂沱。1971年10月，被押送回原籍改造的巴人刚过了他的七十大寿，谁知在侄儿家看到"打倒刘少奇"的文件，第二天就发疯了。他高喊："打鬼！打鬼！你往哪里跑！"他用绳子把自己缚起来，对人说："来，把我牵去。"他日夜坐卧不宁，跑进跑出。飘雪的严冬，穿一件裤头，半夜赤脚卧在山野雪地上。有时他跑到附近龙潭庙，隔着山梁眺望数里之外的高岙村与后坂村，那里是王鲲与董子兴墓，他与友人在冥冥之中对话。他死了，革命家、社会活动家、编辑出版家、国际主义者、印尼史学家、外交家、诗人、小说家、剧作家、杂文家、中国驻印尼首任特命全权大使巴人，是七窍流血惨死的。年轻时他曾呼号："我奔腾我狂啸，迎着漫漫的尘沙迎着浩浩的朔风，我以是知我终于将接近彼岸。"死了，我们都能听到他的啸声。

宁波象山，出了三位大英雄：浙江省委书记王家谟（王小曼），"左联"诗人殷夫，浙江第一个牺牲的共产党人、杭州地委书记贺威圣。

我不知道中国共产党的历史上还有没有像王家谟这样的二十一岁的省委书

记，二十一岁本来是一个多梦年华，我曾在纪念馆见过王家谟手绘的“建设革命的新象山之图”，还读过大革命时期他写的一系列思想精辟、文字洗练且十分老辣的理论性文章。1927 年 2 月，王家谟与周恩来、赵世炎、徐伟等七人被选为江浙区第一次代表大会组织问题委员会委员，那时他便已经进入了革命的核心。历史为什么会这样钟情于那个年代，这些年轻的英杰交替升空组成本世纪上半叶绚丽悲壮的星空。

在象山，还得到了一个意外收获，没想到贺威圣的发妻姚瑞莲还活着，就住在故乡海上村。九十一岁，矮个子，一头白发，左手风痛，右手拄杖，裹过的小脚，面目清秀，神志清晰，她就是贺威圣的遗孀了。她陪着我们去瞻仰山坡上的烈士墓，此墓巨大，一溜三块墓碑，贺威圣在左边，上写：“舍己利人英灵不死，捐躯报国豪魄如生。殉难义士沪江大学毕业生贺威圣君暨元配姚氏孺子之墓。”

姚氏就是姚老太太，算一算，六十年前，她就被刻在墓碑上了。

三个墓中全都先葬着男人，爷爷早死奶奶守寡。贺威圣在娘肚子里五个月时，父亲死，娘守寡。贺威圣十八岁结婚，二十八岁牺牲，没有孩子，姚氏守寡。三代寡妇，清明上坟，每人一块墓碑，贺威圣的娘活活哭瞎了眼。

把婆婆和婆婆的婆婆都葬了，姚氏去上海当女佣，领了个养女，不甚亲。当了一辈子保姆，老了，回乡，一个人做饭一个人过。

问抚恤金。有的，十块，十二块，十六块，现在九十二块了。

问丈夫的性格，姚老太太脸红了，双眼放光，说丈夫从前胆子太小，因为家中五代单传，格外宝贝，所以一个人不敢走路，必要妻陪着。后来入了党，当了杭州地委书记，胆子大了，策动国民党浙江省主席夏超起义。失败后，被孙传芳部队逮捕，关在一起的还有个叫汪性天的杭州籍党员。敌人一叫名，两人争着说自己是被枪毙者，最后一起就义。临刑前贺威圣对刽子手说：“你给我打得好一些！”

贺有遗诗，写得气壮山河：“汽笛一声动客愁，暮云江树路悠悠。而今怕听骊歌起，未到晚钟且暂留。扶桑鬼蜮君知否，大好河山黯锁愁。壮士岂为儿女泣，要将投袂兴神州。”

姚老太太太老了，从故居中搬出来，住到邻家去。她要自己料理生活，要烧饭、洗衣。她抓住我的手告诉我，她的手不行了，痛。我们拍了姚老太太在田间阡陌向墓地走去的背影，拍她颤着小脚拄着拐杖走啊走啊，总也走不到丈夫身边的背影。我看到她的几乎要被绿色淹没的遥远的衰老的身形，看到她被风吹乱的白发。

我第一次感觉到，悲壮的革命也是令人心碎的革命。看着老太太孤独地向丈夫走去的背影，感觉她那漫长的九十一年的长夜，我热泪盈眶了。

现在，我来到了杭州云居山，那白云的栖身之处，浙江革命烈士纪念馆所在地。云居山位于杭州市东南，与吴山毗邻。晚明清初游山玩水的行家张岱曾说："向言六桥有千树桃柳，其红绿为春事浅深。云居千树枫柏，其红黄为秋事浅深。"

1664 年 8 月，明末清初抗清领袖、鄞县人氏张苍水被清廷押至杭州砍头。轿抬到西湖边，他命暂停，凝望凤凰山片刻，慨叹一声："好山色！"复令轿抬赴刑场官巷口从容引颈受戮，后人便把他埋在了与云居山毗邻的凤凰山下。

此刻站在云居山顶，放眼远眺，钱塘江、西子湖尽收眼底，不禁使人顿生一腔豪气。此地又使我不胜感慨，曾经有过那些美丽的夜晚，我和朋友们来此，一夜烛光诗与歌。啊，友谊、初恋、爱情与欢乐！直至东方既白，鸽子飞起来了，我们踏歌而归。那时我还不知道 1919 年至 1949 年间浙江有一万八千余名载入革命史册的牺牲者。我也没想到咫尺之外有三百四十八名烈士在这宁静的夜晚倾听我们唱歌，凝视我们被烛光映红的容颜。

……

1930 年 8 月 26 日，作为对中央红军攻打长沙的报复，国民党在杭州陆军监狱一次屠杀了共产党人十九名，云居山上有他们的大型群雕像。你看那正和难友告别的，是毛泽东的同学罗学瓒；你看那光着脚的，是工人出身的省委书记徐英，临行前他正拿着一双布鞋蹲在牢房门口，看守开了锁，叫"徐英开庭"，徐英不慌不忙地穿好鞋子，说："叫枪毙好了，为什么要说开庭呢？"你看那绑在十字架上的，是永嘉县委书记、温州名医王屏周，因在狱中任医役而开辟了党的地下秘密通道，他是第一个被点名拉出去的，这条好汉一把推开前来架他的狱卒，高呼口号大步流星走向刑场；你看那两个全身脱得只剩短裤的年轻人，他们是南洋巨商之子、杭州中心县委书记李临光和四川巨商之子、有着一位在国外留学的美丽的画家爱人的杨晟，为什么这两个有产阶级的叛逆者，却以无产阶级的方式走向殉道场呢？赤条条来去无牵挂，难道不是对他们曾经所属的阵营的最后叛逆吗？

宁波象山烈士诗人殷夫曾有诗言："别了，哥哥，别了，此后各走前途，再见的机会是在，当我们和你隶属的阶级交了战火。"

现在终于是交了战火的最后时刻了。你看那文质彬彬胸怀理想的年轻知识分子，他是贾南坡，他的妻子此刻正关在同狱的女监中。这个大地主的儿子，这个上海大学毕业的共产党人，在三年的监狱生活中竟写成了一部《中国文学史》。你看那伏地疾书的宁波奉化籍人裘古怀，他写道："伟大的中国共产党和全体亲爱的同志们，当我在写这封信的时候，国民党匪徒正在秘密疯狂地屠杀着我们的同志，被判重刑的或无期徒刑的同志，差不多全被迫害了！几分钟以后，我也会遭到同样的被迫害的命运。我满意我为真理而死！遗憾的是自己过去的工作做得太少，想补救已经来不及了。在监狱里，看到每个同志在就义时都没有任何一点恐惧，他们差不多是像去完成工作一样跨出牢笼的，他们没有玷辱过我们伟大、光荣的党。现在我还未死，我要说出我心中最后几句话，这就是希望党要百倍地扩大工农红军。血的经验证明，没有强大的武装，要想革命成功，实在是不可能的。同志们，壮大我们的革命武装力量争取胜利吧！胜利的时候，请你们不要忘记我们！"

裘古怀与沙家兄弟曾有往来，而宁波鄞县塘溪沙村的沙氏家族，在中国革命历史上堪称独一无二的家族。沙氏五兄弟中，老大沙孟海，家喻户晓的一代书法家；老二沙文求，著名烈士，曾任共青团广州市委宣传部部长；老三沙文汉，浙江省省长，1957年中国共产党内最大的"右派"；老四沙文威（史永），曾任全国政协副秘书长；老五沙季同，共产党员，油画家，在延安时遭康生迫害被逼疯致死。沙氏五兄弟的人生际遇是一部壮怀激烈、引人入胜的史诗式传记。我们在这样类型的大家族中最能直接看到中国革命的脉络，它的气势，它的转折。他们每个人的不同命运，都是革命的一段主流或一段分岔，一段低潮或一段胜利。中国式的革命往往也是家族共同参与的革命，比如毛泽东、蔡和森、夏明翰家族，比如沙文汉家族。

那么。哺育他们的那片土地究竟是怎么样的呢？我们去了鄞县大嵩区沙村沙文求烈士故居。这可真是一块风水宝地，堂堂正正的院落，举目望去，满目青山，碧蓝长空，天地正气似乎特钟情于此。故居中有文天祥《正气歌》手书一幅："天地有正气，杂然赋流形……"屋后又有极高的银杏一株，为沙氏兄弟所栽。也不知怎的，站在院中，恍兮惚兮，竟遥思到了杨家将岳家兵。沙氏兄弟之父在乡间行医，早逝，母亲陈岭所生五子，老大早早工作以培养四个弟弟读书，其余四子都是大革命时期的共产党员。敌人曾抓其幼子季同，逼老太太招供，还扬言要把季同装到麻袋中沉河，老太太说："你们杀我一个儿子，还有四个儿子要来复仇！"母亲的豪言壮语怎不叫我想起佘太君。

沙文汉与"暴动专家"卓兰芳在奉化搞过一次不那么成功的暴动后，自己被通缉，五弟被绑架，家被抄劫，兄弟五人弄得四分五散。正在参加广州革命的老二沙文求给在上海商务印书馆当编辑的老大沙孟海写信道："我们这次破家，实在是一个死沉沉的旧家庭之更新底纪元，使我们的兄弟脱离沉闷的家庭，而奔入社会的或历史的'中流'的一个好机会。所以这次破家，不只在革命的意义上有重大价值，而且在诸兄弟生活的发展上也有长足的补助。出我幽谷，上我乔木，真是天助我也。"好一派大英雄气概。

他的三弟沙文汉，在我们浙江省一度是个神秘的、人们不敢公开议论的人物。一个省长，一个入党二十五年的老革命，却被打成了党内最大的"右派"。沙文汉有一个传奇色彩极浓的岳母，这个宁波富商的遗孀不安安耽耽过她的太太生涯，偏偏同情革命支持革命，在危急关头抢救革命者，被众人誉为"众家姆妈"。"众家姆妈"因为倾向性太强，光天化日之下为共产党通风报信、收尸入殓，国民党便把她也抓到陆军监狱里去了。幸亏她还有几个钱，总算被保了出来。20世纪60年代初她还生活在上海，经历了女婿沙文汉被打成党内最大"右派"和三年自然灾害的劫难。

沙文汉命运坎坷，被开除出党后忧郁成疾，他曾写过一首《病重有感》诗："莫说沉疴久未愈，但看形影日枯衰。孤灯夜永油将尽，老马路遥力不支。梦里少年忧意气，望中功业岂狂痴。人生得失毋须计，毕竟事成总可期。"

1959年他给夫人陈修良写信。陈修良也是大革命时期的共产党员，曾任南京市委书记，当时在嘉兴下放劳动。信中说："我已经不能参加任何政治活动了，只好去研究死人的政治——历史，或许可以借到史料。"

1963年，他完成《中国奴隶制度的探讨》一书，作为对党和人民的献礼。书稿写成不久病情加重终致病危。临终前两天，"右派"帽子被摘掉，他道一声"谢谢"，再也说不出话，于1964年1月2日逝世，时年五十五岁。

"文革"开始，他的墓地却被砸了。经济学家孙冶方在首都医院抱病给党中央写信，为沙文汉申诉。1983 年，也就是整整二十年之后，沙文汉的生命献礼才总算被献了出来。写这一段历史我又感动又难受，心情十分复杂。我太年轻，还不能进入那种“党不要你了而你却非要党不可”的高尚境界。但另一方面我也为沙省长感到侥幸，他没活到 1966 年，要不像盖叫天那样被装在垃圾车里游街，他怎么活下去！沙文汉生性刚烈，少时为了改掉火气太大的毛病，常常跑到厕所里面壁制怒。但是他这样一个能书善画的知识分子干部，又戴高帽又坐“飞机”，恐怕难以忍受耻辱吧。

还有老四史永，早年参加地下党组织，进入我党特别行动科活动，解放后被反复审查一直不予信任，直至党的十一届三中全会以后才被解除怀疑。呜呼！前些年台湾一家杂志竟刊登了这样一篇文章:《且看沙氏兄弟今日之下场》。写文章的人不可能了解革命，革命是要含冤受屈的，含冤受屈了还革命，那才叫真革命！

1992 年中秋前夕，我从杭州火车站出来，匆匆放下背囊，便直奔南山公墓，谒我父亲之灵。中国人并无中秋节拜谒亡灵的传统，这个传统，仅仅是属于我个人的。

1949 年 5 月 3 日，一个在省电台当播音员、名叫王廉芳的年轻的地下党员见南下部队进了城，欣喜若狂地跑到浙江广播电台播音台欢呼:“杭州解放了！”

我父亲就在这一声“杭州解放”中从北方来到南方杭州，而我的母亲也从宁波乡下老家穿过乱坟冈来到省城，然后，他们在“杭州解放”中相识结婚，然后，在“杭州解放”中有了我和我的兄弟姐妹，我们的命运就这样无可选择地和革命连在一起。

迷人的西湖在晨曦下静静发光，任何一个来此眺望的人都不会忘记这美丽动人的姿色。在父亲的灵前我泡上了一杯芳香袭人的龙井茶，啊，久违的龙井茶！父亲，从您的角度而言，革命，不就是要让这种王公贵族才能品尝的香茶成为普天下劳动人民都有实力品尝的佳茗吗?

墓地一片寂静，一派祥和。

瓦雷里那首《海滨墓园》中的诗行不禁涌上心间:“多好的酬劳啊，经过了一番深思，终得以放眼远眺神明的宁静！”

## 二 革命与命运

十八年过去了，我们早已告别了阶级斗争的年代，进入了和平建设阶段。但这并不意味着封存革命的意义，因为百年家国的历史主旋律，正是革命史。而对我们这个小家庭而言，从某种意义上说，革命就是我们这个家族的命脉之始。因为如果没有革命，父亲就不会从北方一个专门制作土盆因此村名也叫“土盆”的村子投身革命军队，从打鬼子开始，运河支队、新四军、解放军，一路打到江南，而您也不可能以一个刚刚中学毕业的女学生身份，抛下大家庭，只身投入革命；然后您也不可能作为学员在华东革命军政大学与父亲相识；父亲也不可能作为大队政委和作为学员的您谈恋爱；然后你们也不可能结婚，自然也不可能有哥哥、我、妹妹和弟弟。如此推论下去，真是感慨不已：对我们这个有着数千年历史的文明古国而言，如果没有革命，就没有中华人民共和国；而对我们这样一个普通的家庭而言，如果没有革命，就没有我们这些构成小家庭的生命个体。

母亲，作为一个革命的亲历者，以您为代表的家族中一部分进步青年投奔革命参军入党的时候，也正是您的大家族中另一部分“反动分子”遭灭亡的时候。因此，有一天，我突然明白了革命和我们这个大家族的关系：原来，中国革命对于我们这个大家族而言，就是一部分亲戚追打另一部分亲戚。

曾经有过多少活生生的关于革命与命运的故事啊，为此，我曾经写下过一些这样的文字：

> 即便是从前，江南的河湖港汊旁亦并非只有浣纱的女子。耕读历来是江浙一带的乡风，某些沿海的乡镇，或者靠近城市的乡村，女子也是要读一点书。这样的乡村女郎，与城里市民阶层中弄堂里走出的女学生和大都会出身优越的洋学生，于书卷气外，便多出一分水灵。六十年前人世剧变的时代，她们的命运和中国一切人的命运一样，各个不同。因为知道一些书上的事情，她们懂得了思考与想象，其中演绎的那些勇敢的浪漫故事和其后的悲欢离合，是一点也不亚于城市里的知识女性的。现在我便来讲上那么几位。

从一个名叫谷雨的女子说起。因为她是她们几个当中最大的，那年也就十七岁。谷雨之下是十六岁的慰轻、十五岁的仲秋和十四岁的夕烟。她们中有的是同一父母的，也有的是堂表姐妹，都属同一大家族中的女子，且都在一个乡村新学堂中念书。.

慰轻的父亲是这一带有名的乡绅，办了一些新学甚至报纸，这几个女子就读的学校便是他出资的，因而做了校董。乡绅并不常在乡间出现，因为在别处有着他另一个家。虽则他十分疼爱他的这个大女儿，但女儿之慰终究不够，于是才有了沪上的另一份情。好在乡下的黄脸婆是名正言顺地搁在厅堂里的，在那个年代，对这一阶层的人来说，如此行事乃是一种合情合理的安排。但乡绅毕竟留过洋，于心里多出一分人道的不忍，便移情到女儿。或许正是对大女儿的这份关爱促使他办了这份乡学，这几个女子便每天相约去二里路外的学校就读。

她们都非常美丽，我敢起誓我这话是真实的。那一带的女子有两种鲜明的特征，或者细眉长眼，白皙苗条，或者浓发浓眉，睫毛密集，明眸皓齿。这四个女子中，谷雨和夕烟属前者，慰轻和仲秋属后者。她们结伴而行在乡间的阡陌之上时，是农人眼中一道亮丽的风景。

那已经是1948年的春天了，谷雨碰到了一件头痛的事情，父母要把她嫁给校长的傻儿子，而她却已经秘密地与学校的体育老师好上了。谷雨是这几个女子中最苗条的一位，会唱越剧“回头一笑百媚生……”

她的心事是很多的，只有她和她的体育老师知道校长为什么要娶她做儿媳妇。校长是常常要在书法课时走到谷雨身边的，他安排了谷雨一个人坐两个人的座位，这样他就可以温和地坐在谷雨身边，把着她的手练字，把男人的烟草热气和喘气喷到谷雨的耳边——那个学校的书法课因此便史无前例地多。

校长和校董从前就是老同学，他们都属于“宁波帮”中的工商地主阶层，所以他们都是有钱人。在1948年的兵荒马乱之中，有钱人在乡间的生活具有一定程度的冒险性，这样的生活让校长遭遇了。土匪终于来绑校长的票，但绑的却是校长的傻儿子。三天之后，土匪们送回了傻儿子的一只耳朵，校长吓得命人当场挑去一担银圆，一只耳朵的傻儿子大难不死回来了。

全村的人都去庆贺校长家人质的归来，校长在人群中看到了谷雨的父母。他突然激动地表示要为儿子冲喜，并当场向谷雨家提亲。

谷雨的父母自然是诚惶诚恐大喜过望的。也许他们回家的途中就已经商定好成亲的日子，因此见了谷雨的面，二话不说就让她做好嫁人的全部准备。

谷雨怎么办呢？当然是要啼哭的，南方的女儿泪水尤其多。然而，再多的泪水也休想打动谷雨父母的心肠。谷雨的父亲也在上海做过生意，不幸的是数年前破了产，他们天天愁着怎么打发那两个一天比一天美丽的黄花闺女呢，嫁人是要嫁妆的啊，他们穷得拿不出嫁妆了。而嫁到校长家去，不但不用嫁妆，还可以有多少彩礼啊！那彩礼是足足可以嫁了小女儿还有盈余的呢，这样下面四个儿子的生计也就有了着落了。

谷雨虽是长姐，却是不管这些的，她已经读过一些进步的书籍了，包括妇女解放的一些书籍。她所热恋的体育老师是一个狂热的进步青年。他曾经不止一次地对她说，要去弄把枪来打死封建冬烘的老校长，然后双双出逃，离开这令人窒息的黑屋，到解放区去寻找晴朗的天空。这主意一面让谷雨吓得要死一面又令她神往。她没想到这一切还没有开始就已经结束了。现在她恨死了老校长，她也后悔自己为什么三番五次地阻挠体育老师，不让他实施他的复仇计划。

她想出逃，然而来不及了，父母明智地想到了女儿的种种可能性，因此把她锁在了楼上。楼是很高的，且又抽去了楼梯，谷雨在楼上一如等待被宰的羔羊。

早晨，谷雨的妹妹仲秋要去上学了，她眼泪汪汪地盯着楼板，以往她都是与阿姐同行的啊。阿姐出现在窗口，向她使了个眼色，那是读过书的女子才会有的心领神会。一张纸条飘然而下，妹妹机智地捡起，她知道那一定是让她转交给体育老师的。

以后的故事急转直下，由于有了仲秋这位小红娘的秘密传递，谷雨与情人遥相串联，策划了全套的出逃方案。也许再过三天谷雨就要过门，也许时间还要更短一些。总之，校长与他的傻儿子正在翘首以盼他们美丽而又识文断字的媳妇过门的时候，谷雨已经在一个繁星满天的夜晚胜利大逃亡，坐着体育老师摇来的一叶扁舟，出了海口，再坐大轮船行驶海上，投奔光明去了。

热恋的不仅仅是谷雨，慰轻也在热恋着呢。她热爱的青年男子是睫毛长长的国文老师，一位多情的诗人。他与同事体育老师在许多地方都是绝不相像的，但在向往进步与向往革命上，他俩意气相投。

国文老师之所以不效仿他的好朋友并非没有勇气，实在是慰轻与谷雨的个性太不一样了。慰轻是我们江南才会出现的天生的情种，她与诗人的爱情是很痛苦的，因为真正的爱情总离不开痛苦。况且慰轻在没什么痛苦的时候也会生出许多痛苦，伤春悲秋是她的性格特点，林黛玉是她的偶像，也许正是因为这一点诗人才爱得她死去活来。

但相爱的人无法在一起，乡绅已经把她许给了国民政府一位大官僚的儿子，那青年是在沪上做着工程师的。听到这个消息，慰轻在诗人面前哭得天昏地暗。但慰轻的父亲没有给慰轻抽楼梯，也不逼她，他甚至对待诗人也客客气气。乡绅是有经验的乡绅啊，在那动荡的年代，他知道年轻人的厉害，他为什么要打草惊蛇呢？

谷雨出逃数月之后，夏天到了。暑期中，乡绅要带慰轻到上海去住一阵子，诗人与他的姑娘都以为这只是短暂的相别。然而，两个月后带回的消息让诗人目瞪口呆——慰轻结婚了，嫁给了那个大官僚的儿子。她幸福吗？当然应该是幸福的，有人带来了慰轻穿着婚纱与新郎合拍的结婚照。照片里的那个男子英俊潇洒，还有着一双诚实的眼睛。

诗人怎么办呢？当然是离开那所令他肝肠寸断的学校了，然而也没有能够投奔成革命——诗人病倒了，和我们江南民间传说“梁祝”中的梁山伯一样，生了相思病。虽然没有像梁山伯那样一病不起，但也是一直躺到了1949年的春天。

在下一个春天，又有一个女子嫁出去了，十五岁的夕烟糊里糊涂地做了新娘。夕烟的父亲也是有一点钱识得一些字的，在城里的银行里做事情，然而孩子却委实生得多了一些。等到夕烟出生时，当父亲的长叹一口气，无可奈何地说：“生了也就生了，聊胜于无吧。”

夕烟的读书，也和她的出生一样聊胜于无。本来不读也是可以的，因为读不读反正就是识得那么几个字，书读得再多，也没有什么长进了，真是空长了一副花容月貌，有人促狭地给她取个外号叫“木美人”。

“木美人”还没到该嫁的年龄就嫁出去了，家里把她许配给了一名黄埔军校毕业的青年军官。军官倒是生得蛮像样，但却是属于那种“战死沙场君莫笑，古来征战几人回”的人物。婚后三天，他就回到炮火连天的战场上去和共产党作对了。

你说“木美人”的父亲糊涂吧，他也算是把女儿嫁给了城里的一户有钱人家；你要说他不糊涂吧，这时国民党兵败如山倒，他何苦再莫名其妙地贴进一个女儿。这一切“木美人”都是很少去想的，几个读书的姐妹中，她是最不爱动脑筋的、最接近村里那些没读书的姑娘的禀性的。如此没有是非的本分人，生来应该是那种老老实实不起波澜度过一生的江南女子啊!

现在，仲秋也已经十六岁了。她话很少，内秀，也很实在，还有着一点点的忧郁，一双明亮的眼睛和银铃般的嗓子很少起作用，看不出这文静少女在别的地方有什么出众之处。人们只看到她静如处子的那一面，直到有一天她动如脱兔，最后消失在那所乡村学校时，乡亲们才恍然大悟。

仲秋是四个姐妹中唯一主动出走的一个，她从来也没有对人宣传过革命，但她出走的目的恰恰是革命。就在夕烟的丈夫新婚别妻上战场的那些日子里，仲秋穿着月白色的旗袍，一夜闪过百里原野，勇敢地投入了共产党解放军的阵营。

仲秋不是不知道，她的许多亲戚正在敌对的阵营里瞄准这边开枪。她话不多，但是个固执的女子，她想一件事情，常常会想得没完没了，一旦想定了，就再也不想。

她很快如愿以偿地穿上了军装，随着旧王朝的灭亡而进军省城。而在她的故乡，她的那些亲戚们，有的和她一样投奔光明，有的出逃去了台湾，有的被枪毙命赴黄泉，有的自杀自绝于这个伟大的时代，有的惶惶然如丧家之犬。而仲秋则登上了革命的火车一日千里，故乡被她完全地抛在脑后了。

她是军中的漂亮女兵，有文化，能歌善舞，对革命无限崇拜。她写信给了流落在外的谷雨和她的丈夫，又写信给了大病初愈的诗人。结果，除了谷雨因为即将做母亲无法赶来之外，其余二人都立刻投奔革命，来到部队，穿上军装，并做了文化教员。

行前谷雨撕了白被单做衬衣，真是一片送郎当红军似的激情。而诗人呢，虽然大病一场，但相思未了，又是仲秋与慰轻取得了联系。此时慰轻快做母亲了，得此消息，又哭得死去活来，让她的反动家庭出身的丈夫手足无措。

事情至此，似乎已经到了水落石出的地步，除了仲秋再嫁一个丈夫之外，再也没有什么动人的故事可以演绎。然而，我以上所讲的一切却只是一曲序幕。正如我们江南曲折委婉的河流一样，这些在河边读过书的女子的故事也是曲折委婉的。她们的命运历经磨难，绵绵长长，一波未平，一波又起。我在此再叙一二。

先是仲秋与姐夫与诗人一起过了鸭绿江，参加抗美援朝。在国内的谷雨回到故乡，当了妇女主任，金戒指和金耳环自然是第一个当场捐掉的。为了革命，她什么都愿意奉献。慰轻也不甘示弱，她抱着孩子上了法庭，宣布要和那个剥削阶级的家庭一刀两断。她果然就两断了，且把孩子也断给了对方。然后，她勇敢地投石问路，向在朝鲜战场上的文化教员举起了玫瑰花。她身穿布拉吉冲到了三八线旁，终于和她的诗人举行了战地婚礼。

在异国的坑道内，在新婚的洞房里，在夜半三更无语时，文化教员突然号啕大哭了起来，他哭得有点不像是那种单纯的幸福的眼泪了。

仲秋的婚姻和那个时代许多投奔革命的女学生的婚姻一样，她嫁给了一位来自北方的年轻的老革命，他青春年少就参加抗日战争，并且在战场上还是爱写诗作文的，长得也很清秀，他们共同生活的大半生的基础打得比较扎实，如果仲秋的家族中不是有那么多说不清的事情，仲秋的婚后生活将会是平静的吧。

然而，寡居的夕烟首先来了，抱着嗷嗷待哺之儿，反动军官死在了两军对垒之中。仲秋怎么能不收留她呢？住在她家里，直到物色好一个老革命，再把夕烟送走。还没松口气呢，谷雨与她的丈夫开始闹离婚了。当然不能怪谷雨，江南的女子是烈而贞的，体育老师虽然参军入党闹革命，却依然是浪漫的。离婚之后是“反右”，体育老师逃脱不了政治运动的罗网，殃及谷雨。

记得我很小的时候，有一次父亲喝了点酒，突然对我说：“你说你外婆好不好笑，她叫我什么，她叫我王政委啊。”我听了哈哈一笑，却未往心里去。今日想来，岳母对女婿的这样一种称谓，在尊敬中夹着生分，这是大有深意的。记得当初我还去追问外婆，外婆告诉我，她们在宁波乡下，听说女儿要嫁给一个解放军里的人，吓都吓死了，因为她所知道的共产党人是红头发绿眉毛的。在外婆告诉我之前，我一直以为红头发绿眉毛的共产党人是一种文学描述，没想到是现实生活的一种真切的意识存在。我说既然如此，你们怎么办呢？外婆告诉我，虽然如此，女儿出嫁，还是要有所表示的，因此寄了一条八斤重的被子去。但是共产党嘛，就是要共产的，所以这条八斤重的棉被就被拆成了好几条被子，被部队共产了。

我就此再问我的父亲，军人出身的父亲，一辈子过的是公家生活，显然对嫁妆棉被之类婆婆妈妈的事情是忽略不计的，但他还是牢牢记住了一个细节，父母结婚时，就是两床军用铺盖放在一起，战友们一起晚上来吃点糖果，糖果少而战友多，他们用一个大红的茶盘端出了一盆象棋子作为喜糖，赢得大家一笑，就此结婚了。

我对革命的这种追述，或许也是体现了当下的某种叙述语境吧，正是这样一种大的语境，诞生了类似《激情燃烧的岁月》这样的作品。他们艺术化了革命，戏剧化了革命，传奇化了革命，从某个角度说，也是浪漫化了革命。因此，我一方面加入叙述，一方面对此却多少有点不满足。

我不敢说革命的本质就是受难，但革命的本质肯定不仅仅是狂欢。革命是重大的，庄严的。革命在胜利时呈现出狂欢的气象，那正是我的父母相遇的日子。但革命又是具有悲剧特质的，这种特质，恰恰是我从沙氏兄弟的革命经历中感受到的。

母亲，这也正是我的第三封信以沙氏兄弟为主人公的缘由。

## 三 重溯家国与革命

沙村的银杏树多出了十八圈的年轮。重访革命故地，又会生出怎么样的感触？重读《革命行》，我依然为我自己当年的激情感动，我也深切地意识到十八年岁月的意义。

母亲，前往沙村之前，我特地去了一趟宁波的鼓楼，我怀着来自血缘的冲动，要从高处眺望浙东的锦绣家园。这大海的故乡，让我再一次领略到从宁波三江口吹来的那苍凉而又豪迈的海风。

沙氏宗祠

沙氏故居

千年弹指间，后人再登临。唐长庆元年 (821 年)，一位名叫韩察的明州刺史，将州治从今天鄞州的小溪镇迁出，并以现在的宁波中山广场到鼓楼这一带为中心建起官署，立木栅为城，又以那巨大的砖石筑成城墙，建起了子城。子城的南城门设有报时的刻漏和更鼓，日常击鼓报时，战时侦察瞭望，还负有保城池、抵外侮的使命。南城门，正是我此刻登临的鼓楼。

而明州，这座散发着强烈的大海气息的蔚蓝色的港城，从此便有了州治和城市的标志。

从鼓楼往西南眺望，便是那素有“浙东邹鲁”之美誉的月湖。宋王朝的整体南迁，带来了月湖的文化盛世。千年文明，令人叹为观止。当此时，文人士大夫多会聚于此，他们读书讲学，世家宅第林立，书楼讲舍遍布，庙堂寺院众多，园林泉石独幽。明清以降，月湖名人辈出，书香袭人。

我站在鼓楼凭栏远眺，祥和热闹的中山花园旁，是一默如雷的苍水街。张苍水 (1620—1664)，这位明末浙东抗清名将、视死如归的民族英雄，毕生致力于反抗民族压迫的斗争，他四入长江，三下闽海，两遭飓风，不屈不挠地在海上孤军抗清达十九年之久。因叛徒出卖，牺牲于杭州。行刑前遥望南山，一声赞叹，留下三个字：“好山色！”从此葬在杭州南屏山麓，与岳飞、于谦共享日月山河之辉。而他的故居，此刻就在我的视线中，那以他光荣的名字命名的街道上。

再一次正视前方，江北岸最高的建筑物，正是那幢具有典型哥特式建筑风格的天主教堂。钟楼高达三十米，1872 年由法国人苏主教建造。百多年前信仰的传播者们有着与上帝那谦卑的子民完全相反的趾高气扬，自新江桥到老外滩码头一带的水岸线和水面，都算作教堂的产业。法国人还在天主教堂所辖三江口上设卡收费，中国人的船只在水上行驶还需要给外国人交钱。那个担任宁波主教的法国人赵保禄势大盖天，时人说：“宁波道台一颗印，不如赵主教一封信。”

三江口的老外滩是浙江现存唯一能反映中国近代港口文化之地。这百年家国的重要见证地，东临甬江，北接码头，位于三江口北岸。清朝初年，大英帝国曾屡屡觊觎宁波港口，用于鸦片交易的“飞箭船”出没海上。鸦片战争后，宁波被辟为五口通商口岸之一，1844 年 1 月 1 日正式开埠，比上海外滩还早二十年。宁波在中国版图上真正举足轻重的历史，正是从以鸦片战争为标志的中国近现代开始的。

1860 年之后，驻甬的英、美、法三国领事订立协议，甬江北岸发展成英、法、美三国侨民居留区域。有多少事物两千年来闻所未闻，如今突然在钟楼与鼓楼之间冒出：领事馆、巡捕房、银行、洋行、码头、轮船公司、夜总会、饭庄、戏院……我眼前的这座标志性建筑，正是那个时代的见证。

母亲，此刻我面对三江口，重新审视沙氏兄弟家族的革命史，反躬自问，此番我的家国之旅，对沙氏兄弟的认识和十八年前会有什么样的不同，我又会如何下笔呢？

今天再度面对沙氏兄弟，我以为，沙氏兄弟的典型意义，在于他们是在中国数千年农耕文化的背景下，经历中国传统文化熏陶和较为完整的西方现代人文与科学教育，同时又在大时代浪潮冲击下，以马克思主义为信仰，以共产主义为奋斗目标的自觉的中国现代知识分子的代表。我在感受着他们的革命往事时，不由得联想到法国大革命中各种类型的知识分子，尤其是十月革命中以列宁为代表的俄罗斯知识分子。在我看来，他们的革命生涯，充满着那种类似于古希腊悲剧的审美意义；而且，他们的革命也是自始至终充满着文化感的革命。

革命救国，是中国有识之士在“上穷碧落下黄泉，两处茫茫皆不见”的求索之途上选择的一条道路，而沙氏兄弟投入中国革命的文化背景究竟如何，正是今天的我比十八年前更热切希望梳理清楚的。

近现代史上中华民族对革命黄钟大吕般的歌唱，是从邹容的《革命军》开始的。邹容在《革命军》中一开头就给出了“革命”的定义：“扫除数千年种种之专制政体，脱去数千年种种之奴隶性质……郁郁勃勃，莽莽苍苍，至尊极高，独一无二，伟大绝伦之一目的，日革命。巍巍哉，革命也。皇皇哉，革命也。”

这里的“革命”，是天道进步和彻底变革，在政治上则意味着推翻帝制建立共和国。它体现在个人身上是一种全新的道德，对于全人类则呈现出民族平等与独立。

中国近现代史上的这个百年，是人类历史上风云激荡的百年，革命是这个时代的主题。美国耶鲁大学历史系教授史景迁先生在关于近现代中国的历史论述《天安门：知识分子与中国革命》中，对身处其中的中国知识分子的勇气和能力有着深刻的印象。他在书中写道：“在我考察的这些中国人身上，可以反复看到，明知政治行动充满危险却一如既往，生活在一个四分五裂、险象环生的世界上，他们表现出了非凡的生存能力和勇气。”

沙氏兄弟正是具有非凡能力与勇气的革命之子，是那个革命的大时代中杰出的中国知识分子。他们是革命的，也是文化的。母亲，我正是怀着对沙氏弟兄这样的认识，在冬日的寒风里，重访沙村。

沙村，在鄞州东南部的塘溪镇梅溪水库的东侧，三面环山，一边临水，依山势而建。

一路行来，早已没有十八年前的路途颠簸，东钱湖的水光山色，疏朗明丽，村而不野。沿着山路往前走，前方不远处有一个沿山而筑的村庄，这便是著名的沙村。在梅溪水库建成之前，沙村村前有一条小溪叫“梅溪”，村民们世代以梅溪水作为饮用水。就是这条普通的溪水养育出了闻名中外的大科学家童第周、昆虫学家周尧，以及革命的沙氏五杰。

据《沙氏家谱》记载，沙氏家族在南宋时由蜀迁移到宁波，已有八百多年历史。沙村因村民多姓沙，故名。

老山村看上去很普通，人也很少。从村口沿蜿蜒崎岖的小路而行，最高处呈北高南低的院落便是沙氏故居。未到村居中心，先路过一幢楼房，二层楼一字排开，一看就是学校。白墙上一溜标语：“全民健身，利国利民。功在当代，利在千秋。”陪同我的村里人告诉说，这就是著名的沙村文求小学，是以烈士沙文求的名字命名的小学。沙村历来重教兴学成风，近代以来该村出了二十几位教授。另据粗略统计，自恢复高考制度以来，该村有六十余人考入大专院校。

再往前走几步路，便到了沙氏宗祠，这是我上回来时没有见到的。就是在这个宗祠里，成立了鄞县的第一个共产党农村支部，沙文求担任了支部书记。1926年初，沙文求奉党组织之命回到故乡开展农运和建党活动。1926年4月，沙村农民协会正式成立，沙文求在领导农会会员与恶霸奸商开展斗争中，发展了五六名农会骨干入党。5月，中共宁波地委鄞县沙村支部建立，这是鄞县第一个党支部，也是宁波地区最早的农村党支部之一，由沙文求担任党支部书记。

我注意到挂在沙氏宗祠大门上的牌匾，“沙氏宗祠”这四个字，一看就是沙孟海的字体，果然旁边落款为“孟海”。人们告诉我，沙孟海为沙氏宗族子弟，为宗祠题额时是不能写姓氏的。而他的兄弟们则在这所大门里引来了“共产主义的幽灵”，马克思主义和传统文化就如此奇妙地结合在了同样的血脉里。

十八年前去沙氏故居时，就被沙氏兄弟出生之地的气势震撼。这里地处梅岭山脉北麓，背倚青山，面临大溪，峰峦挺秀，溪流清冽。按理说，这是一个小山村，沙家二楼是在被群山环抱的一处洼地上建的，应很容易产生逼仄的感觉。然而奇特的是，站在沙氏故居的天井里，只觉得天风浩荡，群山振奋，天人交感。如此，山竟然产生海的感觉，唤人奋发有为，真不愧是英雄所居之地。

眼前看到的沙氏故居，和上一次我所看到的没有什么两样。沙氏故居建于清光绪二十五年(1899年)，故居院墙以山石为基，青砖为墙。西墙的一侧有正门朝南而开，今天正门的门额上还保留着沙孟海书写的“沙文求烈士故居”匾额，门口嵌一块石牌，上写“沙氏故居”，定眼瞧，是鄞州区人民政府所立。进门便是一幢二进四开间砖木结构的旧式楼房，坐北朝南，建筑面积约四百二十平方米。平面布局由南而北次第升高。前面的一进原来有平房，因白蚁侵蚀已经拆除改为天井，沙孟海亲书碑文嵌在围墙上，记述平房改建的原委。

后进楼房是沙氏兄弟生活过的地方。故居共有二楼，楼下有三间，堂屋正中间悬挂着一幅沙文求烈士的遗像，遗像下面的茶几上放置着一尊沙文求塑像，出自沙氏族弟沙耆之手。

中堂右侧的厢房为接待室，里面悬挂着沙耆亲手画的沙文求烈士油画像；廊柱上挂着沙孟海敬录的毛主席诗句“为有牺牲多壮志，敢教日月换新天”的楹联。还有市、区有关领导为故居所作的题字十余幅。中堂左侧的两厢房内设陈列室，介绍了沙文求烈士的一生。橱窗内有沙文求烈士少年求学及工作时的作业簿、笔记本，有他给兄弟以鼓励并自勉的亲笔信、书籍及农运时用过的刀具等。

故居的楼上，东边一间陈列着沙文求烈士夫人王弥的遗像以及生平事迹介绍，还有一些旧式床、写字台、柜、橱等。西边的一间陈列着沙氏兄弟使用过的一些生活用品及家具十余件。二楼中间两间厢房陈列着大哥沙孟海、三弟沙文汉、四弟沙文威、五弟沙季同以及沙文汉的夫人陈修良的事迹，挂有沙文汉与毛泽东等中央领导同志的合影照，橱窗里还陈列着江泽民同志在上海探望沙文汉夫人陈修良的照片和沙文汉、陈修良作品选集以及他们读过的书籍等。

楼房后面有天井，天井紧挨后山，坡上竹影婆娑，繁花争艳，一株粗壮的银杏树高耸云端，这是沙文求八岁那年亲手栽植的，如今已经干壮叶茂。站在银杏树下，再一次想起了当年正在广州革命的老二沙文求给在上海商务印书馆当编辑的老大沙孟海写的信，信中道：“我们这次破家，实在是一个死沉沉的旧家庭之更新底纪元，使我们的兄弟脱离沉闷的家庭，而奔人社会的或历史的‘中流’的一个好机会。所以这次破家，不只在革命的意义上有重大价值，而且在诸兄弟生活的发展上也有长足的补助。出我幽谷，上我乔木，真是天助我也。”

多少年来，对沙氏故居的许多印象已经模糊，但“出我幽谷，上我乔木”

这八个字却深深地印入我的心中，成为我生活中的座右铭。

我登上山坡，来到银杏树下。好大的树啊！1983 年秋，沙孟海“十年浩劫”后首次回到故居，和随行的四弟史永特意以故居的银杏树为背景拍了照片。乡人告诉我，银杏年年发，白果年年生。为了证明这一点，他们拿了一小包从银杏树上收获的白果送给我，我欣然双手捧过。这是烈士种下的树产的果实，捧着它，就好像捧着烈士的生命。

故居为沙孟海 ( 沙文若 )、沙文求、沙文汉、沙文威、沙季同 ( 文度 ) 五兄弟出生、居住过的地方。

沙氏五兄弟中的老大沙孟海是当代最为杰出的书苑宗师之一，曾担任过中国书法家协会第一副主席、西泠印社社长等职，他积七十余年之功力，精于翰墨，造诣宏深，成就卓著，以雄浑刚健的书风独步书坛。

老二沙文求是早期中国共产党的优秀党员，曾在故乡组织、领导农民进行反恶霸、反奸商斗争，从此点燃了鄞县、奉化两个地方的革命火种，给反动派以沉重打击。1928 年参加广州起义牺牲，时年二十四岁。

老三沙文汉是共产国际的地下工作者，长期从事对国民党军队的策反工作，“重庆”号起义、第二舰队起义都倾注了他的心血。1954 年出任浙江省省长，1957 年被错误地打成“右派”，1964 年含冤而死。

老四沙文威是沙氏兄弟中最早接受无产阶级革命思想的，长期从事党的情报工作，利用沙孟海先生的掩护为党做了许多情报工作，是李克农、潘汉年手下的干才。

老五沙季同从小受哥哥革命思想之熏陶，在家积极参加革命活动。1938 年赴延安并加入中国共产党。1942 年被康生陷害，英年早逝。

特定环境下的特殊经历使沙氏五兄弟成为中国新民主主义革命乃至社会主义革命时期中国知识分子艰苦斗争的缩影。沙氏故居中不仅仅有沙氏兄弟生活的痕迹，更有他们为革命奋斗留下的足迹。

## 四 兄弟共有的家国情怀

我们一般以为，沙氏兄弟一家，除了大哥沙孟海是文化人、大书法家之外，其余一律均为革命家。我们一般以为，革命与艺术是很难同时存在的。革命是暴动，艺术是美；革命是铁血之火，艺术是缠绵之水。我们知道沙氏五兄弟手足情深，但我们多以为那是因为他们乃一母同胞。我们能否换一个角度，从文化背景的共同性上去认识他们呢？

今天看来，文化与审美上的高度共识，正是沙氏兄弟的精神背景。

正是在这次采访之中，我第一次读到了沙文求生前所画的一幅虎图。我几乎不敢相信自己的眼睛，这竟然是烈士亲笔所画。如果烈士不是在二十四岁时就牺牲，那么他一定会是一位才华出众的画家。沙文求的诗也写得极为出色。诗、书、画为中国传统文人必须掌握的基本能力，这些能力，在沙氏兄弟身上表现得尤为突出。

一个家族也有它的家族文化史，这在沙氏家族是非常典型的。沙氏兄弟的祖父沙忠禧，从贫苦中脱颖而出，晚年发家成为富农。父亲沙孝能(字可庄，号晓航)是四乡八里闻名的中医，除精通一般医术外，性喜文学、书画艺术，在诗、书、画和篆刻方面有一定的造诣。而沙氏兄弟的母亲陈岭，则是一个贡生家庭出身的闺秀。在旧中国的乡村，这两夫妻就算是文化人了。

1914 年，被狂犬咬伤的沙孝能不幸病逝，年仅三十九岁。当时沙孟海兄弟五人，最大的弟弟不足十岁，最小的只有一岁。知书达礼的母亲从不放松对孩子的教育。入秋，大儿子沙孟海考入不收学费、伙食费减半的省立宁波第四师范，沙孟海的文学和书法根底就在这时期真正打造而成。师范未毕业，沙孟海的书法在宁波已小有名气了，成了鄞奉一带的书法明星，每有婚丧嫁娶以及吉庆日，求他写对联及匾额者络绎不绝。

1922 年 11 月，沙孟海随带恩师冯君木的诗卷和信件乘轮船赴上海，出任家庭教师，从此迎接他的是又一个艺术新天地。那个历史时期，他所交往和学习的，都是如康有为、吴昌硕这样的大文化人，好朋友中还有宁波同乡陈布雷，这与他后来进了蒋介石侍从室有着十分重要的关系。

可以说，沙孟海是中国近现代史上靠文化谋生的文人典型。从他十九岁始，他的几个兄弟就靠他卖文鬻字养育供读，直至成家立业，这是中国传统文化中长兄如父最经典的解读。

大弟沙文求 (1904—1928) 比沙孟海小四岁，两兄弟气质却完全相异。老大温文尔雅，静如处子；老二壮怀激烈，动如脱兔，自幼个性刚强，尚义好勇。老大从小受父亲调教长大，老二少时就读的是沙村小学。在村里，沙文求是有名的孩子王，经常组织儿童玩械斗性的游戏，而且每斗必要取胜才肯罢休。有时难免有些闪失，其他孩子的父母亲便带着孩子上门告状，母亲总是责备自己的孩子闯祸。村里只要谁家的孩子做了出格的事，沙文求总脱不了干系。我们可以想象少年时代的沙文求漫山遍野到处奔跑、精力过剩的样子。

他的妻子王弥回忆起夫君，说他走起路来总是昂首挺胸，脚步铿锵有力，是个文武双全的书生。当年四弟沙文威体质孱弱，走路身体微弓，沙文求嫌他精神状态不好，常趁其不备，从背后以膝盖顶住他的脊椎，双手扳住他的双肩，向后使劲一拉，令他挺起胸来。四弟经常哭着向母亲告状，母亲拿起扫帚就追打沙文求，他却早已逃得无影无踪。

习武的文人总能高人一筹。沙文求平日精练少林拳术，从不间断，又常阅兵家之书，还曾想报考军事学校来报效国家。

沙文求读书有选择，专爱看史书及历史小说，尤其喜爱看孙武、戚继光等兵家著作，特别景仰民族英雄。乡间私塾儿童游戏，用纸板做孔圣殿，他也做，但中间供的不是孔老二，而是荆轲、聂政等刺客的图像。

物以类聚，人以群分。沙文求在平时的交友中，特别注意接近那些讲道理、有志气、有作为的人，不论是大人还是小孩，但凡发现那些人，都记在自制的小册子上，并且还计划要组织一个团体，把志同道合的人都召集在一起，在社会上发挥一些作用。

王弥从邻村奉化的王家山嫁到沙村，从小裹足。沙文求对这种残害妇女的封建礼教非常痛恨，不止一次在妻子面前指责这种非人道的制度。村里的年轻妇女经常上他家串门，陈述裹脚疼痛难当，沙文求鼓励她们松开裹脚带。日后，凡受不了缠足之苦的姑娘都偷偷地躲到他家里去，松开绑带，暂时减轻些痛苦。

沙文求让我想起了这样一类人，是拉美革命家切·格瓦拉所说过的，当他看到世界上那些人欺压人的情状时，他会气得浑身发抖。在这一点上，中国人沙文求和阿根廷人格瓦拉一模一样。

1920 年秋，五四运动爆发后一年，沙文求由兄长资助，考入宁波名校效实中学。在校时他勤奋好学，尤爱体育运动，精少林拳术，运动会上的长跑、跳高、跳远的冠军或亚军，往往为他所得。他又是校武术队骨干，善使花刀、梅花枪、单刀拐。少年时代，他文武双全的个性与气质已非常鲜明，他能诗善画的家族人文传统已经彰显。1924 年，沙文求从中学毕业，次年春入上海大学社会学系，受恽代英等共产党人的教育引导。学校被查封后，他即刻转入上海复旦大学物理系，不久就加入了中国共产党。1926 年回家乡沙村成立沙村党支部，任支部书记。夫人王弥至死都记得他回到家乡时对她说的那句誓言："眼前就是一扇铁门，我也要将它砸破！"

1926 年暑期，沙文求在上海居住了两个多月。当时正值北伐战争开始，党组织号召青年赴广东支援革命。1926 年 7 月，国民革命军从广东出发开始北伐。二十二岁的沙文求响应共产党关于支援广东革命根据地的号召，从沙村来到遥远的广州，考进了中山大学哲学系，所有生活费都由沙孟海供给。他一面读书一面做学运工作，次年任共青团支部书记，从此再没有回到他山清水秀的故乡。

正当北伐战争节节胜利的时候，1927 年 4 月 15 日，广东的国民党开始捕杀共产党人。事前沙文求已预感到，前一日就在写给他大哥沙孟海的信中说："张静江、蒋介石、戴季陶之与日本帝国主义妥协"，"是反动的预兆"，"完全是要消灭孙总理的联俄、联共、扶助农工三大政策，是要消灭改组以来的国民党之革命精神，是要勾敌以戕我友，是要摧残革命底主人翁农工，是要拉着中国社会到资本主义底路上去，到封建政治——军事独裁底路上去"。

在工作之余，沙文求提笔作画，在一张自画像上，题诗以抒发革命意志，他写道："昆仑为志，东海为心。万里长江，为君之情。飞步东行，愿君莫驻。瞿塘三峡，愿君莫躇。"

正是在如此隐秘和危险的地下工作中，沙文求改名为史永，并和其长兄依旧保持着热线联系。他时常跟大哥通信，并且毫无保留地把自己对时局的认识写在纸上。1927 年 12 月 18 日，他在给大哥的书信中说："天地不仁，以万物为刍狗。近数日来广州无数之生命，无数之财产沦为刍狗。然则谁为之天？谁为之地？是固有人在也！我想为天之天为地之地者，不特对于此次惨劫无所动于心，且将更进而为天之天地之地以照临斯民耳！"

不久，沙文求担任了共青团广州市委秘书长，1928 年 8 月被国民党当局逮捕，被害于红花岗，时年不过二十四岁。

沙文求牺牲前与妻子王弥育有一女，王弥终身未再嫁。二十年后，王弥为他在家乡筑建了衣冠冢。大哥沙孟海书墓联日："苍天不可问，去者日已疏。"而沙文求的战友和弟弟沙文汉则续大哥的墓联赋成一诗："苍天不可问，去者日已疏。白骨今焉在，英魂岂此居。宿仇恨未雪，国贼誓当除。吾志仍如昔，魂其得慰诸。”

站在高大的银杏树下，思索沙文求短暂而绚烂的一生，放眼周遭的群山，都曾留下他为了磨炼自己的意志而登临的脚印。想起他常常一个人到家乡附近的山上去露宿，有一天，他兴奋地告诉大哥：在福泉山上露宿，清晨起来，远处雾气缭绕，太阳从东方升起，他背着阳光，身躯变得又长又大，伸出手去，手影可以撩到几个小山头，真是奇观！

这就是沙文求的情怀！这样一个人物在这样一个时代，正如夜空中升起的灿烂明星，他与生俱来的气势，决定了他那卓尔不群的短暂一生。

相比于沙文求，沙文汉 (1908—1964) 给我们留下的印象要具体得多了。母亲，您应该记得，他去世以后被葬在杭州南山公墓，墓地就在父亲的墓旁。以往每年我们去为父亲扫墓，都会经过他的墓前。您和沙文汉是共同经历过那个时代的风雨的。“反右”那一年您已经从部队转业，分配在地方工作，而沙文汉那时候正是浙江省省长。不久，因为跟在别人后面给领导提了点意见，您的档案里被塞了一条对您极为不利的内容。好在您没被打成“右派”，而沙文汉却被打成中国最大的“右派”，您是知道的。1957 年春天，他陪同周恩来总理在杭州梅家坞的茶山中接待了苏联领导人伏罗希洛夫，几个月之后的夏天，他就被打入另册，几年后即离开人世，年仅五十五岁。

十八年前的沙文汉是以革命者的姿态进入我的视野的，今天的沙文汉则以革命知识分子形象进入我的心灵。十八年前我就读过他十八岁时写给二哥沙文求的诗《大江》：“一波未息一波生，要路多从险处争。百折千回流到海，几时曾见大江平。”如果说那时的阅读角度是革命的话，今天我更深切地感受到的恰是人生。在和平的年代里，这样的诗章依然具有深刻的意义。

沙文汉比二哥沙文求小四岁，他禀承了两位兄长早慧的天赋，五岁时就进入了本乡的梅溪小学读书，并且和他的长兄有着同样的爱好。他爱好诗文、书法，小小年纪就喜欢画梅花。只是八岁那年父亲一病而亡，所以九岁时他就辍学在家务农了。这一种田就是五年，但务农之余，他从不忘记对传统文化的汲取，尤其向往成为尚义好德的英雄豪杰，还写过一篇文章《言志》，乡村老师读后，一言就为他的未来定了乾坤，曰：“此儿非凡。”

沙文汉成年后是一条顶天立地的汉子，可他幼年时却又黑又瘦，被人讥为“小黑炭”。1925 年，沙文汉才十五岁就在学校加入中国共产党，和他的二哥是同一年入的党。1926年7月，十八岁的沙文汉从中学毕业了，大哥沙孟海为他安排好了工作，到青岛明华银行做职员。沙文汉回绝了长兄的安排，却回沙村接替沙文求的工作，担任了沙村的党支部书记。

沙文汉的职业革命家生涯自此开始了。革命因为错误路线的引导，进入了盲动阶段。他的二哥从广州写信来给他，说："雄大的胆量是可贵的，但不要以这一点而自满，应更求技术之精良，增进原有的胆量，更求知识之充实，使在行为上完全和一只猛兽有所区别。猛兽是很容易落陷的，最怯弱的人还是要笑它。"对他的教育颇大。而二哥牺牲之后，沙文汉亦担当起对大哥的安慰之责。兄弟之间手足情深，决没因为革命而绝情，反而更加深厚。他长期从事地下革命工作。艰险的地下革命斗争，使沙文汉常在南京大哥家以养病作掩护。沙文汉一生从来没有被捕过，一方面由于他本人机智勇敢，另一方面正是他大哥沙孟海的保护和支持。

相比于十八年前，我更深刻地认识到了，为什么沙文汉在他生命的最后一站选择了对中国奴隶制度的探讨。我想起了30年代就被沙文汉赏识、80年代被陈修良推崇为思想家的顾准的一段话："历史的探索，对于立志为人类服务的人来说，从来都是服务于改革当前现实和规划未来方向的。"沙文汉在生命的最后时刻选择这样的人文命题，内里蕴涵着对现实深刻的文化批判，是他从多年革命生涯中用生命体验出来的精神遗产。

他探索了中国文化专制主义产生的根源，在深层次上认识与理解了：为什么中国传统上一直实行专制与集权统治？为什么中华民族常常表现出对上的盲目服从的奴性，非常缺乏独立与自由的精神？为什么中国社会中的等级差别制度如此森严，难以破除？

在那段时间，沙文汉"一盏孤灯，一间陋室，一身病躯，一把蒲扇，春夏秋冬，一千多个日日夜夜"，废寝忘食地阅读了大量古籍和马克思、恩格斯著作，研究了甲骨文、金文，做了大量笔记，进行艰苦的精神劳动。正如他给陈修良的信中所说："简直像发疯一样进行持续的苦斗。"1959年上半年至1963年6月30日，历经四载，终于撰成了《中国奴隶制度的探讨》一书，共八万字。半年后沙文汉逝世。这部呕心沥血的著作，被整整搁置了二十年之后，1983年终于在《浙江学刊》上刊出。

相比而言，四弟沙文威投入革命生涯的年纪更小、资格最老。沙文威

(1910—1999) 比三哥沙文汉只小了两岁，也是大哥一手调教出来的。十一岁时，他在大哥沙孟海的帮助下到宁波第四师范附小求学，十三岁考入省立四中，受到学校中一批革命志士的影响，参加了共青团。1925 年任共青团宁波地委组织部负责人。当年冬天，二哥沙文求回到宁波时，沙文威正在共青团宁波地委分管组织工作，兄弟俩促膝长谈，沙文威向哥哥叙述了自己参加革命的决心和看法，告诉他要改造社会非参加中国共产党不可。沙文求表示他早就想参加共产党了。于是，由沙文威向党组织介绍，根据沙文求的表现，经中共宁波地委的批准，沙文求加入了中国共产党。

二哥牺牲的那年他正好十八岁。1949 年后，为纪念二哥沙文求，他将沙文求当年做地下工作时的名字做了自己的名字，改名史永。

少年时代的沙文威参加了学生运动和声援工人罢工活动，后被当局通缉，退避上海，十六岁时便开始了职业革命家的生涯。1931 年沙文威在宁波代课时被捕，转押至杭州省公安局看守所。大哥沙孟海闻讯，焦急万分，因为当时国民党对共产党“格杀勿论”，三年前他失去了最亲爱的二弟，再也不能够失去四弟了，无奈只得求救于朱家骅。后由朱家骅、陈布雷联名致电浙江省主席“查明保释”，侥幸脱险。但沙文威并没有因此放弃革命，1934 年 10 月，他奉调参加共产国际远东情报局工作，是李克农直接领导下的中共情报人员。他出生入死的情报生涯，经受了一次次生死考验，常常是大哥沙孟海使他化险为夷。

1937 年，他在大哥的帮助下进入了国民党的核心部门。当时国民政府从南京撤至武汉，蒋介石特令在军事委员会属下成立一个参事室，聘请各路诸侯中的军事将领出任参事，为最高统帅部出谋划策。蒋介石命朱家骅出任参事室主任，负责组建参事室的工作班子。经沙孟海推荐，沙文威被朱家骅任命为军事委员会参事室干事。1938 年 1 月，沙文威走马上任，直接收发管理文件。偌大一个机关中，夜晚住在机关的只有沙文威与传达室工友两个人。夜阑人静，沙文威从容不迫地把需要的文件一一誊抄，源源不断地送出。时任《新华日报》主编的吴克坚曾多次告诉沙文威：周恩来非常喜欢看你写来的情报……

解放战争期间，沙文威又策动国民党空军 B–24 飞行八大队起义、“重庆”号巡洋舰起义等。从 1949 年 2 月起，史永任中共南京市委统战部副部长兼南京市政协秘书长、南京市人民政府交际处处长、南京市人民政府人事局副局长。1958 年 3 月，他调政协全国委员会担任秘书处处长。1961 年 2 月起，史永任全国政协副秘书长，第四、第五届全国政协委员。1979 年 1 月，史永担任全国政协副秘书长。1983 年 6 月起，史永任第六届全国政协委员、文史资料研究委员会副主任委员。

沙文威一生历经坎坷，但信念坚定，他曾说："我觉得我们五兄弟是幸运的。我们生长在中国大动乱的年代，我们没有站在时代的旁边。我们深信封建社会必然没落，深信半封建半殖民地的社会制度必然会被推翻。"

在沙氏五兄弟中，五弟沙季同 (1912—1942) 的资料似乎最少，我知道 1926 年沙文求回乡搞农运时，沙季同刚刚十四岁。在兄长的介绍下，他参加了共青团，还担任了沙村农会干事。有一次他被恶霸土匪套在麻袋里，威胁要沉江。他的母亲当着他的面对暴徒说："你们杀了我一个儿子，会有四个儿子来报仇。"此事给我的印象最深。这次了解得更多一些，方知被装进麻袋的沙季同，还是被邻村童村的童葵孙——大科学家童第周先生的大哥救下的。

长兄沙孟海惊闻此讯，连忙把沙季同从乡下带到上海，进入上海美专学画，后又把他介绍给著名画家徐悲鸿，师从门下。因画艺长进快，沙季同很受徐悲鸿赏识，创作了《义勇军》巨幅宣传画等一批作品。1938 年末，经沙文威联系，沙季同前往延安鲁迅艺术学院，后随贺龙领导下的八路军一二〇师。师挺进敌后，1939 年在战斗前线入党。正当他以为"抗战的第二阶段一天天接近了"，"我们非常乐观"的时候，延安整风"抢救失足者"运动开始了，他立即变成"国民党派进来的大特务"，因为他的大哥沙孟海是国民党要员朱家骅的秘书、他的四哥沙文威是"中统特务"，而且他又是四哥介绍来的，真是百口莫辩。沙季同成了"不可以抢救的失足者"，有人主张枪毙他，最后把他从部队押回延安交社会部关押。时任中共中央社会部副部长的李克农获悉后，下令释放。经受残酷打击的沙季同突然听到解除审查，不但没有大松一口气，反而突然昏厥倒地，醒来后住进医院，从此精神恍惚，常常在延河边上发呆，谁也不知道他到底在想些什么，有一天竟倒在延河的沙滩边，终以三十岁英年早逝。

我还想在这里告诉人们一段与沙季同有关的感人肺腑的情感往事。沙季同在上海美专读书时，与同校钢琴系一位美丽的姑娘王棣华恋爱，一人画画，一人弹琴，少年潇洒，少女可爱，这是多么浪漫般配的一对。不曾想王棣华的母亲嫌沙季同出身清寒，不同意他们的关系。沙季同去了延安之后，王棣华一直以未婚妻的身份苦苦等他。一直到 20 世纪 50 年代初，她在北京街头偶遇沙文威，才确切知道了沙季同的死讯。姑娘非常难过，1955 年专程来到杭州探望陈修良，从此独自在沈阳音乐学院教授钢琴，终身未嫁。

很久以来，一直使我感到特别不可思议的，恰是沙氏五兄弟的奇特关系。明明是长兄如父，带出了四个兄弟，四个兄弟却毫不犹豫地走上了和长兄不同的道路。正是蒋介石的四一二政变让沙孟海失去了亲爱的大弟，但这并没有妨碍他因生计所迫进入蒋介石侍从室，他的兄弟也不曾因为他的这个身份而与他一刀两断，相反，他们相处得非常好，借此也方便做了许多革命工作。

四兄弟与他们的长兄，在对中国革命的态度上未必是完全一致的，他们的不同亦在交流沟通中坦率地表现出来。沙文求在广州冒着生命危险革命之时，哥哥沙孟海多次写信给他，劝他回上海暂时隐蔽。他回信说："你叫我不要做危险的事情，我想你不必这样说。对于我没有什么关系，对于你是很有损失的，因为这就表示了你的不果断"；"你对于诸弟，尤其是对我，应当促其入险，鼓其前进。故无论你自己能否临阵，但须知你的弟我能临阵。临阵而亡，我且不悔，你更不必悔；临阵而胜，非我之胜，亦你之胜。总之，你是督促者，我是临阵者，事实应该如此。你切不要染溺爱之气，而表示中馁之状态了"。

从这封君子坦荡荡的信中，我们可以看到一方面他们手足情深，另一方面对血缘关系的高度重视亦没有影响革命。在家族亲情问题上，沙氏兄弟身上没有那种非此即彼的阶级斗争学说的烙印，没有那种二元的极端性。革命的四兄弟没有那种极左的缺乏人情味的做派，沙孟海始终就是他们最敬爱的大哥。我以为，把沙氏兄弟如此这般凝聚在一起的，正是文化的力量，尤其是儒家学说的力量，可见中国优秀传统文化中是蕴藏着巨大的人情味和进步力量的。

余生也晚，未曾与沙氏五兄弟有直接的联系，但沙孟海的书法，还是与我建立了某种字缘。我曾经工作过的中国茶叶博物馆，门额上的馆名就是由他所题；出版社因为喜欢他的字，把其中的"茶"字专门选出，做了我的小说"茶人三部曲"的装帧设计元素。1991 年，浙江电视台拍摄由我撰稿的专题片《龙井问茶》，这四个大字也是由沙孟海先生题写的。

我曾经在杭州西湖边建德路浙江省文联工作过一段时间，与建德路相邻的是龙游路。龙游路上有沙孟海先生故居，名之为"兰沙馆"。美丽的西湖近在咫尺，清晨、饭后、黄昏，沙老就到湖边散步，看朝霞落日，看空漾湖山。

兰沙馆又叫"若榴花屋"。其实，若榴花屋原是沙孟海于 1926 年在上海戈登路（江宁路）七百十五号租住的一所小房子，二弟沙文求、四弟沙文威与他同住。两位弟弟都是共产党人，他们经常在家里接待革命者，若榴花屋无形中成了宁波和江浙部分革命者居住、联络或召开秘密会议的地方。由于经常有年轻人进进出出，引起了马路对面英租界巡捕的注意。当时沙孟海在修能学社工作，为了掩护他们的行踪，特地把旧字画、线装书统统摆挂出来，使得看起来不像个进行革命活动的场所。因为庭院中有榴树正开着花，沙孟海给居所起名为“若榴花屋”。

1952 年 6 月，沙孟海已住在了西湖附近的龙游路寓所，想起那段在上海的往事，遂题榜书“若榴花屋”挂于寓所，又篆刻“若榴花屋”印章一枚以志纪念，并作长款云：“丙寅夏，与二弟文求、四弟文威、徐伟、陈逸僧（道希）赁居上海戈登路七百十五号凡四旬。中庭榴树数本，正作花，余颜之日‘若榴花屋’。弟辈五人，时已委身革命事业，此屋曾为英帝国主义者搜索，幸未罹祸。后二三年，文求、伟先后遭本国统治者杀害，逸僧旋亦病卒。今新国肇建，追唯曩迹，已隔二十五年矣！小屋围篱，榴花照眼，宛然如昨日事。用旧名榜西湖新寓，亦不忘在莒意也。1952 年壬辰六月孟海记。”

沙孟海将“若榴花屋”名称的由来表述得很清楚：1952 年农历六月迁居西湖边的新寓，看见围篱内榴花照眼，不禁回想起二十五年前 (1926 年丙寅夏）赁居上海戈登路（今江宁路），庭院中的榴树也正是开花时节。1927 年大革命失败后，同住的二弟沙文求、好友徐伟都牺牲在蒋介石的屠刀下。睹物生情，于是将戈登路居所的旧名用作西湖新寓的屋名。

读沙孟海的这段文字，突然让我想起了建德路另一边的陆军监狱，今天它已经是望湖宾馆的所在地了。1928 年 5 月 3 日，陆军监狱一个被称为“陆判官”的看守，拿着一串钥匙来叫四个共产党人提审。那四人中有一个青年高声问：“今天枪毙几个？”陆判官大吃一惊，钥匙掉在地上，说不出一句话，只把手上的纸递给他。此人潇潇洒洒从从容容从地上捡起钥匙，按照名单一一开锁，把另外三个难友接出牢房，走向刑场。这位年轻人，正是沙孟海提到的那位徐伟——共青团浙江省委书记。在陆军监狱里，他被称为徐玮。

徐玮，曾以那首著名的《灰色马》而在红色历史上留下自己鲜红的名字：“前人去后后人到，生死寻常何足道。但愿此生有意义，哪管死得迟和早。灰色马儿门前叫，我的使命已尽了。出门横跨马归去，蹄声响处人已遥。”

徐玮深受俄罗斯文学和俄国革命的影响，他的诗作《灰色马》正是读了布库林的同名小说后所写。他曾说："中国革命将是很长期的，很艰巨的，将要有好几代人才能完成，所以需要一批批一辈子专门做各种地下秘密工作的职业革命军，像俄国革命一样。必要时便独身一辈子。"

徐玮的遗书特别鲜明地反映了一个职业革命家的英雄气长，儿女情短，抱负远大，不及琐屑之事的气概。比如他给朋友这样写信，劈头论道："操刀必割，来日无多……相知一生，未免黯然……太阳不久出来，黑暗终归消灭……我的停止了工作的身体，本不值一提……腐败的肉体，像痰唾一样，决不要为他花什么气力，用什么鸟钱……"

徐玮是陈修良的入团介绍人。1926 年 8 月 31 日，正是在徐玮的指派下，沙文求和陈修良等一行人去广东参加革命；而徐玮牺牲三个月之后，也就是 1928 年 8 月，沙文求也牺牲在广州。

这些杰出青年的牺牲，给沙孟海的心灵带来的影响，是可以从他的这篇题款感受出来的。正是他的四位共产党人的弟弟以生命投入的革命事业，为他的若榴花屋创建出了最宁静最美丽的环境。

## 五 沙家的女人——"众家姆妈"

关于沙氏兄弟的革命经历，知道的人不算少，但是，在他们革命光环身后的女性们，除了陈修良之外，知晓的人则不算多。然而母亲，我们都身为女性，自然更能体会家与女人的关系。当我们提到家的时候，家中怎么是可以没有女人的呢？没有女人的家就不是一个家了。即便是抛头颅洒热血的革命，也必然有女性同在。沙家的女人就这样走进了沙氏兄弟的生活，与他们患难与共，生死相依。

但凡略知沙氏家族革命往事的人都知道，沙家的男人们是顶天立地的汉子，沙家的女人亦有卓尔不群的传奇经历。在沙家的女人中，要说谁首屈一指，跳出来的必定是一个名字："众家姆妈"陈馥。

我一直就有这样一种愿望，想要再重述一遍这位伟大的女性。十八年前我就知道有一个"众家姆妈"，我甚至把她的某些故事，包括她的某些身世、气质写入我的小说，但我真正了解这位"众家姆妈"，还是今天，重走沙村之后。

从家族关系看，陈馥是陈修良的母亲、沙文汉的岳母；从沙氏家族革命史上看，陈馥为始终如一的革命者；而如果我们要拍一部关于沙氏家族的影视作品，那么，陈馥是一个最好的角度，她应该是那个自始至终的叙述者和亲历者。

“众家姆妈”有自己的真实姓名，她姓袁，名玉英。她的丈夫姓陈，旧中国的妇女结婚后一般用丈夫的姓冠名，袁玉英嫁人后就成了陈袁氏。一般人表示对她的尊敬，则称呼其为陈师母。1925年五卅运动后，她投身于革命运动，成为所有革命者的母亲，因此被称为“众家姆妈”，她自己的名字反而没有人称呼了。

1939年7月，她在上海出资租了一处房屋，作为共产党江苏省委机关，户口册上需要名字，出于地下工作的需要，“众家姆妈”临时取名陈馥，“馥”与“福”谐音，这名字就一直沿用下来了。

说起来，陈馥并不是出身于无产阶级家庭。她的父亲也算是个有钱人，还是个举人，但他无意仕进，且追求财富，也算是个“宁波帮”里的人物吧。

陈举人在宁波开设当铺、钱庄、药店，有许多房屋、土地和现金。照他的外孙女陈修良的叙述，她的外祖父算得上是“一个有名的守财奴”。

这个“守财奴”除了爱财如命之外，还重男轻女，道德败坏，甚至逼迫他的妻子，也就是陈馥的母亲自杀身亡。陈馥是他的三女儿，自然就非常痛恨这个不人道的专制的父亲。好在幼年时还能够追随在她的祖父身边，攻读诗书。但好景不长，十七岁时，凭着媒妁之言，嫁给陈修良的父亲为继室，从此她就再也没有踏进自己的娘家。

“众家姆妈”断了自己的娘家路，却成了许多革命者的干娘，她常说：“为富不仁。宁可贫贱也不能去仰仗富豪的鼻息。”

作为一个女人，陈馥实在称得上是红颜薄命。嫁了一个不第秀才，生了一对双胞胎女儿后不久，年纪轻轻的丈夫就去世了，从此守寡一生，抚养女儿，从一个封建家庭到另一个封建家庭，度过了她的青春。

年轻的寡妇陈袁氏从不讲究修饰，穿玄色衣裳，吃粗茶淡饭。家有房屋、商店、土地等，但主持家政的则是婆婆的婆婆，她是个孤孀。公公早已去世，因此婆婆也是寡妇。这三代孤孀守着几个儿女度日，本来还是可以满足温饱的，不承想婆婆的婆婆竟然是一个残忍而又变态的女人，因为她的孙媳妇陈馥生下一个男孩，她怕孩子长大了要继承遗产，便买通接生婆把孩子淹死在水盆中。

后来她又变卖了许多不动产，家境渐渐衰落。她的孙子，也就是陈馥的丈夫因此受刺激太深，竟抛下妻儿忧郁而死。

总算又熬了几年，曾祖母逝世，大家族分家。陈馥这一家全靠她的勤俭和祖上的薄产度日。家族中的土豪劣绅见孤寡可欺，便与其夫与前妻所生之子串通，变卖家产，强取豪夺，以致涉讼。讼事不能迅速了结，弄得家无宁日，后来连家中的什物也被陆续抢走，最后连老屋也被他们私卖了。如此内忧外患之际，陈馥的父亲突然打上门来，要这个嫁出去就不曾见过面的女儿登报声明脱离父女关系，因为他认为女人抛头露面、对簿公堂是最不体面的，所以只好出此一策。陈馥二话不说，拿起笔来立即在声明上签字，她说："我们本来没有关系，一刀两断吧！"

陈馥识文断字，喜欢读书。陈修良童年时，母亲经常讲白莲教、红灯照和义和团农民运动的故事给她听，从不教她学刺绣、缝纫、编织，只要她学诗文，读书明理，还不知道多少次吟诵秋瑾殉难时所吟的诗句"秋雨秋风愁煞人"，使人感动神往。陈家是世代读书人，有许多藏书，陈馥喜欢看《三国演义》《红楼梦》《水浒传》等小说，还读生理卫生书籍，这些科学书是从牧师、教师那里取来的。她很想学科学，可惜命途多舛，只好望洋兴叹。陈家订有报纸，五四运动时，她受爱国民主运动的影响很深，对时事很感兴趣。从五卅运动开始，她就投身于革命。

1924 年，宁波发生了反基督教运动，中共派张秋人到宁波建党，领导群众反帝运动。1925 年 3 月，中共在宁波开办了启明女子中学，这是宁波地委的所在地，也是宁波反帝反封建斗争的大本营。启明女中最初设在醋务桥，学生四五十人。5 月，上海爆发了五卅惨案，启明女中首先响应，全校学生罢课，上街游行，进行反帝宣传，积极参加宁波各界的五卅运动。陈家母亲和两个女儿一家三口全都参加了运动。

五卅运动后，陈修良被女师与地方当局开除学籍，到外地求学。陈馥和陈修良的姐姐仍然留在宁波，师生们经常找已经入团的姐姐，陈家就成了党团的活动场所。一开始大家都跟着大女儿叫陈馥为"姆妈"，后来又不约而同地叫她为"众家姆妈"，意思是众人的母亲，所以，从 1925 年开始，陈馥就被人们称为"众家姆妈"了。

从 1926 年开始，陈馥在宁波的家就成为中共地下工作站，是地下党开会、接头和印刷秘密文件的场所。她甚至把革命行动延展到了杭州，1927 年，她在杭州荷花池头租了一所房子，作为中共浙江省委机关。这样，杭州、宁波两地房屋都由她出面租赁，未引起敌人注意。

陈馥可以说是共产主义运动在浙江的核心层工作人员，但她竟然没有入党。1927 年北伐胜利时，有不少人是劝她入党的，她则认为不入党比入党更能为党工作，且更能安全地为党工作。后来的事实证明，她的预见是正确的，在国民党大规模“清党”和屠杀共产党员时，因为陈馥没有暴露身份，得以继续为党工作。

1927 年 4 月 11 日，国民党“清党”大屠杀的序幕拉开，杨眉山 ( 市党部代表 )、王鲲 ( 总工会代表 ) 被国民党扣押。当夜，共产党会议通过决议，决定次日在小教场召开市民大会。正在此时，“众家姆妈”左臂缠着白布来到会场 ( 培英女校 ) 报告国民党反动派叛变的消息。原来陈馥通过关系，探知司令部即将派人去搜捕全城的共产党员，并实行宵禁，没有白布缠臂的一律扣押。她立即向党的机关送信，但在地委机关内找不到负责同志，急得她到处寻找，当她找到培英女校时已是深夜。她带来白布条一束，说有此可以通行无阻。这次事变，“众家姆妈”首先获得情报，宁波党组织得以紧急应对，迁移机关，隐蔽干部，没有遭到大损失。

为营救杨眉山、王鲲，陈馥奔走呼吁，佯称杨眉山是她的家庭教师，王鲲是表侄，她本着慈善心肠要求探监。当局信以为真，只许送东西，不许保释。6 月间，敌人决定杀害杨、王，而且用刀砍头，恢复了封建王朝最野蛮的屠杀人民的极刑。陈馥得此讯，悲痛至极，在行刑之前亲自送进丰盛的酒肴与两位同志告别。党组织写了“坚如钢铁，重如泰山”八个大字的小纸条，陈馥用锡纸包好，放进鱼嘴内送进牢中。杨、王二烈士终于死于敌人的屠刀之下，他们的遗体由陈馥出钱收殓，还以济难会的名义给他们的家属送去了安抚费。

1928 年，“众家姆妈”自己也被捕了，被抓进了杭州陆军监狱。她的被捕不是因为她的不谨慎，而是因为她那丈夫与前妻所生之子的诬告，罪名是她为共党五省妇女部长。因为她根本没有加入共产党，所以关进去后就把架子做得很大，好像一位有钱人家的太太，经常有律师来探监。一些政治犯以为她是敌人派去的暗探，不敢接近她。她在牢内毫不畏惧，十分镇定，没过几天就被律师保释出来了。此后，她更大胆地为了共产党的事业奔走于沪、杭、甬间，始终未被敌人发觉。

1932年，因为叛徒告密，她的女儿陈修良和女婿沙文汉差点落入敌手，两人只得决定流亡海外，转移到东京。他们在国外的费用全部由陈馥承担。

谁也不会想到，此时她手中意外地有了一笔钱款，竟然还是她父亲死时分得的遗产。

她父亲本来早已登报宣布同女儿脱离父女关系，可是在病危之际，这个死要面子的前清举人却预先写好“生赠据”，分好了他的财产。原来这个封建富翁一生积蓄钱财，目的是为了给儿子。他怕女儿在他死后依法起诉，要求子女平等分配，所以在断气前一定要亲自处理。他留出十万元银圆，四个女儿分享一份，每人得两万五千元。

陈馥对女儿说：“我并不想做资本家，但钱是有用的，能拿多少就拿多少，不能诉讼，速战速决为上策。万一出事，得不偿失。”就这样，她回到了她永远不想回去的娘家，见了她痛恨的父亲，同意“生赠据”所写的内容，并且签了字，汇了两万五千元现金到上海。她拿了这笔钱作为革命的活动经费，首先是用来作为女儿女婿的“逃难费”。

这个沙家女人是如何度过一生的呢？从1930年开始，陈馥就患了严重的青光眼，右眼在长期艰险的生活中不知不觉已完全失明，左眼轻一点，但也几乎失明。时常有可能被捕和牺牲，但她毫不畏惧，经常备有一个小包袱，内有日常用品和钱钞，万一发生紧急情况，她就带着一生追随她的保姆阿黄姐和外孙女沙尚之一同出走。

1949年5月，上海终于解放。陈馥的神经因为长期过分紧张，功能失调，血压也很高，猛一听解放军终于进入市区，如释重负，顿时全身神经麻木，足足有半年时间，患了神经性胃病，一吃就吐。她说：“一生的希望是中国人民能从帝国主义和军阀、官僚资本主义的压迫下解放出来，现在终于解放了，胜利了，我可以瞑目了。”

作为一位中国的女性，革命不仅仅是抛头颅洒热血，那是要比牺牲生命更为崇高的奉献。这些中国最卓越的女性，在感情上付出了怎样的代价，又有多少后人知晓呢？

陈馥的命运和她女儿陈修良的命运交错相融，不可分割。而陈修良的命运又和沙文汉的命运交错相融，不可分割。然而，我们很少提及与陈修良一母同胞、同辰共生的另一位早期的共产主义者陈维真。

1907 年，就在“鉴湖女侠”秋瑾就义不到一个月之际，陈馥生了一对双胞胎，陈维真是姐姐，陈修良是妹妹。双胞胎少女时代都参加了革命。1925 年，陈维真在宁波上中学之际就加入了共青团。大革命失败之后，她随同母亲一起来到上海，帮助党组织和团中央机关搞地下交通与联络工作。

而陈修良革命道路的跑道却是从文化开始的。十五岁时陈修良成为她同学家庭教师的学生，这位老师正是大名鼎鼎的沙孟海。接着，她就成为老师的四弟沙文威的崇拜者，因为那时的沙文威已经是宁波的学生运动领袖，她理所当然地加入了共青团，介绍人为中共党员徐伟。然后，又因沙家老四沙文威的关系认识了沙家老二沙文求。1926 年她与沙文求结伴到广州中山大学求学，在那里，她的革命之情开出了第一朵浪漫之花，她认识了当时的共青团广东省委机关杂志《少年先锋》总编辑李求实 ( 又名李伟森，1903—1931)，并与他建立了恋爱关系。1927 年，在武汉，她由向警予介绍入党，并成为向警予的秘书。1927 年冬，受党组织派遣，二十岁的陈修良到苏联莫斯科中山大学学习，而李求实则被派往广州担任团中央南方局书记，短暂而又甜蜜的爱情从此不再重现。两个月后，因反对左倾盲动主义而受到党内错误处分的李求实回到了上海，在“众家姆妈”陈馥的帮助下开始翻译苏联文学，并负责主编党报与《上海报》。

就跟我们从书本与电影里看到的情况一模一样，组织上常常会把不相识的男女青年凑到一块假扮夫妻，然后就成了真夫妻。李求实也是这样，为工作方便，1928 年，经组织批准，他与秦怡君结婚。三年之后李求实牺牲，名字与“左联五烈士”列在一起，年仅二十八岁。

陈维真那时候也结婚了，她的丈夫杨善南 (1904—1932) 是老资格的共产主义者，一位帅气的中国优秀青年，1923 年在北京就加入了中国社会主义青年团。1927 年以后和陈维真结了婚，曾担任广东东江特委书记。1932 年 10 月被围捕时牺牲，当时陈维真也在东江，在老乡的掩护下，一年以后回到上海。

而妹妹陈修良的婚姻，可以说比小说更加曲折，更加惊心动魄。

作为陈馥的女儿，陈修良不可能不继承母亲血脉里的那份叛逆因子，她的一生都在内忧外患中度过。二十岁的陈修良来到莫斯科之后，因为反对王明路线遭到打击，年轻的姑娘最需要有人在精神上给予安慰，一个名叫余飞的男人此时就出现在她的面前。工人出身的余飞有着非常革命的身份：中共驻共产国际代表团成员、职工国际常委，这些都是陈修良看到的，陈修良不知道的却是余飞在安徽老家已有妻室的事实。恰好这时陈修良得知李求实已经结婚的消息，同年秋天，陈修良与余飞结了婚。转过年来，1929 年 6 月，陈修良生下了一个女孩子，给她取了一个名字，集父母的名字在其中，当时的陈修良名叫陈逸，所以女孩子就叫余飞逸逸。

1930 年，苏联开始“清党”，陈修良几乎遭到王明帮手康生开除她党籍的处分，因为陈修良曾起草了一份反对王明的宣言……同年余飞和陈修良回国了，孩子太小，只得留在了苏联，这一留就是二十六年，直至二十六岁之后，她才以苏联公民的身份来到中国。

转眼间到了 1932 年，当时的沙文汉和陈修良都因为遭到王明领导集团的排斥而停止了工作。这些职业革命家，没有工作就没有津贴，他们过着饥寒交迫的生活，沙文汉因此得了很重的病。夏天，沙文汉带着大哥沙孟海的介绍信，要去安徽安庆的安徽省教育厅工作，临行前到了上海陈修良的居所与这位同乡兼战友告别。那天晚上，夜雨敲窗，令人百感交集，因陈修良之请，沙文汉作《初夏之夜蜗居饮别》一诗：“寂寞应怜意境同，风尘何处盼重逢。三更雨打芭蕉绿，莫管明朝尽此盅。”

正是在那次告别时，沙文汉从陈修良处知道了她的丈夫余飞也在安庆，就住在城内的三官塘家里，所以沙文汉一到安庆就去找了余飞。余飞见是妻子家乡的熟人，又是组织里的人，自然高兴，两人交往也很密切。谁知没过多久余飞就在安庆被捕，并且很快背叛了组织，不但供出了沙文汉的住处，还供出自己的妻子陈修良在上海的住处。

敌人来抓沙文汉的时候，沙文汉还什么都不知道，幸亏遇到了有良知的同事，他们及时通风报信，他才得以脱身。直到这时候他还不知道是余飞出卖了他，无处藏身的他，径自跑到余飞妹妹家中暂避。幸亏余飞的前妻、共产党员梅彬也藏在那里，告诉沙文汉余飞被捕并供出了沙文汉和陈修良的消息。沙文汉听后立刻就发电报给上海的陈修良，陈修良这才得以逃脱。

此时的余飞已经被国民党押到南京并登报脱党，接着就带着国民党跑到上海抓捕陈修良。沙文汉这时候已从安庆逃脱回到上海，在陈馥的帮助下，沙文汉与陈修良在上海四处搬家，逃避警察，处境真是万分危急，至于那心灵的煎熬就更不用说了。要知道欲置陈修良于死地的，不仅是她的丈夫，还是她孩子的父亲啊！

陈修良痛恨余飞对自己感情的欺骗，更痛恨余飞对党的背叛。那个时候的革命者就是那么透明，她立刻就向中央写信，声明与余飞彻底脱离关系，而沙文汉也于这时通过好友找到了党组织。

两人之间的爱情关系是什么时候产生的呢？也许就在那躲避背叛者追捕的日日夜夜中萌生的吧？这才是经过血与火的考验诞生的爱情。他们俩决定一起到日本找党组织去。也就是那年年底，在陈馥的主持下，这对患难儿女正式结婚，从此生死与共。

我们已经知晓，他们出国的费用，是陈馥从她那个无情的父亲遗产中得来的。陈修良的出国身份，则用了她的姐姐陈维真。她用了姐姐的名字，还用了姐姐同德产科学校的毕业文凭。此时他们的姐夫杨善南刚刚牺牲，姐姐还在被追捕和逃亡之中。而仅在一年前，陈修良的初恋情人李求实刚刚在上海龙华英勇就义。

如此惊心动魄的革命生涯，如此密集的情感的煎熬，陈修良终于找到了沙氏兄弟中的那一个——沙文汉。是的，老大是先生，老二、老四是同志，唯有沙文汉，他是最亲密的同志加爱人。

以后的革命生涯依旧出生入死，但在情感上陈修良是幸福美满的。他们就如忠诚于革命一般地忠诚于爱情，忠诚于家庭。抗战时期陈修良出任中共江苏省委妇委书记、华中局机关报《新华报》主编、华中局城工部南京工作部部长，而他们唯一的孩子——女儿沙尚之，也在 1939 年烽火连天的抗日战争中诞生。解放战争时期，陈修良出任中共南京市委书记（地下），她与她的夫婿沙文汉长期从事地下工作，策反国民党空军 B–24 飞行八大队、蒋介石“御林军”九十七师、“重庆”号巡洋舰、伞兵三团等，对配合京、沪、杭解放作出了重大贡献。1949 年以后，沙文汉任中共浙江省委常委、浙江省省长；陈修良任中共南京市委组织部部长，上海市委组织部副部长，浙江省委宣传部副部长、代部长。

那么，她亲爱的一母同胞的姐姐陈维真呢？

1935 年，沙文汉夫妇从东京回上海后，通过一位叫徐承志的鄞县老乡加革命同志，终于接上了与中央特科情报系统的组织关系。这位职业为机电工程师的徐承志可是个资深的共产党人，1924 年在上海加入中国共产党，1936 年在延安接受了斯诺的采访，他正是《西行漫记》中那位精通英文与德文的姓朱的电气工程师，斯诺称他为“卓越的、严肃的共产党员”，“以殉道者和宗教家的精神，走上了一条传奇式的道路”。他从延安回到上海，为的是购买延安所需要的机器。1938 年，他做了陈馥的女婿，与陈维真结婚。婚后两人一同前往湘潭、桂林等地从事机器制造工作，自己出资办工厂支持抗日。1944 年，陈维真，这位毕业于产科学校的卓越的女性，以三十七岁的年华，在战乱中难产，不幸死于桂林。

都说革命流血不流泪，其实怎么可能不流泪呢？不过因为常识告诉我们血浓于水，我们便更记得革命流了多少血，却未必记得革命流了多少泪罢了。也许相比于鲜血，眼泪毕竟分量太轻了吧？其实革命者的血中有泪，革命者的泪中有血，革命者的血泪，原本是不可分割的啊。

1955 年初，陈馥来杭，与已经身为浙江省省长的女婿一家团圆，她说：“这不是衣锦还乡，只是暂时来玩玩的。”上海故居中的日常用品全部原封不动。革命老妈妈的这一举动实在英明，两年之后女儿女婿全都成了“右派”，在杭州的家被拆散了，幸而尚有上海的故居可以安身。11 月间，陈馥终于走了，那天下着雨，她与保姆阿黄姐同坐在三轮车上，忽然一面伸出一只手来握别，一面说：“我要阿福。”阿福正是女儿陈修良的小名。这声调是凄凉的，包含着生离死别之感。雨还在下个不停，好像苍天也在为人们的生离死别流着同情之泪！从那以后，她就再也没有见过女婿沙文汉一面。

1966 年，“文化大革命”开始，女儿陈修良被打成“牛鬼蛇神”关进“牛棚”，不许与家人通信，不许吃糖果，只许吃食堂的剩羹冷饭，因此胃病大发，后来成了严重的浮肿病，四肢麻木，病情严重，只得请求“群众专政司令部”允许，向母亲写了一封信，请她买针药治病。母亲很快给她买了许多药，陈修良终于没有病死，双目失明的老母亲又一次救了自己的女儿。

陈修良的女儿沙尚之 1963 年在北京大学化学系毕业后，分配到吉林化工厂当技术员。“文化大革命”中，她成了“臭老九”而被批斗。那里的武斗是出名的，真刀真枪，大演全武行。陈馥心挂两地，深恐她的外孙女死于非命，弄得非常不安，血压更高。1974 年，沙尚之调到上海，回到外婆身边。但次年 7 月间，陈馥忽然因脑血栓昏迷过去，8 月 4 日病逝于华山医院，结束了她坎坷的一生。四年之后的 1979 年，陈修良被彻底平反。1982 年 11 月，沙文汉的平反道路最终突破阻挠，亦得到彻底平反。

女儿深深遗憾的是，母亲陈馥没能活到“四人帮”被粉碎之后，没能看到十一届三中全会后女儿女婿都得到平反的那一天!

1998年11月6日，陈修良逝世，她的骨灰于1999年11月从上海迁到宁波东钱湖畔沙孟海书院万柳园，与沙文汉合葬。

2005年年中，我到上海参加由上海文艺出版社出版、黄仁柯所著的《沙孟海兄弟风雨录》作品研讨会，正是在那次会议上，我见到了当代沙氏家族的女性代表沙尚之。

1949年5月26日，沙文汉与女儿阿贝(沙尚之)在上海街头迎接解放军进城时，阿贝指着“打倒蒋介石”的标语问爸爸:“这不怕杀头吗？”沙文汉自豪地告诉女儿:“为了实现这个目标，我们奋斗了整整二十二年。什么样的苦没有受过？什么样的难没有遭过？现在，我们终于胜利了，我们终于可以当着千千万万老百姓大声地喊：打倒蒋介石，解放全中国！我们解放了，今后不怕被杀头了！”

就是这个沙尚之，这位高个子的瘦削的女性，她在那次会议上的发言给我留下了非常深刻的印象，她说:“父辈们生于忧患，长于战乱。我们要记住：在那个时代曾涌现过一代有理想、有奉献精神的热血青年、革命知识分子。这些人是我们民族的脊梁，他们在过去的百年中饱受种种苦难与折磨，他们就是鲁迅先生所说的，为了使后代走出黑暗而自己扛起地狱闸门的人，我们决不能忘记他们。”

在我看来，她正是沙氏家族血脉的继承者，在她身上，很纯粹地保留了父辈的理想。在她的言谈中，我读到了她的上辈的精神，他们的气质与风采。在今天，这样的人，这样纯粹的灵魂，已经甚为罕见了。

## 六 沙村藜斋的沙耆

现在，我把我在沙村的目光略微再放远一些，投射到沙氏兄弟的族弟、大艺术家沙耆(1914—2005)身上。如果说十八年前的沙村之行有什么值得庆幸的话，那就是在不经意间我步入了藜斋，亲眼目睹了当年沙耆画在板壁与墙上的许多油画作品。这些作品在一年之后就被台湾文化商人买走，全部运到了宝岛台湾，成为价值连城的珍贵艺术品。后来的许多人，只能在书报杂志上看到了。

同样，如果说十八年前有什么遗憾的话，也就是我没有在《革命行》中留下沙耆的身影，这是我在今天务必要添补上的。在埋没了半个世纪之后，人们惊喜地发现了沙耆，他的作品如横空出世，好评如潮。

今天的人们往往把沙耆称做“中国的凡·高”。这位“中国的凡·高”，恰是在革命的炼狱中诞生的。“昔闻塘溪人，今上沙耆楼。”这是沙耆常写的诗句。我还能清晰地记得当年步入藜斋观看沙耆油画作品的情景。

藜斋离沙氏故居其实只有几步之遥，这是一幢三开间二楼的民居，前有天井，后有花园，依山势而建。从这座建筑，可以想见这里曾是个殷实人家。依楼梯而上，两边是由杉木板构筑而成的墙壁。行前就有人压低声音告诉我们，楼上有裸体美人画，是沙氏兄弟的一位族弟所画，他是一位著名的画家，可惜疯了。

走上楼梯，立刻就被板壁上的大油画击中。印象中凡是能画的地方都被油画占满了。那一幅幅油画大作，一屏一幅，高约两米，全是裸体的美女画。其中有一幅裸体仕女骑马图，是陪同者特意指点给我们看的。那年轻女子的美丽脸庞微微侧向一旁，迷茫而忧伤的眼神流露出她那孤独的心思。而美女那优雅的姿态、柔顺的体形不失为温婉而抒情。

据说当初完成这些裸女壁画的时候，整个山村轰动了。消息流传到外面，一拨一拨的人慕名前来观看。这些作品竟然能够躲过“十年浩劫”，实在是个奇迹。听说“文革”中有人闯进藜斋，要捣毁“黄色”壁画，顿时触动了沙耆的神经，他怒目圆睁，拿起屋檐上的瓦片一片片地砸了下去，吓退了“造反派”，壁画竟然就此得以保存下来。

十八年前我去沙村时，沙耆还活着，但已经被邻村一位青年接走了，我们未能见着。许多年后，沙耆再次成为轰动性人物，我也才知道，当年我亲眼目睹的那些作品，已经被台湾一位酷爱沙耆画作的商人花高价卸下购走了。

这次重访沙村，再进藜斋，虽然没有机会再睹大师作品，但亦发现了许多上一次未曾关注的画家留下的艺术细节。天井前面的墙上还留有沙耆生前信手涂写的字画，文字有中文也有外文，最为醒目的是一匹朱红色的飞马，看着这幅欲破墙而出的飞马图，我们体会到隐居沙村的沙耆不甘沉沦的心态。这些“壁作”应该说至少也有二十多个年头，日晒雨淋仍不褪色。我们在村人的引领之下，还赏读了“流落”在民居墙头的三幅老虎图，虽然墙面斑驳，但挺立于石岩上的老虎仍是鲜活威猛。

不过，今天的我读沙耆，更关注的是他在那样一个大时代中的命运。在那样一个如火如荼的时代中，革命与艺术之间会呈现出什么样的状态呢？

沙耆是沙孟海的族弟，沙耆的父亲沙仔甫从小在沙氏兄弟家长大，直到结婚前一天，沙仔甫还睡在沙孟海家。沙仔甫比沙孟海大十五岁，从小把他抱大，背他到童家岙看戏，到外面吃饭，这样的密切关系，一直延续下来。

沙仔甫和沙孟海一样，也在上海打拼，也成了卓有成就的画家，主攻广告，挣了钱，发了财，就回家来盖了新房子。新房子取名“藜斋”，这还是沙孟海帮助取定的，借了古代孔子的学生子路的故事。子路年轻时家里很穷，他母亲到百里以外去背米，自己吃的是藜藿之食。到子路发达做官了，母亲已去世。沙仔甫的情况也是那样，他发了财，他的母亲却已经死了。为纪念这段身世，取名“藜斋”，沙孟海为此还写过一篇《藜斋记》。

有了钱，沙仔甫与人合股办了民丰纸厂和华丰纸厂，民丰纸厂的董事长是杜月笙，沙仔甫当了总务主任。沙仔甫在杭州华丰纸厂待的时间更长，大约有十年，一直到抗战后才回到乡下。

1914 年出生的沙耆，原名沙贤菖，字引年，沙耆是沙孟海为他取的艺名。他比沙氏兄弟中的老五沙季同小两岁。1933 年，他们一起就读于上海美术专科学校期间，沙耆因参加抗日救亡等进步活动被捕，以“危害民国罪”被判刑一年，经保释后由沙孟海推荐师从徐悲鸿学画，被接纳为中央大学艺术科旁听生。

被捕入狱一事，对沙耆影响十分大，随着年龄的增长，阴影终于堆积成了心魔，控制了他的后半生。

然而当时年轻的沙耆却乐观向上，才华横溢。徐悲鸿发现沙耆的绘画才能，有意推荐他赴比利时国立皇家美术学院自费留学。沙耆是 1936 年 12 月从上海离境去比利时的，两年之后，同样是上海美专学生、同样师从徐悲鸿的沙季同去了延安鲁艺，从此开始了他们各不相同的人生之路。

出国之前，沙耆已经结婚，他年轻的妻子也已经怀孕。这位新嫁娘做姑娘时便是一位有主见、能干、独立的知识女性。她在中学读书时，就因参加学生会组织的学潮与军警搏斗受伤而被其父亲勒令退学，休学期间，经朋友介绍与沙耆认识。1936 年 4 月，他们在杭州西湖饭店举行婚礼。11 月初沙耆决定出国，新婚妻子已有了身孕。

从1936年4月结婚，到1937年1月沙耆出国，只有八个月，其间两人共同生活不足四个月，就这样分手了，当时妻子只有十九岁，没想到这一别竟是永诀。

1937年春，沙耆入比利时国立皇家美术学院，师从该院院长、大画家勃斯梯。沙耆于1939年毕业时，成绩优异，在比利时美术宫举行的授奖仪式上，他的油画、雕塑及素描皆获第一名，并且获得艺术界不易得的“至高美术金质奖章”，由比利时首都布鲁塞尔市市长马格斯亲授，引起比利时美术界的关注。

沙耆毕业后，在比利时已享有盛名。正值第二次世界大战期间，交通梗阻，不能回国，为求深造，沙耆继续留比学习。1942年，沙耆画展在比利时美术馆展出，皇后伊丽莎白亲自选购沙耆杰作《吹笛女》珍藏。

留学十年，沙耆对祖国的热爱通过他具有浓郁的东方艺术特征的绘画得以体现。1944年9月7日，比利时艺术家展览会庆祝反法西斯伟大胜利，各报遍印胜利国国旗。当时中国外交人员尚未到达，比利时人士又受德国反宣传的影响，竟悬上了伪满洲国的“国旗”，沙耆见此情景十分气愤，立刻亲绘国旗送往报社，报纸也立刻更正，并具函谢其热忱。1945年10月10日，沙耆举办个人美术展，所画《雄师》一幅，以中国驻比大使馆及旅比侨民名义献赠祖国。当地报纸评论道:“此画足增中国的光荣，在此展出，尤足体现中比两国的友谊。”

1946年10月31日，沙耆乘法国邮船“桑对号”回国。徐悲鸿先生时任北平艺术专科学校校长，闻讯十分关心，即约聘他为该校教授。但沙耆那时精神病复发，1947年回归故里，由母亲照料，从此埋没乡间。

时代、革命、艺术与个人的命运，在沙耆身上有着更为激烈的显现。

沙耆唯一的儿子沙天行是1937年5月出生的，此时沙耆已经在比利时画室中追随他的缪斯去了。7月抗战全面爆发，8月上海沦陷，沙天行的母亲带着他逃难回到沙村。战争造成大批难童无家可归，成为当时一大社会问题。沪甬一带有竺梅仙先生募捐成立的国际灾童教养院，由沙仔甫负责筹建，选址在奉化楼隘泰庆寺内，沙天行的母亲在校内兼课。

1939年底教养院有一位老师离开教养院参加了革命，此事影响了沙耆夫人。她只身去了上海，找到沙文汉，要求介绍她去延安或皖南参加革命。沙文汉要她先学点技术再说。为此，她报考了上海无线电工程学校学习收发报技术。

1941年12月太平洋战争爆发前夕，沙耆夫人参加了新四军，分配在报社电台部接收新华社新闻电报，后来给家里人硬找了回去。1943 年沙仔甫离世，临终前他把家业托付给了年轻的媳妇，说不管沙耆今后是死是活回来还是不回来，一定要把孩子带大。但媳妇想参加革命的愿望越来越迫切，1945 年，她回到沙村藜斋安顿好婆婆和孩子，于 1945 年 6 月，经史永介绍，带着自己的妹妹一起投奔皖南新四军革命根据地。

动乱的年代，革命的洪流，呼啸前行的浪潮中，多少人的命运被冲击得离开了自己原有的轨道。1945 年 3 月，沙耆夫人在上海友人家中发现沙耆准备回国办画展的信，这才知道丈夫要回来了，为此给沙耆发去一封信，信中说："记得在欧洲战争初期时曾有很多信经红十字会给你，同时由红十字会收到你的来信，只有仅仅的二十五个字，以后就没有了消息，到现在又快四年了吧！大家在相隔万里的路程中，各尽各的本位，做各人的工作，但是世界是在不断地进步。这次战争教育了人民，人民赢得了战争，赢得了和平……在这样的时代中，我希望你也还在跟随着时代进步，用你的艺术为人民大众服务……希望你是一个进步的富有革命性的艺术家，不是平常的艺术家。我现在工作与文元和道希一起，你一定可以猜想我是如何工作了。天行我已把他带到我工作的地区，那边有理想的小学和美好的教育，是十年前你曾憧憬过的环境。我们现在是很快活地在过着。文元、道希和文溶都巴不得您早回国，他们会代你布置你发挥艺术的地方，保证你可以满意。大哥和大嫂又重新回到了南京，大哥还有信寄给你，要你回来，但是我却盼望你走向文元的地方……如果走向大哥的地方，我们间一定是越来越距离远的，到那时除了离婚不足以解决一切……"

这里的文元和道希，即沙文汉和陈修良，文溶即史永，大哥即沙孟海。当时正值国共两党谈判，沙孟海回南京意即走向国民党，沙耆夫人自然站在共产党一边。在南京和延安之间，她毫不迟疑地选择了延安。

1946 年 10 月，多年没有音讯的沙耆突然回国了，当天就被接到史永家住。此时的沙耆已入天主教，拿着《圣经》做祷告。晚上吵闹得很厉害，把东西敲得很响，引起周围邻居的注意。当时史永的住处是地下党的一处重要联络点，同志们感到这样下去会引起敌人的注意，通知乡下派人把沙耆接回故乡沙村，又把儿子沙天行送回他的身边。

1949 年 12 月 14 日，孩子的母亲终于提出协议离婚，并于同年 12 月 23 日在《解放日报》登了离婚启事。沙耆虽在离婚协议上签了字，盖了章，但他不承认自己婚姻失败，并一辈子拒绝再婚。

关于父母的婚姻，他们的儿子沙天行有一段感人肺腑的话：“我父母的婚姻结局，既有时代的原因，也有个人的因素。他们那一代人有他们自己的理想和追求。当命运需要他们选择的时候，我父亲选择了走向艺术，我母亲选择了走向革命。他们让我感动，值得我尊敬和爱戴。他们活得不容易，但都活得精彩。”

说到沙耆发病的原因，固然有着家族史上的原因，小时候他发过癫痫，艺术家的个性亦非常鲜明。但十九岁时被捕入狱，对他的精神打击非常之大，在他以后的日记中，对此一直耿耿于怀，这为他日后得病埋下了祸根。他不止一次地画过这样一幅画：一只被绳子捆住双脚倒挂在墙上的鸡、一只滴着血的碗。倒悬的鸡代表谁？滴在碗里的又是谁的血？凡·高最后的遗言是对心爱的弟弟特奥说的：“悲伤将永恒。”而沙耆对儿子沙天行一再重复的一句话是：“我很痛苦……”

沙耆是不幸的，但他又是幸运的，他得到了沙氏兄弟最好的照顾，尤其是沙孟海的兄弟之情和艺术家之间的惺惺相惜。沙耆为此还专门画过一幅油画《双马图》，画旁的题字是：“沙耆。1992 年双十节。”这天正是沙孟海先生的忌日，这是他得知沙孟海去世的消息后画的。画中一匹色彩斑斓的马，恋恋不舍地回过头去，看着另一匹朦胧之中的灰马慢慢远去。这幅画寄托了他对这位敬如父辈的兄长多么深厚的情意，这是任何美好的语言都替代不了的。

## 尾　声

春节将近，这是中华民族举国同庆、万家团圆的日子。而在岁末之际，我还有一件事情要完成，我要到沙氏兄弟长眠的地方——鄞州东钱湖畔沙孟海书学院去探访。

1991 年，鄞县县政府在风景秀丽的东钱湖畔青山岙建立沙孟海书学院，又称“万柳园”。上为展厅、藏室，下为学术厅，前院则为六年前所建之楼宇，有沙老工作室、小展室、图籍室等。

江浙一带，无论名山胜景，还是村陌街巷，都能寻访到沙孟海的书迹，家乡鄞州尤其如此。沙孟海八十五岁时曾为家乡大嵩区题词：“我爱祖国各地各乡，更爱所生长的故乡。”学院落成后，沙老不仅将九十件书法篆刻精品及有关文献、照片等送给了书学院，还将县政府颁发给他的六十万奖金捐赠给了家乡，用于发展文化事业。

沙孟海是去参加沙孟海书学院的开幕典礼时不慎跌伤，继而去世的，他回到家乡来告别人间——那是 1992 年 10 月 10 日十时十分。

沙孟海的骨灰安葬于万柳园西边小山上，陵园名为“砚镜台”。砚镜台台阶九十三，当喻沙公之年寿。陵墓前有一巨型石雕，做书籍展开状，居中有水池，池中耸以方砚，喻陵主为学者、书家，而用淡色彩石砌就的陵墓上镌刻着放大的沙公生前常用自篆印三枚。

陵侧山坡上有四墓葬，为沙氏其余四位兄弟之墓。登高而望远，沙氏兄弟长眠在此，英雄无悔，他们的理想，有的已经实现，有的正在实现。

这轮廓如蝴蝶一般的故乡版图，这被称为“五山四地一分水”的锦绣河山，这经历了两千多年的漫长岁月仍保持着始置时原名的家园，如今日新月异——位于宁波市区南端的鄞州新城区，城在水中，水在城中，绿在城中，城在绿中的城市雏形已经形成，鄞州区行政中心已经确立。一个百年梦想：实力鄞州、生态鄞州、文化鄞州、富裕鄞州和平安鄞州正指日可待。

英雄们，你们一生浴血奋战，求的正是人民的幸福安康，而这一切，不正在你们的故乡大地上逐一实现了吗？

母亲，此刻，我就站在砚镜台前告慰沙氏兄弟的英灵。

如果说百年家国，我们的民族选择了革命道路，终于走向了胜利，那么中国革命就是寻求真理之路。

如果说，十八年前，我是把中国革命视为近现代历史长河唯一的惊天大浪的话，那么，今天，我把中国革命视为中国近现代历史长河中的主流，它和大江、小河，乃至于涓涓细流，共同汇成了我们民族呼啸前行的长江黄河，滔滔东去，直奔大海。

如果说，当年我笔下只有把鲜血洒在大地上的以革命救国的沙氏兄弟，那么今天，沙氏兄弟不再孤军奋战，在他们的身边，还有用毛笔把箴言写在宣纸上的教育救国的“一门五马”，还有把理想写在蔚蓝色天空的以科学和实业救国的翁氏家族。

百年家国，中华儿女，无论以何种方式，都在以拳拳之心报家国之情。他们以各自不同的姿态，矗立在 20 世纪初的历史平台上，凝固成一组群像。

母亲，您和父亲，亦以你们当年投身革命的青春热血，成了那组群像中的一部分。作为儿女，无论如何，此刻我是骄傲的。

冬日的砚镜台，一片寂静，一派祥和，瓦雷里《海滨墓园》中的诗行不禁再一次涌上心头：“多好的酬劳啊，经过了一番深思，终得以放眼远眺神明的宁静！”

# 第四封

第四封大写的家国之书是多彩的，那是饱蘸着六十年民族独立、三十年改革开放的绚丽彩虹之色书写而成的。五千年华夏文明，百年来风云激荡，中华民族终于走上了伟大的复兴之路。家国的沧桑巨变，人民的幸福安康，没有什么比在这个历史阶段中更为典型清晰的了。

把希望播撒在原野上——钟公庙·沈氏家族

## 一 从小表弟的婚礼说起

是的，还有什么比书写这封家书时心情更为跌宕起伏的呢？母亲！

这封五彩的家国之书，原本是以一个传奇家族为蓝本的。六十年前的这个沈姓的赤贫之家，经历了改革开放的三十年，七兄妹个个成了资产数千万的成功企业家。这样的故事，在我们江浙的沿海乡村，其实并不罕见。可是，因为这些传奇发生在您出生的地方，我在与他们交往的过程中，便常常心生感慨。有一个身影会伴随着这样的感慨，久久地出现在我面前，和那些我正在接触着的命运的主人合二为一。

那是谁的身影？母亲，您会想到吗？我仔细地辨别，看清楚了，那是您的小弟弟、我的小舅舅啊。此刻，他的形象就浮现在眼前，把我的心勾回到这三十年的风云际会之中。

小舅舅如果还活着，说不定他还会认识沈氏家族中的人，都是宁波乡里乡亲，都在改革开放时期挖得了第一桶金，做到今天，该都是大老板了，说不定还会联手做实业呢。出师未捷身先死，常使英雄泪沾襟。小舅舅，你去得太早了……

最后一次见到小舅舅，是在20世纪90年代中，他的企业正在既艰难又奋发地前进着，他却病了，是真正的积劳成疾。娇妻幼儿，左扶右靠，他亦不过半百年纪，操心费力，事必躬亲，人瘦得薄如一张黄纸。

真不是离开人世的时候啊，谁知就抛下了他内心的创业蓝图，撒手而去了呢。

母亲，还记得您告知我此一噩耗时的情景吗？当时我趴在饭桌上号啕大哭起来。小舅舅的早逝，让我想起了外婆的丧事。

外婆去世时，中国乡村的改革开放大势已经形成，小舅舅整天东奔西走，在中国大地上寻找每一个能够发财致富的机会，以至于外婆咽气时，他竟然没有能够赶回家中。您和姨妈带着我和表姐回家奔丧，一路上除了讨论外婆的丧事之外，重点就在讨论小舅舅当时的女朋友——他厂里的一位年轻的女同事。围着外婆的遗体，我们痛哭一会儿，又认真商量一会儿，主题总在小舅舅的婚事上。最后我们一致认为，小舅舅虽然年纪略大，身体又欠佳，但人品好，企业也做得好，姑娘一定会跟定小舅舅的。一定要让这件终身大事在外婆的丧礼上敲定，如此方能让我的外婆含笑九泉。

姑娘果然能干又有主见，长得丰腴健康美丽，在灶下帮我们家烧着火，往里一把一把地添着柴，而我们一大家子人则围着那姑娘七嘴八舌，重在显示家族的心意与实力。那姑娘并未一口应承下来，但也绝没有断然否决而去。我们焦急地等待着小舅舅，小舅舅却在湖北，紧赶慢赶也无法如期归来，最后我们实在无法再等下去，只得让外婆入土为安。

那是80年代初年，我们已经感受到了我外婆家的自由的海风，它首先体现在了思想和信仰的宽松之上，正是在这样宽松的环境中，乡村致富的动力才得以极大地调动。

母亲，您还记得吗？在外婆的丧礼上，一共来了三批持不同信仰者。首先自然是共产主义信仰在中国的基层组织，也就是村支部。支部书记来了，代表共产党向外婆致以哀悼，这使得在场的三个舅舅得到了心灵上的极大满足。1966年外公在“十年浩劫”的风口浪尖上受惊吓而死，在外工作的子女不敢回家奔丧，外公是夜里被悄悄地从后门抬出去埋掉的，这是在乡下生活的儿子们心头的大隐痛。如今，改革开放了，外婆可以接受共产党员的哀悼，并且可以在大白天从正大门堂堂正正地抬出去了。这是多么巨大的慰藉啊！

来的第二批祭悼者，是一批手拿念珠的小脚老太太，她们是来为外婆念经，超生引渡的。绝没有人认为这是在搞封建迷信，只是将此作为一种乡间约定俗成的悼亡习俗。使我惊异的却是第三批祭悼者，他们手举十字架，排成一长队，安安静静地从乡间的阡陌而来，静静地等在门口，让共产主义者先举行仪式，又让佛教徒做完自己的功课，这才神情肃穆地来到外婆的遗体前。他们把外婆称为自己的姐妹，并说上帝正在迎接我的外婆。

送葬的队伍稀稀拉拉地拖出几里路远，共产党的花圈排在最前面，当中是佛教徒，基督徒们断后，我们这些亲朋好友们花插在当中。入土时发生了一件令我大吃一惊的事：我们还没有到墓地，却发现从墓地已经杀回来一支队伍，均由儿童组成，打头的是大舅舅家的儿子，后面跟着几个舅舅的孩子，全是我的小表弟。但见打头的那个小表弟肩上扛一根大杠，气喘吁吁，连拖带跑，后面一群小表弟大喊大叫，直往村里飞奔而去。我正不知此为何事时，姨妈告诉我，这是宁波乡间的丧事习俗：谁家先抢到抬棺材的木杠，取回家中，放到床底下，谁家就会大大地发财致富。于是我的大舅舅的小儿子眼明手快一把抢过，直奔家中，另外几个舅舅家的小表弟自然不甘落后，紧追其后。母亲，您还记得那戏剧化的结局吗？抢得头功的小表弟实在是太激动了，竟然不辨东西，认错了自家的门，把木杠放到了别人家的床底下，以至于功亏一篑。

虽然如此，乡村中一度越穷越光荣的价值观到底还是被打破了，到处涌动着宁波人的传统气息，母亲，和你的父辈、祖父辈一样，所有的人都在做生意，或者都在想着做生意，发财致富是那个时代乡村的主旋律。那年我大学毕业不久，青春年少，政治热情高涨，非常敏感地意识到，中国的确正在发生着巨大的转变，而这转变正是从中国乡村开始的。

小舅舅虽然没有能够亲自送外婆入土为安，但外婆却依旧保佑着不惑之年的小儿子，年轻的姑娘终于成为我们的小舅妈。转过年来，他们有了自己的孩子黄磊，转眼间黄磊也长大成人，要成家立业了。母亲，当您告诉我婚礼时间，并传递了小舅妈希望我去参加婚礼的口信的时候，其实我心里已经打定主意，我一定会去参加的。

小表弟的婚礼在奉化县城举办。新娘很漂亮，大眼睛细腰，是个护士。而我的小表弟黄磊跟我的想象完全不一样。在我的脑海中，阿磊完全是小舅舅的形象，中等身材，非常瘦，略微弓背，忧郁的大眼睛，心事重重的样子。即便后来小舅舅成了四乡八里的成功人士，他依然不是一个喜欢开怀大笑的人。可是眼前的黄磊，大学毕业，自开公司，不到三十岁，有车有房有产业，不只是心宽体胖，还显得财大气粗，总之，青年企业家黄磊圆滚滚的，笑眯眯的，幸福地站在台上向长辈献茶。数十桌喜酒坐满了亲朋好友，大家济济一堂，正举杯欢庆，突然一支“飞船”冒着火花嗖的一下飞过我的头顶，停在这对新人面前，新郎举手取下了“飞船”上的戒指，戴在新娘手上。我的热泪流了下来。

母亲，您的家族自 1949 年以来，前三十年因为我没有多少亲历，毕竟不甚了了，而后三十年我却是感同身受，诸事历历在目，细细想来，感慨万千。

记得高中时的一个暑期，我去外婆家度假。行前大人再三嘱咐我，要我到外婆家后千万不要随便出门，尤其不可到那些“反革命分子”的亲戚家里去。怕我置若罔闻，又告诫有前车之鉴，我哥哥去了一趟外婆家，头天到，半夜里就被民兵弄到公社去了，说是他逃避“上山下乡”呢。

那时候“十年浩劫”已近尾声，但依旧以阶级斗争为纲，乡村也依旧风声鹤唳。其时，旧社会里在沪杭做过老板的外公，因为“文革”，连病带吓，年方六十即一命呜呼。当教师的大舅舅也被批得没了脾气，整天骑着个破自行车到处去钓鱼。同样是当教师的二舅舅因为成分不好，被辞退回家，整天埋头种田，愁眉苦脸，唉声叹气。倒是三舅舅爽朗，我头天到外婆家，就见一个卷着裤腿的精悍汉子朝我脚下扔了一串螃蟹，一边大声说：“外甥女，共产主义到底什么时候实现啊？”

这就是我的在海上打鱼养海带的当着生产队长的三舅舅。我问他打听共产主义干什么，他说：“不是说共产主义就是‘楼上楼下电灯电话’吗？我生了三个孩子，老是等不来共产主义，我房子也没有，以后儿子怎么讨老婆呢？”

三舅舅是一个热情开怀、不太有心事的男人，读了几年小学就辍学了，从此在岸上种田，在海上打鱼，豪爽而散漫，今朝有酒今朝醉，是所有的舅舅中最不会过日子的男人。

此时我的小舅舅却不像三舅舅那样浪漫，家庭出身不好，自己身体有病，穷，还有一大串和“地富反坏右”挂上钩的亲戚，所以小舅舅三十多岁尚未婚配。小舅舅心细，是个很有气质的人，拉得一手好二胡，是乡村中那种诗性的文艺青年。只因患有哮喘病，从小跟着外婆常在我家过，所以我对小舅舅特别熟，一见他，就想起他用宁波话给我们念的顺口溜："山里山，弯里弯，三五支队交交关。"

小舅舅的"共产主义"就在自己的手上。那时"四人帮"还没有粉碎呢，他就悄悄地浪迹在四里八乡，给人当油漆工，往家具上画各种花卉图案，我总是在他浪迹的间隙才能见到他。

而此时，乡村的阶级斗争这根弦搞得我也非常苦恼。大人告诫我千万不要和敌人说话，但我又怎么知道谁是敌人呢？一天跟外婆走在村口巷子里，遇见一个瘦弱干瘪的老人，挑着一担粪艰难走来。外婆和他打了个招呼，见那人过去，才告诉我，那就是我的小外公。

我一下子警惕起来，因为我已经知道，我的小外公是一个"现行反革命"。

傍晚，小外公家里人来叫我吃饭去了，这使还是高中生的我非常恐惧。我从来没有面对面地见过一个"反革命"，而且还要一起吃饭，他会给我下毒吗？我胡思乱想。不忍心看我外婆那伤心失望的面容，最后还是硬着头皮去了。我坚持无产阶级立场的实际行动，就是光吃饭不说话，一句话也不说。

"四人帮"被粉碎之后，我们都知道平反的日子快到了。我这才听说小外公原来是宁波地区一位中心学校的校长，他的"现行反革命"罪行完全是无中生有。为平反之事，他到杭州来找过我母亲，行动像一个地下工作者，首先是要趁我那共产党解放军的父亲不在家之时，即便如此，小外公进门时还是一闪而入。母亲，如今老人已经过世多年，我依旧能够想起你们紧张而又兴奋的重逢。

想起来了，在小表弟的婚礼上，我还见到一位矮个子的利索的小老太太。她问我想不想得起她是谁，我怎么会不知道呢？那次回乡，我在村头一间小得不能再小的屋子前见着一个矮个子女人，背上压着一大捆柴火，差点压得见不着人。她热情洋溢地和外婆对了一阵话，不断地邀请我到她家吃饭。我回来后家人才告诉我，这是我族中的表姨妈，也是"反革命"家属，父亲是地主，被镇压的。

小舅舅回来了，他面露喜色，带着我和邻居苗条姑娘一起出海。我家后门就有一个潭，名叫"翔鹤潭"，此潭通往大海，小舅舅要带着我上海岛为集体养海带。晨光熹微，大海波平，像山港一望无际。小船一路划着，苗条姑娘穿着开襟的红毛衣，细高个子，很有风韵，一边摇橹，一边悄悄地跟我说，你小舅舅说了，能活得好就活，活不好就跳到大海去，一死了之……

此时，小舅舅坐在船尾，我坐在中间，心里生起一言难尽的忧伤和甜蜜……

我永远记得那些海上的日子，那些悲伤的日子，那些温情脉脉的日子，那些被压抑的热情的心灵。月光下，在海岛的沙滩上散步，小舅舅指着前方的一块礁石告诉我，那叫“公孙礁”，从前有爷孙俩，公公出海了，把孙子放到礁石上，回来一看，孙子被涨潮卷走了，公公也伤心地投海了……

多么壮阔的世界，多么丰富的想象，多么贫瘠的现实啊……什么是“海上生明月”，我真正领略到了。

母亲，我在海岛上见到了您的那么多的堂弟和表弟们，不知道为什么，他们没一个家庭出身是好的。一位叫黄毛舅舅的，永远彬彬有礼，再热的天衣领也扣得紧紧的，他显然喜欢一位有着月牙眼睛的胖姑娘，拉着她的手，感慨地对我说：“多么可爱的手的窝窝啊……”

然而他正是那个矮个子女人的弟弟、地主的儿子，又穷又反动的家庭，他没法娶她。

还有一位极为瘦弱的远房舅舅，浅浅地笑着，仿佛没有了力气再多说话。因为有癫痫病，也是单身。他是有文化的，喜欢和我讨论一些国家大事。整天坐着扎海带，没有钱看病。有一天一头扎进了茅房，就再也没有醒来。

堂舅虹是最帅气最能说的，他总是和我讨论各种各样的事情，中央里谁是元帅，谁是将军，谁比谁大……我越和他聊，越觉得他太了不起了，这样的人怎么可以窝在岛上呢？但我每每问及他的鸿鹄之志，他就模糊不清地说：“有些事情嘛，有些事情嘛，说不清楚，说不清楚。”我后来才知道，原来他就是我那“现行反革命”的小外公的儿子……

母亲，我的预感是多么有道理，改革开放以来，虹舅舅是生意做得最大的一个。这里还在姓资姓无地讨论个不停的时候，他已经早早地冲到了北京，在那里安营扎寨，发展企业，他的孩子，早就是一口的京片子，他们一家现在是地道的北京人了。

可是小舅舅比起他来，那人生之路又多出一份怎样的艰辛啊！

母亲，您知道我在小表弟的婚礼上还见到谁了吗？我见到苗条姑娘了，我还见到了苗条姑娘的丈夫。

记得暑期回杭州之后，我这个外甥女一本正经地给小舅舅写了一封信，除了感谢他带我上岛养海带打鱼之外，还重点描述了我对苗条姑娘的印象，并直接表达了希望她成为小舅妈的意愿。我相信小舅舅不会反对我的意愿，但不久后传来的消息几乎要让我吐血，小舅舅没有能够成为苗条姑娘更亲密的人。原来小舅舅外出打工数月回来，苗条姑娘已经被母系家族中的一个乡村王老五占据了。这位乡村王老五父亲是被镇压的，所以他们兄弟都是老光棍，听说他因为情事的山重水复而悲痛欲绝，就站到了公孙礁上去哭号，水一直没到脖子也不上来。族里的人对小舅舅说："不管怎么说，我们是一个族的，他又是你的长辈，你就让了吧。"

小舅舅吐血了，他大病一场。大病初愈，"四人帮"被粉碎，改革开放开始了。

家国啊家国，母亲，在小舅舅身上，难道不是十分清晰地体现了家国的意义吗？家族中这坚忍不拔的生命力和创造力，是与国家的命运紧密相连的。因为有了改革开放，小舅舅在绝境中站了起来。我的小舅舅！他是改革开放第一批富起来的家族中人，为人谦和，却活得轰轰烈烈，伤痕累累的心依然开出了鲜花。他在乡间建了工厂，饮料厂、化工厂，一个人吭吭吭地呛着，脚踏实地又埋头苦干。我的渴望共产主义的三舅舅也跟着他一起干。终于，小舅舅渐渐发迹了。

可我那时候太年轻，太不注意他的发家史，我只知道他在办厂，在东跑西颠地做生意，做得怎么样，不知道。我那时候更关注他的浪漫史，担心他的未来将在辛劳和孤独中度过。谁知道有一天，四十岁的小舅舅突然带着那位二十多岁的小姑娘跑到了我的家。

小姑娘家也是很穷的，听话有一串兄弟姐妹。但穷人的女儿也是鲜花，而且她当时长得那么可爱，凭什么要嫁给一个四十岁的生哮喘病的乡村老青年呢？

乡镇企业家的小舅舅，就只好带着他的女助手私奔了，后面一群女方的娘家人穷追不舍……但爱情的力量是伟大的，小舅舅结婚了，生了儿子黄磊。他们有过十几年的好日子，在那些日子里，小舅舅拼命地创业，发财致富，他一定是想让人们看看，他是有能力的，他配得上娶这样年轻美丽的女子。

母亲，您可知道，在黄磊的婚礼上，我又见到了那位彬彬有礼的男子，他朝我走来，绅士般地问我还记得他吗，我大叫：“黄毛舅舅啊！”他几乎没什么变化！他身旁站着胖胖的有着月牙眼睛的妻子。我不知道究竟是我的舅舅仿效了他们，还是他们仿效了我舅舅，总之，这一对也是逃出来私奔般结婚的！是改革开放彻底地改变了他们的命运，看得出来，他们的脸上洋溢着幸福的神情。

小外婆也来了，她曾经是小学老师，因为成了“现行反革命”家属而被遣送回乡。三十年前我见到她时她老得看不出年龄，而今天她看上去倒像个德高望重的女教授。因为我的外公、外婆、小外公都已经去世，她代表了我母系家族中的长者。我们宁波人竟然还保留着婚礼献茶的习俗，黄磊给小外婆奉茶时，小外婆给了他红包。

而我的小舅妈年过四十，人到中年，辛辛苦苦拉扯大了独生儿子，自己也未停止打拼，也是一位成功的女企业家。我看到她接过了新郎新娘的茶，给了他们红包。

此时此刻，我仿佛看到小舅舅站在台上，接过儿子的喜茶，那忧郁的神情一扫而尽，他喜悦地看着我们，在举杯痛饮的欢乐的人群中间穿行……

母亲，就是在这样的时刻，我想起了那个我即将要去叙述的大家族。这是一个与我的母系家族多么不同的家族啊，但有一点他们是相同的，那就是这六十年来曾经有过的贫穷以及之后的不懈努力与铸造辉煌！

四封家国书，起承转合，我们的终点将落在一个振奋人心的大家族上。无论鄞州邱隘盛垫的“一门五马”，高桥石塘的翁氏父子，还是塘溪沙村的沙氏兄弟，无论教育救国，科技与实业救国，还是革命救国，面对改革开放、振兴中华的今天，面对我即将和盘托出的这个家族，这些已经融入历史长河中的仁人志士，谁会不喜极而泣呢？

## 二 放牛娃的前世今生

这是一个六十年前的贫雇农家族，这是一个三十年前的赤脚农家，这是从前的一个放牛娃养育的七个儿女，如今，他们在古鄞州大地希望的田野上，写出了令人无比自豪和光荣的家国之书。

我在阅读和采访沈氏家族史时，有一种不可抑制的冲动，要把这个独特的家族与其他三个家族作一比较。可以看得出来，他们之间有着多么巨大的差异。沈家有着与前面三个家族完全不同的家族背景，他们当中没有一个人上过大学，更不要说硕士博士、出洋留学了。其中老大只读了两年初中就去当兵；老二高小毕业务农；老三初中毕业当兵；老四文化程度最高，高中毕业，不过秀才还是去当了兵；老五初中，老六初中，老七初中。他们发家致富的梦，不是从书本里来，不是从工矿里来，是一寸一寸地从土地里刨出来的。正是他们，把希望播撒在原野之上，并开出了幸福之花。

沈家与马家、翁家与沙家亦有一个共同点，他们的祖先都是从遥远的地方移居过来的。不同的只是移居鄞州的年代远近。马、翁、沙家的祖先，一千年前就来到这片热土。沈家是清代才从台州玉环迁徙过来的，他们是近代史上的移民。

这个祖上的故事听上去温情脉脉。据说沈家先人中曾经有一位将军，在一场战争之后，栖居到了玉环一个名叫“小麦屿”的地方。后来人口繁衍，成就了一个五千人的大村子沈家村。传说终究不能够代替真实，而寻根的意识在这些普通的中国人心里却是如此的强烈。2009 年 2 月 12 日，沈氏家族一支人马，作为玉环寻亲代表团来到象山。沈家老二沈门峤做了调查，清楚了他们沈家始族的来历：周武王封沈氏祖先为沈国国王，第一代祖先在河南，后代有一支迁到福建福鼎，玉环是福鼎后代的一支。

大家族下各有分支，过着各自的日子，而沈家这一支，到了晚清某一代上，生活已经非常拮据了。那一代沈家有四兄弟，父母过世，兄弟分家时，财产已经不足以支撑四兄弟的生活，而且他们当中还有一个是丧失劳动力的盲人。沈家老二善良勤劳，他把自己的那一份让给了小弟弟，自己成了赤贫者，他两手空空，就准备漂洋过海，到那个广大的世界去讨生活。

当他驾着一艘小船赤条条地离开故乡时，并不知道自己究竟能够把那一颗蒲公英般漂泊的心安顿在哪里，只知道越远越好，越远就可能越有活路。这样，他一路漂荡，过了三门湾，漂流到了浙东沿海的宁波象山海岛，一个名叫黄避岙乡横里村的海边小渔村。

象山横里村是个可以定居的地方，西北有小山，小山后面是象山港，南面是群山，中间一公里是海滩。在这里，远可以出海捕鱼，近可以围海造田，自给自足。这位沈家的老二，就此成了一名农渔民。

虽然离开了玉环的故乡，但沈家老二尊奉孝悌之道的传统，依旧在家族中传扬。许多年来，玉环沈家与象山沈家一直保持着来往，每逢年节，象山沈家都会将全猪全羊送到玉环，世代如此。

到沈家太公这一辈上，时代已经到了鸦片战争时期，此时上海已经开埠，太公的父亲在上海打下了一小片江山，太公自己也成了上海滩上的小开。从这点上说，他们和翁家、马家的起点是一样的。

不幸的是太公吸上了鸦片，上海滩上的这片小小的天就此塌陷，太公把好不容易挣下的家产全部抽光，于是，到了爷爷这一辈上，沈家又回归到零，重新成为彻头彻尾的穷光蛋。

爷爷生了五个子女，三男二女，沈大宝是其中的老二。不可思议的是，这个老二与祖上从玉环出走求活路的老二一模一样。沈大宝八岁那年就永远离开了象山，由乡人介绍，第一次踏上鄞县大地。就这样，八岁的孩子光着脚，走在这片陌生的田野阡陌之上，一直来到横溪山中一个名叫“勒垟”的地方。在山弯里他停下了脚步，开始在这个陌生的世界讨生活。

沈大宝从八岁开始自食其力，养了两头牛，主人包吃包住，不给钱，住在柴房里。大宝虽然没有读过一天书，但种田是很聪慧的。这一干就是十多年，直到长大成人后来到鄞县的腹地钟公庙鲍家村，在一个名叫鲍吉庆的殷实人家当了长工。久而久之，沈大宝成了长工里面的领班，当地人叫“作头”。这位沈作头开始有了十二袋谷的年薪，以后发展到了十八袋谷。他是个种田能手，一米七零的身高，性格急躁，人很聪明，一天书都没读过，却能写信看书。他是那种有精神追求的人物，对上帝尤感兴趣，晚年还能够读《圣经》。所以年轻时地主们也看中了他这个沈老二，纷纷来挖他这个人才。

尽管如此，在那个战争年代，沈大宝的家底实在是太差了。上无片瓦下无寸土的他，除了自己勉强能够混个肚饱之外，讨不起老婆，他依然是个穷到极点的孤苦伶仃的外乡人。

二十五岁时一场人祸落到他头上。那时三丁抽一,三个兄弟必须有一个去当兵，壮丁都是五花大绑着去的。沈家恰好三兄弟，有一个人就被抽了壮丁，噩运落到了在老家象山的老三。

在外地做长工的老二想，大哥已有妻室，小弟太老实了，去了准没命，我又没有成家，赤条条来去无牵挂，还是我去吧。这就自投罗网，换了兄弟的自由之身。

被抓了壮丁，说是和日本人打，在沈大宝的印象中，哪里对面对打过，只知道逃，一路就从宁波逃到了安徽，没打日本人，倒是准备去打新四军了。中国人打中国人，沈大宝这就不愿意了，当了两三个月的兵，就想还是找个机会逃吧。一次路上行军，找了个机会要上茅坑，趁机就开溜，逃了一里多路，向正在耘田的农民借了一件短衫，下到田里干活，抓逃兵的人过来问他们，他手朝相反方向一指，把人蒙了过去，自己也就脱了险，日夜兼程地逃了回来。

避了一段时间，东家看看风头过去，又来找这位种田能手。沈大宝回到了东家重新做长工。那时他都快三十岁了，还是头上无片瓦，脚下无寸土。

家人看大宝这把年纪还没老婆，就为他张罗了一门亲事。那女人是象山涂茨乡庵后村人，山里农民家，姓范，名叫范云香，和沈大宝足足差了十二岁。他们在象山成了亲，一年以后生下了第一个孩子，是个女儿，沈大宝这就挑着一个担子，一头挑着家当，一头挑着女儿，从象山一路走来，到鄞县鲍家村安身立命。

沈大宝继续为东家打工，租了房子。东家虽然对他还算不错，但要有自己的房子，那是比登天还要难的。本来一家人生活还能勉强过去，但他为人很仗义，为同乡人和亲眷介绍来鄞县做长工，替人家担保，结果人逃走了，预支的工钱四袋谷由他家代还，于是沈大宝欠了高利贷，利滚利的，到新中国成立后一算，欠了一百多袋谷，下辈子做牛做马也还不清。

孩子一个个生出来，一张张小嘴都等着喂呢。眼看着沈大宝家就要彻底破产，1949 年春天，宁波又打起来了，蒋介石要撤到台湾去了，听说共产党解放军要打过来了。政局在交替之中，乡间就有混世魔王般的人物出来欺压百姓，戕害良民。况且当地的平头百姓又不太清楚即将过来的解放军是怎么回事。总之沈家人吓得够呛，范云香挺着个大肚子，沈大宝挑着一双儿女，一百二十多里，星夜逃回了象山娘家。

身怀六甲的范云香就在这时候做了一个奇怪的梦，梦见一座花轿被人抬了过来。数月后，就在象山庵后村，她生下了第二个儿子。她欣喜地想，日子要好起来了，坐轿子的命来了。她给他取了个好名字，梦轿。那已经是 1949 年 8 月的事情了。

宁波是 1949 年 5 月解放的。沈大宝看看人民政府解放军很好，世道太平了，想着还是回到他的第二故乡——鄞县钟公庙鲍家村去。果然还是回来的好，回来就分房分地了，那时候沈大宝都快四十岁了，雇农出身的他，平生第一次分到了十二亩土地和一间地主的房子，虽然小，但一家人聚居在自己房子里，心里真是暖洋洋啊。

接着就是国家的减租减息，土改时国家规定只还本不还息，于是他那一百多袋稻谷的欠债仅需还四袋谷的本，其余利息就一笔勾销了。所以沈大宝是绝对拥护新中国，拥护共产党，拥护人民政府的。他当了贫协主席，合作化搞起来，他担任了家乡第一任的农业合作社社长。“大跃进”了，他敲碎了自己家的锅子，一家老小都去吃食堂。后来他当了生产队长，又被作为技术能手不远万里去广东教那里的农民种做肥料的红花草子。

他当然是要求加入共产党的积极分子，他还填写过两份入党申请书。但最终他也没有能够入党，因为他的信仰比别人多一份，他不但信仰共产主义，同时还信仰基督教。这两种信仰也不知道他是怎么合二为一的，总之，他的入党问题，因为他不肯放弃上帝而功亏一篑。

虽然没能入党，却并不妨碍他对党的耿耿忠心。他严格要求儿女们积极上进，参军入党，他的七个儿女大多是共产党员、复员军人，这是和沈大宝的阶级感情有密切关系的。

1997年沈大宝逝世，享年八十六岁。无巧不成书，他恰恰就葬在了他八岁那年从象山踏上鄞县的第一块土地——横溪山中的勒垟。他看到了改革开放后的新生活，但没能看到儿女们今天会发展得这么快，对他而言，1949年以来的四十七年，是让他翻身做主人的四十七年，他拥抱这四十七年。

## 三 七个儿女一条命

沈大宝生了八个孩子，老大是个姑娘，没摊上好日子，八九岁上就生病死了。并不是致命的病，只是脚上生了一粒疮，没钱医治，就死了。那个年代中国人普遍地缺医少药，死亡是贫苦人家的家常便饭。临死前懂事的小姑娘还对妈妈说：“妈妈，我要死了，不给你们添麻烦了。”

走了的老大不算，接下去七个，六男一女，都活了下来，越活越滋润。

这一大群孩子小时候可是穷得叮当响，一群孩子挤在一间屋子里一张床上，夜里人叠人的，也不知道怎么样一觉就睡到天亮。

1959 年，摊上了“人民公社”、“大跃进”，大家都去吃食堂，很快就没得吃了，饿得脸发青。人口多，收入少，七个孩子两个大人，再加一个叔叔的女儿也养在家里，十口人只好半饥不饱地过日子。那时候什么都吃，吃砻细糠，吃紫云英，吃得浑身都浮肿了起来。

老大沈阿佳初中没毕业就务农，帮助家里干活。1964 年全国掀起“四清”运动，身为贫协主席的沈大宝，这年下半年虽然身在广东，但他仍写信鼓励十九岁的大儿子当兵去。那个年代，农民的孩子，出身好一点的，都盼着去当兵。沈阿佳这一去就是五年，在部队上打坑道。

老大一走，老二就挑起了家中的大梁。因为有老二挑大梁，老三就有了继续“深造”的空间。1952 年出生的老三沈也夫，读书读到 1966 年，“文化大革命”开始了。此时老三正好上初中，只读了半年书，他就开始跟着大家去“大串连”了。农家少年自小就在乡村，宁波城近在咫尺都没条件去。革命一来，他竟然破天荒去了一趟杭州。世界真大啊，知道了，就不甘心了，还想跑得更远一些，第二年就想去北京了。那段时间，全中国都在“造反”，革命小将唱主角。老三虽然没有直接去“造反”，倒也旁观了不少次，黄金就是他在宁波阶级教育展览会上第一次看到的。

中国农村里的革命和大城市到底还是有些区别，除了革命还要活命，光抓革命不促生产，大家都会饿死。而鄞县农村里的活路，除了种田、养牛、喂猪之外，还可以打草包换钱。打了草包，用船装出去，船是生产队的船，船头插一面红旗。陆路是石板路，手拉车。老三这样的日子过了没多久，1970 年，他也当兵去了。

其实老二到了当兵的年龄，体检也合格。但家里不能没有人担当啊，老二留下，老三走了。部队在安徽，兵种是陆军特务连工兵排，老三入了党，当了班长，可最后也没有在部队再待下去，还是退伍了。老三当了整六年兵，1970 年走，1977 年回来。

前面三兄弟，一个小学，两个初中，到了老四，进入沈家兄妹学历的最高峰——高中。老四能读书，但自己不想读，初中毕业报升学志愿时，故意填得一塌糊涂，想，人家老师看了这样的表格，准定就不要我了。家里那么穷，读什么高中啊！还是挣钱养家吧。老师可不那么想，跑到沈家来逼着他重填，说他学习成绩好，已经推荐他上高中，是陈婆渡中学，只要填了表就能去。老四被老师感动了，那就去吧。

可高中一毕业，部队又来招兵，老四当兵走了。

接着是老五、老六、老七。老五是个女孩子，女孩子读到初中，那就是高学历了。老六初中毕业本可以保送，考虑到家中经济情况，算了。老七呢，家中最小的一个，本来是可以读上去的，倒不是经济问题，是老七他完全不想读书，那时候正在批判“马尾巴的功能”，老七觉得读书完全无用，不读了。

在很长一段时间里，生活一直就是一场运动接着一场运动。沈家兄弟刚刚喘一口气，运动就来了。1974 年和 1975 年间，农村里的运动就是“割资本主义的尾巴”，自己家里养的小猪卖掉的钱也要上交，在自留地外多种的东西都要砍掉。如果不是改革开放，这七兄妹还会有什么样的命运呢？

母亲，我讲述的这些往事，对您来说，真的一点也不陌生。在我的记忆中，无论奶奶家还是外婆家，有相当长一段时间都是相当贫寒的。最困难的时期，两家的亲戚，分别在奶奶和外婆的带领下常住我家，无非是有碗饭吃。父亲曾经告诉我，困难时期，有一天从北方来了一群亲戚，让他给送回去了。谁知过了一个星期他们又来了，因为北方没饭吃，他们饿得受不了。那段时间我家的确是个中转站，总是处在北去南来的循环之中。我记得奶奶、外公、外婆、小舅舅、叔叔在我家轮流地住着，不为别的，正是乡间吃不饱饭之故。

所以，您不可能不理解，这些穷则思变的人们，为什么会有如此之大的创造生活的能力。

## 四 国家兴亡匹夫有责

一个家族总有一个核心人物，如果说马家是马衡，翁家是翁文灏，沙家是沙孟海，那么沈家就是老二沈门峤。而家国情怀也从来就不是谁的专利品，所谓国家兴亡匹夫有责，并非仅仅指一种责任，它所指的更是一种情怀和一种能力。因此，我对老二沈门峤有着一份特殊的关注，也并非因为他是七兄妹中的核心人物，我关注他，更因为他对国家的态度。

沈门峤是个热情的汉子，中等个子，身体结实，绝对没有老板肚，讲话热情直率，完全没有乡村传统农民的拘谨。他是个眼界开阔的人，这是可以从他的谈吐中发现的。他关心的总是一些大事情，集体的事情，他的关注点在人群中。

他说话嗓音先是很低，但很快就激动地高了起来，越来越高，最后几乎叫了起来，并配以强烈的形体动作表达自己的感情，于是便有了强烈的感染力。看得出来，沈门峤是一个有着强烈政治热情的人。

在中国的民间，总是会有这样一种类型的人。在旧社会，他们有可能是乡村领袖，是族长，是开明绅士，哪怕当长工，他们这样的人也一定会是长工的头，和沈大宝一样，是“作头”。而在新社会，他们一定会尽一切可能加入共产党，因为只有通过组织才能把家与国紧密联系在一起，在组织中才可以实现自己的人生价值。沈家老二沈门峤，正是这样一个人。

新中国的同龄人沈门峤，他的故事与改革开放同步。相比于其他几位兄妹，沈门峤的生活似乎更有几分传奇色彩。

我们已经知道，他的母亲生他之时，梦见一座花轿被人抬了过来，故为他取名梦轿。做母亲的怎么会想到半个世纪之后，儿子成了专门卖轿车的老板。要知道五十年前母亲连什么是轿车还不知道呢。

沈梦轿这名字一直叫到他上小学时，老师问他叫什么，他嫌“梦”字难写，正好看到眼前有扇门，顺手一指那扇门，他就成了门轿。老师问他又是什么“轿”，沈家老二大字不识一个，如何说得清楚。老师就代为取名，从此他被唤做沈门峤。

沈门峤说他自己是读不好书的，读到六年级毕业，他还写不好那个“6”字。这可能是有些夸张了。沈门峤不喜欢数学倒是实情，照他自己的话说，他最痛恨的就是数学，捎带着也就不喜欢与数学有关的经济。他内心的全部热忱都在于政治。人们说到农村的穷苦孩子，一般会引用西北农民这样一个段子：一个孩子在放羊，问他为什么放羊，他说挣钱娶媳妇；问他为什么娶媳妇，他说生娃；问他为什么生娃，他说长大了放羊。可这个段子却完全套用不到生活在东海之滨古鄞州乡间的农家子弟沈门峤身上。

沈门峤从小就有政治抱负，从小就有忠君报国思想，喜欢看杨家将、岳飞抗金等历史书，读到岳飞的《满江红》“壮志饥餐胡虏肉，笑谈渴饮匈奴血”，自己就身临其境，壮怀激烈起来；看到奸臣误国，就恨得捶胸顿足，咬牙切齿；看到古来家国灭亡之处，忍不住就会泪流满面。沈门峤还喜欢军事，虽然没能当上兵，却不妨碍他研读孙子兵法，毛泽东的《论持久战》等军事书籍是他的案头之书。沈家老二尤其欢喜看有关抗日战争的电影，什么《地道战》《地雷战》《平原游击队》，都是他百看不厌的。沈门峤特别仇恨日本侵略者，那是真正称得上国仇家恨的。据象山县档案馆的资料，当年因日本人在宁波投放鼠疫细菌，致使平民百姓大量死亡。沈门峤的老家象山县横里村受害最为严重，全村三分之二人死亡，沈门峤的爷爷奶奶短短几天内就相继而亡。因此他曾想过，要是生长在战争年代，他就一定要当个将军，杀敌立功，报效祖国。和平年代怎么办呢？也要为人民服务，为国家尽力啊。沈门峤想，不能当将军，就弄个乡长、县长干干，也有平台可以实现理想啊。

一个没读过几天书的农民想当将军，想当县长，让我想起了什么？母亲，这让我想起了二十多年前，突然，您的几个姐弟纷纷加入了党组织，在此之前，由于家庭出身问题，他们一直是进不了这扇大门的。改革开放以来，姨妈入党了，二舅舅入党了，小舅舅也入党了。而您因为青年时代就投身革命，早在50年代就入党了。我本来以为“十年浩劫”，信仰危机，乡间哪里还会有人有这种政治热情，所以当二舅舅非常认真地告诉我他入党的消息时，让我这个什么组织都未加入的人非常惊奇，我不明白他们的这种政治热情是从哪里来的。这个问题在我面对沈门峤时再度跳了出来，然而仔细想想，我对自己提出这样的问题便极为不屑：难道参与政治只是知识分子的兴趣，官员们的权利？难道一个农民就不可以有强烈的政治热情？翁文灏从政，沙氏兄弟投身革命，和沈门峤想当将军当县长，都是心里有国家。说到底，一个泥腿子的家国情怀与一位官员的家国情怀究竟有什么不同呢？也没有什么不同嘛。

1964年中国农村开展了“四清”运动，开办了政治夜校，十五岁的沈门峤在政治夜校里实实在在地学到了一些文化。一年以后的1965年，沈门峤入团了。以后他就一直在村里搞青年工作，思想上进，工作积极，是党支部的重点培养对象。而1966年，“文化大革命”开始了，十七岁的沈门峤当了“红卫兵”，继而当了民兵连长，又当了团支部书记，真是连升三级啊！沈门峤在钟公庙乡村的阡陌间走进走出，喉咙梆梆响，是何等的意气风发。

革命归革命，日子归日子，家里可是更穷了。又是“割资本主义尾巴”，又是“批林批孔”，又是“批邓”，家门口种了几株向日葵也不行的，也算是“资本主义尾巴”要割掉的。

人家是长兄如父，而沈家兄妹一致公认二哥如父。他从小就为家里挣工分，一天三个工分两角钱开始做起，做到了一天十二个工分八角钱。夜里兄弟们累得睡下了，他一个人还在干农活，因为他不让弟弟们太苦，他是家中的全劳力，有一种要为亲人担当的个性。

老三、老四都跳出农门去当了兵，他继续面朝黄土背朝天，过着日出而作、日落而息，似乎没有任何新意的农耕生活。虽然如此，沈门峤还是积极向上，当兵没当成，沈门峤就想在家也一样可干革命。要干革命就要懂革命的道理，所以农民沈门峤很是读了一批马列经典和毛主席著作，还专门研究过斯大林、托洛茨基与布哈林等。青年农民沈门峤像他的父亲一样，认为毛主席说的“只有社会主义才能救中国”是正确的。

1974 年，组织上经多年考察，批准他加入中国共产党。他实现了父亲的愿望，父亲沈大宝终于看着他入党了。两年之后的 1976 年 10 月，粉碎了“四人帮”，沈门峤和全国人民一样欢欣鼓舞，同时又产生了从未有过的困惑。青年农民沈门峤不是一个糊里糊涂的人，他是一个有政治理想、政治信念的人，因此他在精神上陷入了迷茫。

沈门峤更加发奋地读书。60 年代他读的都是马列毛主席的著作，70 年代后则看了很多诸子百家的书，如此，他的思想终于开始跟上形势。1977 年，他出任村里的党支部委员，乡里又提议他出任乡团委书记。如果真能如愿以偿，那么沈门峤和他的三弟沈也夫一样，就要去吃“国家饭”了。

沈门峤对邓小平心服口服，认为邓小平提出的改革开放政策才是真正的用实业来振兴国家的办法，认定走这条道路是正确的。正当沈门峤整顿思想，准备重新出发的当口，发生了一件不大不小的事情。

已经当了党支部委员的沈门峤下一个进步台阶是党支部书记，但最终未能如愿。沈门峤本是一个宁当鸡头不做凤尾的人，但他还是以大局为重。沈门峤读过列宁的著作，知道列宁同志在《论工人运动》一书中曾经说过：“鹰有时比鸡飞得低，但鸡永远不能飞得像鹰那么高。”所以他认为一个人必须要有志向，虽然有时候理想不等于现实，但他相信自己是鹰，总能比鸡飞得高。

改革开放的时代终于来到了，更多的道路出现在沈门峤的眼前。

1978 年 10 月，当时的鄞县县委在全县开展真理标准大讨论，鄞县的改革开放从改变两千年不变的生产方式开始。家庭联产承包责任制和放开搞活的农副产品市场，是这场体制转型的开端；从乡镇企业蓬勃发展到乡镇、国有企业改革到私营经济为主导，鄞县工业打下了扎实的基础；从土地里解放出来的广大农民，在改革开放大潮中焕发出无限的智慧，古鄞州大地上演了一场中国农民创世纪的经典故事。

沈门峤本来对搞经济并没有什么兴趣，他是觉得自己除了种田再无路可走了，这才从对国家的一腔热血中暂时收回心来，把目光折回到家庭中。恰好这时钟公庙乡有个建筑队请他去当油漆工，还说好了月工资八十元。沈门峤一个农民，油漆工只是他的业余爱好，没有拜过师傅。可他是何等聪慧的农民啊，他先一口答应了下来，然后赶快跑到书店里去买如何做油漆工的书，现买现卖地就做起油漆工来了。

母亲，您瞧，他最初创业的经历和小舅舅何其相似。他们都做油漆工，小舅舅会画花鸟，沈门峤也会画花鸟，他竟然能画出活灵活现的兰花，自己看着都过瘾。沈门峤就是一个人才，做油漆工也能做出花儿来。三十年前，鄞州的工业经济以低档、小型、集中、加工、分散为特点，小五金、小塑料、竹编工艺是当时的生力军，沈门峤看准了当个油漆工，应该算是量力而行的最佳选择了。

没多久他的名声就传开了，业务越来越多。到建筑队才半个月，任务来了，要到上海一家企业去做办公家具，木工油漆工都要。他带着四个徒弟，其中三个木匠、一个漆匠，这就闯进了大上海。上海企业的科长给他送来一罐油漆，说:“你就照这个颜色漆。”沈门峤二话不说就干开了。沈门峤手艺好，人又厚道，生意就那么来了。本来只是给单位做木匠，结果不少上海人都让沈门峤来给他们打家具。沈门峤压根儿也没有想到，他的改革开放的创业之路，就这么开始了。那时候报纸上开始宣传一种承包责任制的劳动分配方式，那个负责建筑队的工办主任琢磨着这个办法好，就把沈门峤叫了去，对他说:“上海的活儿就承包给你了，完成基本任务之后再多挣的利润，你可以抽取百分之二十。你看行不行？”

“行啊！”沈门峤说。他胆子大，也没有仔细算计，不管三七二十一，先应承下来再说。转眼一个月过去，沈门峤开始结算，算着算着，心哐哐哐地激烈抖动起来，他简单不敢相信自己的眼睛，竟然赚了五百块钱。五百块啊！他听说那时候中国最大的领导邓小平也只有六百块钱的月工资呢，他只比邓小平少一百块钱……

沈门峤一下子就放开了手脚，拉开了架势，他找了十多个徒弟，在上海一滩和宁波周边地区像模像样地干了起来。最让他小小得意的是，三个月后，工办主任和建筑队书记都把自己才十四五岁的儿子送到他沈门峤的手里，拜他为师了。

国家的整个形势，都是鼓励沈门峤发家致富的。1982 年 9 月，鄞县县委部署推行农业家庭联产承包责任制。1984 年，鄞县工业总产值已经突破了十亿元大关。

农村里看一个人有没有发家，就看他有没有盖房子。沈门峤发家了，他在改革开放时期挖到了第一桶金，便花了四五万块钱，在自己家的宅基地上盖起了两层楼的房子。沈门峤在村人眼里，还是一个能干人啊。沈门峤的“集体情结”也终于得到了一定程度的释放，他终于理解到了，个体经济也是名正言顺的社会主义经济模式的组成部分，也是很光荣的事业，不但能挣到钱，使个人的家庭幸福富裕，更能够帮助国家强大富足，同样能够得到党和人民的充分认可，他的个人价值和人生理想也一样能够实现。

沈门峤回到了钟公庙乡鲍家村，自己开起了家具厂。这是一家私营企业，挂靠在村里，厂子就设在村里从前的祠堂中，说好了，每年上交村里一万元钱。这样干了两年，沈门峤又开始不满足了，在乡村搞经济，总不如到城里发展更好。1987 年的沈门峤，开始向宁波城进军。

整个国家的大形势对沈门峤的发展也很有利。1988 年 3 月，国务院下发《关于扩大沿海经济开放区范围的通知》，鄞县进入沿海经济开放区域。“春江水暖鸭先知”，沈门峤还是感受到了整个社会的价值取向和他事业的一致性。

现在，沈门峤决定不做家具了。宁波人的经商意识实在是太强，不可能不影响到沈门峤这样的改革开放弄潮儿。他想来想去，还是经商更好。卖什么呢？就卖建筑装潢材料。谁帮他一起卖货经营呢？这就把他的妹妹老五沈国芬叫上了。

这时候，发生了一件奇怪的事情，让沈门峤想起来就笑得要命。在他们的小小门市部诸多货物中，有一种不起眼的货物叫“三角带”。这个三角带其实并不是稀缺产品，转过街角不远处，和他们的小店就那么一百米的距离吧，也有一家国营企业在经营，只是因为地点靠里面了一些，不太看得到，又加上国营企业的人，反正是吃大锅饭，进货也不积极，有人去要货时他们常常摊摊手说没有。这样，要三角带的人就渐渐地认准了这家地处杨柳街的名叫“宁波华侨实业公司江东橡胶店”的小小门市部。

沈家兄妹也没有学过什么经营管理，只是想你们不卖我们卖就是了。他们把三角带挂在头上的梁间，来来去去的人一看就知此处有三角带卖。不过他们也的确没有想到，小小的三角带会给他们带来那么大的利润。来买三角带的人越来越多，甚至多到常常要排队购买的地步，这可让沈家兄妹乐坏了。不远处就有一家国营的储放三角带的仓库，沈家兄妹拔腿就能到那里去批发三角带，转个手卖出去，光明正大地就挣百分之十至百分之十五的利润。那几年，生意好的时候，他们一年就净赚了六七万元钱。

按照这样的发家态势，那二十年发下来就不好说了。然而，就在这时候，国家又叩响了沈门峤的心门。正当他事业蓬勃发展的时候，乡里来人多次请他回村担任支部书记。原来当时的鲍家村经济搞得一塌糊涂，个体经济都富裕了起来，集体经济穷得连开销一百块钱都要去借。乡里的书记三顾茅庐，就是希望他能够出山，带着一村的百姓奔好日子。沈门峤从来就不是一个看重钱的人，集体需要他，满足了他的家国情怀。他接管了村里的集体经济，担任党支部书记。一年下来，村办企业就赚了二十多万元，上交村里七万元。

当时的农业乡长陈嘉祥正好驻扎在村里工作，他特别看重像沈门峤这样的有品德的能人。他们三年内筹集了资金三十万元，建了三座大桥，改建两条公路，改造了变压器电线和农田建设，新挖河道一千米，砌驳岸两千米，家家户户安装了自来水，还修复了乡村的道路，用水泥浇灌好了通水的渠道，改造好了电网，甚至修复好了厕所。

有一件事情是他始料未及的。当了干部，他每年的薪水只有三千元，基本上两百多块钱一个月，这哪里够啊！所以他虽然难以照顾店里的活，照样还得拿着店里的钱，每月发工资一千元。就这样，集体富起来了，三年时间全村脱贫致富，他穷下去了。

这样下去可不行。沈门峤发现他不能够心挂两头，干脆就把宁波城里生意兴旺的店铺交给了弟弟妹妹经营，自己把更多的精力放在乡村集体经济上。

沈门峤任书记三年，党内又进行了民主选举。过了不惑之年的他，已无意于政治，只想办实业，在县人民大会堂支委学习班上作典型发言时说：“我来时一阵风，去时一朵云。现在我飘去也。”

不过沈门峤这朵云飘来飘去，还是在集体的天空上。1991 年，这个家国情结极强的中年汉子，出任了钟公庙乡工业公司总经理。只要公家需要他，他还是更愿意为公家服务。

接下去，时代的步伐变化之快，简直就和做梦一样：

1992 年底，鄞县第一家股份制企业——宁波杉杉股份有限公司成立；

1992 年，鄞县环天电器厂在菲律宾建立全县第一家境外企业，开始了鄞县企业的跨国历程；

1993 年 8 月 28 日，宁波市最大的专业市场——宁波轻纺城市场在鄞县建成开业；

1993 年，宁波市乡镇企业第一家股份制企业——宁波雅戈尔股份有限公司成立；

1993 年，鄞县工业经济总产值突破百亿大关。

而 1994 年就这样来到了。沈门峤已经在自己的岗位上为公司赚了几十万元并建造了公司大楼，这一回，钟公庙乡工业公司的企业也要转制了。

中国的乡村，一次次地改革，就是要使个人富裕起来。沈门峤此番什么都没有拿，他安排好了所有的企业事务，收回了全部的款项，干干净净地离开了打拼了几年的企业，手里就拿了一只“大哥大”，这只手机他必须拿在手里，还得料理种种“后事”呢。

1994 年春节一过，沈门峤在家中细细盘算改革开放那么多年来他的胜利成果，这一下他才开始慌了起来，他发现他做了许多事情，创造了许多资产，但他自己依旧两手空空，什么也没有留下。

沈门峤于是重新开始创业。他要开一家真正属于自己的公司，他要做摩托车生意，然而，当他需要创业资金的时候，他发现，其实他连生活费也已经没有了。

虽然如此，他还是心想事成。沈二哥平时为人正派，当他需要十万元人民币的资金时，他很快就筹集到了。真是运气好，摩托车越卖越红火。赚了几百万元后，沈门峤拉开了架势，干脆就在宁波开了八个商场售卖摩托车。也不知道是怎么回事，那些年宁波人锁定了摩托车，人们几乎着迷似的买摩托车，最多的时候宁波城里有一百多家卖摩托车的。因为信誉好，生意就做得好，最多时沈门峤一天就卖了七十多辆。最后竞争下来，市场淘汰，卖摩托车的只剩下连沈门峤在内的三家。

2002 年，国务院撤销鄞县，设立宁波市鄞州区；2002 年，沈门峤个人的事业也发生了一个转折，富裕起来的人们开始把目光转移到了轿车上，沈门峤开始卖轿车了。

沈门峤的个体经济搞得红红火火，拥有几千万资产。在他的带领下，周围有十来个人成了千万富翁，有十几个拥有百万资产。值得欣慰的是，他的其余六个兄妹都已经成为卓有成效的企业家了。沈门峤与他们保持着亲密的手足之情。他的风格是从不计较，从不争钱。他有一个理论是与曹操的理论反着来的，那就是“宁愿天下人负我，我不负天下人”。他认为，只要不争钱就没有矛盾，一争钱矛盾就来了。而他的兄妹们对他的态度也是高度的一致，那就是二哥不会错，二哥做什么事情都是对的。

沈老二还是沈老二，那个要照料他人的天性一点未变。对父母兄弟、四亲八邻都十分关心，每年都要拿出好几万元帮助贫困亲眷和村里的困难群众。我去采访他的时候，正值抗震救灾之际，他与他女儿张罗着捐款捐物，我还在他的汽车销售处看到一张贴在墙上的捐款单，有几百的，有几千的，给我的感觉，他还是把为公家做事的一些原则和作风做到了他自己的私营企业里。问及此事，他激动地告诉我说：“那时我正在象山出差，阿拉阿妹打电话来说，二哥二哥，你可看了电视，四川地震了，你有没有捐款？我说我还不知道呢，赶紧打开电视，啊呀呀，我的眼泪都要看出来了，赶快布置企业集团捐款。职工们都捐了，捐多捐少，心意要有。娘的，企业里就有一个人一分钱也不捐，不捐也罢了，还说，四川地震，他们死人，和我什么关系！你说还有这种没良心的人吗？我火大死了，辞退！”

“真的辞退了？”我问。

“辞退了！”沈门峤一点不含糊地说。

我挺佩服他这一招的。宁波这个地方一向有乐善好施的传统，沈家人的人品家风，容不得这样志不同道不合的人来玷污。母亲，您知道，人们往往会对那些从赤贫到暴富的老板表面上恭敬有加，背地里嗤之以鼻，那是因为他们有些人身上表现出来的暴发户的粗鲁与文化上的无知，但我在沈家兄弟身上没有看到一丝一毫这样的痕迹。沈家七兄妹，包括他们的儿女们，没有一个人打牌搓麻将，这个如今相当富有的大家族，没有一个人沾染上赌博的恶习，更不要说其他乱七八糟的暴发户的毛病。在鄞州这样的文化之邦，他们即便没有受过多少学校教育，在生活中也受到了很好的文化熏陶，并悟出一些生活的真谛。

2007 年，沈门峤经营的企业商业销售已达六千余万元，个人资产达两千余万元。他说："我热爱祖国，感谢党，我最崇拜的领袖是毛泽东，我最感谢的人物是邓小平，我拥护中央历届领导，我是共和国的同龄人，六十岁了，已没有了'老骥伏枥，志在千里，烈士暮年，壮心不已'那样的情怀，但仍关心国家大事、世界时事。古人说得好，国家兴亡，匹夫有责。我高兴地看到人民富裕了，国家强大了，中华民族兴盛了。"

母亲，您听听，这位沈家二哥讲的话，像不像一个老干部！

## 五 猪圈上矗立的宏伟大厦

沈家兄弟长得很像，比较起来老三沈也夫稍稍文气一些，他是个衣着朴素、表达蕴藉的成熟男子。

他留给我的最深印象，是他当年在猪圈上建的婚房。

沈也夫本是七兄妹中的福将。如果说，沈家二哥是因为政治抱负难以实现而投身实业的话，沈家三哥恰恰相反，他是政治上该得到的都得到了之后，再去争取实业的成功的。虽然改革开放让七兄妹中的所有人命运都得以改变，但第一个搭上改革开放顺风船的，恰是沈氏兄妹中的老三沈也夫。

沈也夫从部队复员时"四人帮"刚刚被粉碎，国家经济已经到了崩溃的边缘，家里的日子和他出去前一样毫无起色，他也没有什么好神气的。然而当过兵的沈也夫已经完全改变了，特务连的工兵班长，六年大熔炉中的锤炼，这块好钢已经炼出来了，就等着国家给他派用场呢。

沈也夫运气好，脱下军装才干了三个月活，公社就开始搞运动了。那年代运动特多，特别需要复员军人，老三就被抽到了工作队。工作了一段时间，沈也夫清楚地记得那个日子——1977 年 7 月 31 日，八一建军节前一天，他被分到了供销社，这一下子算是从糠箩里跳到米箩里了。

真是给点阳光就灿烂，给点土块就发芽。这是个集体性质的商业部门，沈也夫开始在那里负责跑运输。才干很快就显现出来了，他当上了乡村商店的小经理，户口也从农村转到了城里。沈也夫永别了祖辈的农民身份，他一步跳进了天堂。

1978 年，“十年浩劫”已经结束，二十七岁的沈也夫到了成家立业的年龄，他相中了自己单位的一位本地姑娘。姑娘家的经济情况比沈家要好一些，家在农村，父母生有三个女儿，父亲有公职，女儿顶了他的职到了乡村的贸易系统，成了老三沈也夫的同事。

要成家就得要婚房，可沈家哪有房子让老三结婚呢？真是天无绝人之路，沈也夫的婚房就在眼皮子底下。他家隔壁有间破旧的楼房，楼下曾关过猪养过牛，是父母用一百五十元花“巨资”买下的。想起来这也是缘分，父亲当年从外地来，就是从放牛娃开始，说不定也住过这里呢。沈也夫从小放牛，也有跟在牛背后车水的日子，猪圈也罢，牛棚也罢，收拾整理好，都可以成为婚房。他用河泥拌上干草糊墙，再用报纸糊了顶棚。生活就是千层饼，就得那么一层一层地往上糊。就这样，他们在由猪圈改造而成的新房里成了亲，开始了新生活。

那年他的工资从三十三元涨到三十五元，小家庭，也从两口之家变成三口之家了，老三沈也夫有了一个千金。平民百姓的日子，完全可以这样按部就班地过下去了。

从 1979 年开始，计划经济时的一些制度的樊篱开始被打破，商店的工作有了新机制，开始有奖金了。起初一个月三块钱，以后翻番加到了六块钱。1984 年体制改革，沈也夫一步一步地跟着国家的改革往前走。到 1985 年，他已经积存了两千元钱，买下了一幢七十平方米的房子。又过了两年，他花了近四千元钱把两年前的房子卖了，又花一万多元钱盖了一幢一百三十多平方米的三层楼房。

时代给了沈氏兄弟更多的机遇，老三沈也夫由此有了更大的天地。1999 年，随着国家经济体制的改革，沈也夫的命运发生了巨大的变化，他买断了自己的工龄，开始了自己的经商之路。

在七兄妹中，沈也夫实际上是经商最早的一位，但又是个体经商最晚的一位，也是他们当中拥有私家车最后的一位。经过在国有企业中二十多年的历练，他知道如何稳健地经商。他选择了玉米的深加工，他所盖的那个三层楼房的底层成了厂房。他成功了，短短十年，他从零开始做到了上千万。

可沈也夫却不会消费。他对虚荣浮华的东西完全没有感觉，含饴弄孙是他最大的快乐，唯一的爱好就是打乒乓球。他喜欢和员工们在一起，基本上把员工宿舍当做了自己的宿舍。他对和谐生活有着自己的理解，凡事有度，谨慎小心，做事永远如履薄冰，就不会冒太大的风险。

那个楼下养过猪牛的新房，沈也夫以两千元钱卖给了小弟。小弟加一万多元钱重新翻建，直到 1993 年城市扩建时这个房子被拆迁。此时的沈也夫一家已经居住到江东区，2003 年这里也要拆迁了，安置费四十万元。

从一百五十元到四十万元，这是一个怎样的传奇！

## 六 在希望的田野上

一次次的搬迁、拆迁，房子越来越大，条件越来越好。2008 年，沈氏宗族成了改革开放三十年来鄞州家族企业中最有代表性的家族。

此刻，沈家兄弟带着我来到了他们的老家，这个村子已经完全在撤县建区的城乡一体化浪潮中被整合进了宁波市区，周围高楼林立，只有一条河与河边的树木，还留存着一点乡村风味。而沈氏家族六十年前分到的旧房现在已经是一片废墟。我在一间半塌的房子屋脊前看到了一副石刻的对联：“静卧千年古，心田总自培。”沈家兄弟告诉我，这是他们第二生产队的仓库。我又问沈家二哥：“在这里住了一辈子了，你们想不想自己的老屋啊？”

二哥爽朗地笑了，说：“早就搬了，老东西也没有了，贼骨头做窠的地方，还有什么好想的。”

我想找找那个猪圈，哪里还有影子！沈家老二告诉我，实际上老三只是把新房建在猪圈的楼上。六弟沈也红结婚时的新房，才确实是用三间猪舍改建的，不过早已拆迁，成为回忆往事的一点谈资了。

沈家七兄妹当中，我唯一没有见过的就是沈家老六沈也红。他正在内蒙古大草原上大展宏图。沈家七兄妹中，跑得最远的要算是老六沈也红。七兄妹的创业史中，他应该算是最为大起大落的一个。初中毕业的沈也红二十五岁就当了村长，谁知二哥沈门峤回村担任支部书记，总不能书记村长他们沈家兄弟一锅端吧。沈也红成全了二哥，自己离开村庄，到宁波协助五姐做销售工作。

当时的沈也红也算得上是一个“少壮派”了，在宁波帮着五姐卖三角带，很是尝到了赚钱的快感，便有点心浮气躁起来。一日来了一单钢板生意，他没有验货就付了钱，结果被人骗了两万元。你想想，那是什么年代，被骗两万元钱足以让一个平头百姓去自杀。受挫极大、垂头丧气的沈老六，神情恍惚地回到了家中。沈门峤一看六弟这副模样，知道万万不可再去刺激他，还得再给予鼓励，让他重新振作。付了这笔学费的沈也红积累了丰富的社会经验，专营油漆、涂料等化工产品，公司飞速发展，成为宁波最大的涂料经营商，然后开始发展起自己的生产基地，先后在山东、内蒙古科尔沁草原奈曼旗设立生产基地，现在的沈也红已成为当地人大代表。他的公司兄弟姐妹均入股，资产已经有好几个亿了。

他们那放牛娃出身的父亲，倘若地下有知，又会发出怎样的感慨呢？

## 尾　声

此刻，我站在沈家兄弟当年出生的地方，站在那个曾经做过沈也夫婚房的猪圈的所在地，我要以此为原点，来阅读这个世界。

这里已经完全没有当年的影子了，它目前已经成为鄞州新城区的核心地段。沈家老大的公司现在鄞州天童南路陈婆渡路上，沈家老二的实业在鄞州嵩江中路上，沈家老三的企业在鄞州麟寓路上，沈家老四的公司在宁波江东曙光路上，沈家老五和老六的实业在鄞州麟寓路和内蒙古科尔沁草原奈曼旗，沈家老七的公司在鄞州天童南路上。

七兄妹中，大哥沈阿佳，1946 年出生，1964 年入伍，1970 年转业回村担任村民兵连长、支部委员，初中文化，1979 年后到社办企业先后担任搬运队队长、螺钉厂厂长。1994 年螺钉厂转制成民营企业，现为宁波光菱螺钉有限公司董事长，资产几千万。

老二沈门峤，现为宁波东方红龙汽车销售服务有限公司董事长。1949 年出生，是共和国同龄人，高小毕业。改革开放后，率先通过承包工程、办厂、开店致富。1987 年回村担任村支部书记。1991 年任钟公庙乡工业公司总经理。1994 年重新开始经商办企业。2007 年商业销售达六千余万元，个人资产达两千余万元。

老三沈也夫，1952 年出生，初中毕业后参军并入党，复员后分配在商业部门，先后担任基层分店经理和总店副经理，1998 年企业转制后创办香港德狮特（宁波）织造有限公司，现拥有资产上千万元。

四弟沈也国，1955 年出生，高中毕业参军，1980 年复员后分配到社办企业陈婆渡玻璃纤维厂当机修工，是七兄妹中学历最高的农民企业家。1998 年他担任其家族所有企业的总会计，现持有资产上亿的明州化工公司百分之三十的股份。

七兄妹中唯一的女性沈国芬为老五，1958 年出生，初中毕业后回家务农，1978 年进入陈婆渡章华西服厂当缝纫工。1987 年到二哥的宁波建筑装潢店任会计，后成为该店经理，目前该店已更名为"宁波市一盟橡塑机电有限公司"，拥有资产数千万元。

六弟沈也红，1962 年生，初中毕业后回家务农，1987 年任鲍家村代村长。二哥沈门峤到村里当书记后，他调到宁波建筑装潢店去从事销售工作，专营油漆、涂料等化工产品，后来改营化工染料。先后在山东、内蒙古科尔沁草原奈曼旗设立生产基地，资产上亿元。

老七沈小红，1964 年生，初中毕业后到建筑队工作。2000 年在陈婆渡开沙场。2003 年搬到上游九眼碶继续经营，并在中心区经营饭店，资产上千万元。

沈阿佳的大儿子沈光程现为宁波螺钉厂厂长，二儿子沈前程现为宁波塑胶公司老总。沈门峤的大儿子沈建辉现为一家外贸公司的老总，二女儿沈建波为沈苑楼宾馆老总。沈也夫的女儿沈冬琴在银行就职。沈也国的女儿沈露燕和儿子沈刚刚分别在工作和就读。沈国芬的儿子付成杰现为宁波塑胶店的老总。沈也红的儿子沈光磊正在澳大利亚大学就读。

还是从前的天空，还是从前的大地，还是那方圆几十里的格局，沈氏家族的蓝图就画在自己家园的大地上。

此时此刻，我看到了近百年前那个赤足的八岁的放牛娃，我看到他蹒跚走在田野上的孤独身影，我还看到迎着他走去的那七个健壮而又高大的儿女。

在他们的周围，簇拥着许多劳动者，他们以特有的宁波乡音喧哗着，欢笑着，奔跑着。母亲，我在其中看到了微笑着挥动手臂的小舅舅……

光荣来源于奋发图强，梦想实现于开拓创新，敢为、求实、争先、多干少讲、辛勤耕耘，终于描绘出了这一幅宏伟壮丽的画卷。

时光和岁月，就这样将百年光阴的两头，意味深长地叠合在了一起。

# 跋

母亲，现在，我要完成您交给我的使命。还有一段路程，我要去寻觅那属于我们个人的家国之梦，一段发源于血缘的寻根之旅。

我把我的家国之旅的最后一站，放到您的母校——鄞州正始中学，她就在鄞州区的横溪镇上。我的大学同学戴松岳闻此讯不禁应和一声："正始中学啊，那不就是我大学毕业后分配去教书的横溪中学吗？"

于是，我由小戴带着回到了我母亲的母校。

如果我不去追溯，从一般意义上说，这仅仅是中国乡村一所教学质量优秀的中学。然而，当我一旦追溯她的时候，她已成为我心灵中神圣的殿堂，是我前世今生的一座文化驿站！

正始中学建在鄞地，而"鄞"正是一个古老的地名。晚明清初历史学家顾祖禹《读史方舆纪要》曰："夏时有堇子国，以赤堇山为名，加邑为鄞。"翻译成白话文，是说距今四千多年前的夏代，有一个名叫堇子的原始部落，它的名字取自一座名叫"赤堇"的山。"堇"加上一个右耳旁(邑)，就成了我们今天看到的"鄞"。

赤堇山就在古鄞州境内一个叫"白杜"的地方。我们从中可以得知，古代的鄞比今天的鄞大多了，从夏商周三代到春秋战国时期，今天的宁波和舟山统称为"鄞地"。

一个地域的历史是否悠久，向来是我们这样的东方文明古国考量其文化地位的首要标志。鄞的历史可以上溯至七千年以前。

母亲，我是何其幸运，给予我生命的您出生在这样一块文明故土上，所就读的又是这样一座充满人文情怀和具有悠久历史的学校。学校 1931 年由甬籍人氏陈训正（陈屺怀）先生等人创建，1934 年定名为“鄞县私立正始初级中学”。之所以取名“正始”，正是为了纪念陈训正先生。

为此，正始中学的校史资料中还有一段专门的记录：“本中学由工校而产生，工校之得以艰辛维持迄于今日，胥由陈校长训正先生之力。吾人饮水思源，不能一时或忘。此次本中学独立以后，定名正始，盖纪念陈先生也。凡吾工校校友及正始诸君子均应知此命名意义。”

学校校训为“忠信笃敬”。校歌是这样唱的：“有生之初，童童蒙蒙。履端于始，惟学是从……化育时雨，融沐春风。巍巍大国，蒸蒸日隆……”

学校最初的地址在宁波江北岸泗洲塘，以后历经坎坷，四度迁校。1937 年，日寇入侵，学校迁至横溪。这所著名的中学，离外婆家大约数十里路，母亲您当年也就得以从东海边那个名叫“翔鹤潭”的村子出发，来到这所中学就读，又从这所中学出发，投奔革命，与我那从遥远的北方南下的中国人民解放军指挥员的父亲，以革命的名义相识、相恋、成亲、生儿育女，有了我们，才有了由我今天在此叙述的家国之书。

母亲，行前您一再跟我讲述你们的先生王兴邦老师。这位学校校务主任，本为优秀的数学教师，从 1936 年至 1945 年四度迁校，千斤重担一肩挑，历经艰辛，克服危难，为筹建新校殚精竭虑，呕心沥血。他曾动员父亲捐献良田三十亩，又捐上全年新谷一万斤建造正始楼。母亲，就在您毕业的那年，1948 年秋天，正始楼得以落成，那里原来是一个操场。可以说，您是看着校舍一砖一瓦地建起来的。我知道您嘱我关注王先生的踪迹，乃是因为王先生 1949 年被作为地主镇压的不公正的处置。王先生一直从事教育，他没有当过一天地主。被镇压前他还写清为筹建校款所欠的个人资金，嘱家人日后还清。我不想避开这些历史呼啸前行时的失误，有时甚至是重大失误。能够允许后人正视失误，正是社会的进步。

在校史陈列室里，我见到了许多宁波乡贤的身影。而在正始中学七十春秋的校友录中，我找到了您那个班级的名单：“1948 届，秋季，初三班，级任导师：钱聿棠。全班共有五十四个同学。”我如愿以偿地发现了您的名字：黄志庆。那年您正好十七岁。正是在正始中学老师教导下，您树立了革命救国的家国信仰，从学校毕业出来，就投奔革命去了。您的革命生涯，恰恰与共和国同龄。连您后来的改名也与革命有关。当时班里有两个黄志庆，一叫名字，两个人就都站起来喊“到”，为此父亲给您改了名字。因为革命的道路漫长艰辛，从此您改名为黄崎，道路崎岖的“崎”。

而今又是六十年，一个甲子的岁月过去了。站在这些先贤的面前，我想起了百年来这片土地上的伟大的家族，我想起了“一门五马”，想起了翁氏父子，想起了沙氏兄弟，想起了沈氏家族……

母亲，我想起了我的外婆家。我的母系家族里，有太多故事，太多往事，太多家国情怀，我太想把这一切记录下来了。

夕阳西下，华灯初放，年关已至，乡情愈浓。此刻，我行走在鄞州最热闹最具标志性的城市核心——万达广场的风情水岸街上。

在这座集购物、餐饮、娱乐于一体的大型商城中，我看见了看得见风景的餐厅，坐享其间的旅人享受着休闲的幸福，有人在敲打着电脑键盘，有人在交谈，有人在大快朵颐……

我走过了豪华的国际电影院，想象着那些怀抱玉米花相拥而入的情侣，我走过那震耳欲聋的电玩俱乐部，人们溜冰、打台球、赛车、射击……

想起了一位俄罗斯作家关于“幸福”的定义：“所谓幸福，就是你所生活的国家，你所生活的城市，你所生活的居所，与你一起度过节日与平常日子的亲友。”

此时此刻，我感受到了国家强大的美好，人民生活祥和幸福的美好，这正是包括马、翁、沙、沈这样的家族在内的全体中国人民的愿望和奋斗目标。这种美好带着崇高感，使人兴奋激昂，建设的热情涌动不已。

此时此刻，我还感受到了家庭的甜蜜，这是一种极其个人化的、带有某种隐秘性的、只有亲友们才能够分享的美好，这种美好的幸福甚至带有些许惆怅，使我急于离开广场，奔向那乳黄色灯光下的起居室的餐桌。

是的，世界上所有的水流都是相通的。泱泱中华九百六十万平方公里的宏大版图上，蕴蓄着东海之滨我母亲故乡的神采，浩浩五千年历史长河中激荡着这短短百年的风云际会；小中可见大，家中自有国，我们见证了我们的家园，我们也就见证了我们的国家。江山代谢，往来古今，千秋家国，一脉相承。

母亲，这篇敞开的家国书，撰写至此，方知将永不休止。

后记家国，是数千年来中国人生存的重大命题，这是由中国的全部历史决定的。我能够有幸在我的这部新作中对此做一些探讨，深感这项精神劳动的意义和价值。

十八年前，我跟着一支摄制组队伍跑了浙江省五十多个县、市、区，回来后写就了中篇报告文学《革命行》，当时就对祖国与家族之间的关系做过一些联想，关于中国现代史上的革命对我的家族而言就是一部分亲戚与另一部分亲戚对峙的感想，就是在那时候产生的。

不过这些断想和素材，并没有真正集合起来，而是分散到我的小说中去了，有不少成为“茶人三部曲”的细节和故事。

而这一次，终于有了集中思考展示的可能。

其实，我所做的工作更多的是整合意义上的，因为在此之前有许多人已做了出色的工作。马家、翁家、沙家与沈家，这些亲历者的思考与回忆，留下了大量的图片和文字，都是最珍贵的历史记录。后来者的大量追述，有文献工作者的整理，也有传记家们的文字再现，其中周时奋先生给我的思想启示，熟谙地方志的戴松岳先生的介绍，戴光中先生对人物史料的搜集考证，都给了我极大的帮助。我阅读了大量的资料，也走访了一些地方，从许多人那里得到营养，要感谢的人太多了。但由于出书时间紧迫，使我无法一一与他们联系. 我会在本书出版后做好后续工作的。

这项工作于我而言，还是刚刚开始，比之于各位方家，还有着许多的不足与肤浅之处，想必也会在本书中留下很多需要改进的地方，这正是我以后要做的事情，在此先谢过各位。

即使工作刚刚开始，对宁波这座城市的思考，尤其是对她在中国近现代史上的地位与成就的思考，依旧让我深感其中的意义与价值所在。我在文中表达了我们还将一次次刷新认识的感想，我现在依然相信，这样的一次次刷新是必然的。

文中所涉及的四大家族，都在宁波市鄞州区辖内，这也是有意义的选择。我的外婆家，从大的地理环境上看，就在鄞地，从小的地理环境上看，则在鄞州区与奉化县的交界处，我小时候就知道我母亲和书中所涉及的四大家族都属于宁波人氏。在如此浓缩的地理坐标上，坐落着如此密集的卓尔不群的家族，展示了极有价值的人文生态，值得更多的人去研究。

写作本书的过程中，我得到了中共宁波市鄞州区委宣传部和宁波市鄞州区档案局的大力支持。面对家国的百年沧桑，所有参与本书工作的人都展示出了他们心灵中最深情的一面，给我以极大的鼓励。

烈士沙文求诗云：“昆仑为志，东海为心。万里长江，为君之情。飞步东行，愿君莫驻。瞿塘三峡，愿君莫躇。”谨以此诗言志。

作者 2009 年 3 月 22 日